世界探偵小説全集㉜

自殺じゃない!

Suicide Excepted

シリル・ヘアー　富塚由美＝訳

国書刊行会

Suicide Excepted
by
Cyril Hare
1939

R・ドゥ・Mへ

自殺じゃない！　目次

自殺じゃない！

主な登場人物

レナード・ディキンスン……………死んだ老人
エレノア・ディキンスン……………レナードの妻
スティーヴン・ディキンスン…………レナードの息子
アン・ディキンスン…………………レナードの娘
マーティン・ジョンスン……………その婚約者
ジョージ・ディキンスン……………レナードの兄
ルーシー・ディキンスン……………その妻
マレット……………………………ロンドン警視庁の警部
ジェルクス…………………………弁護士
デッドマン…………………………弁護士
ジャス・エルダスン…………………私立探偵
E・M・J・カーステアズ夫妻……
ハワード＝ブレンキンソップ夫人…
P・ハワード＝ブレンキンソップ…
M・ジョーンズ夫妻…………………
J・S・ヴァニング…………………
ロバート・C・パースンズ…………
スチュアート・ダヴィット…………
（以上）ペンデルリー・オールド・ホールの宿泊客

第一章　カタツムリの旅

八月十三日（日曜日）

ペンデルベリーの丘を歩いていると、やがて〈ロンドンまで四十二マイル〉という石の道標にぶつかり、そこからペンデルベリー・オールド・ホールが一望できる。道路からすこし奥まった場所にある広々とした芝生に囲まれたジョージ王朝様式の上品な館で、丘の上から見下ろすと、まるで緑色のベルベットのクッションの上にローズピンクの真珠がのっているようだ。車のハンドルを握りながらのんびり物を考えるタイプの人なら、おそらく館の所有者は誰もがうらやむ存在だと思うにちがいない。よほど先を急いでいる人でないかぎり、堂々たる正面ゲートの前でスピードをゆるめ、立派なブナの並木道の奥にある簡素だが威厳のある館に目をやるだろう。さらにゲート上方に、実に気品あふれる文字で書かれた〈ペンデルベリー・オールド・ホール・ホテル〉という看板があるのに気づく人もいるはずだ。その下には小さいがやはり上品な文字で〈政府公認ホテル〉とある。おそらく館のしっとりした美しさと人目につかない立地に魅せられ、さらに看板のマナーのよさに都会人のこだわりを刺激されて、これぞ夢にみたホテル、旅慣れた旅行者を歓迎し、真の安らぎを与えてくれる場所と思うかもしれない。だがそう思ったとしたら、イギリスの田舎のホテルにいささか幻想を抱きすぎというものだろう。

ロンドン警視庁犯罪捜査部のマレット警部はホテルのラウンジに座り、うんざりした表情でコーヒーカップをテーブルに戻した。どうしてこんなホテルに足を踏みいれてしまったのだろう。彼はすでに二十回も自問自答をくりかえしていた。あんな手にひっかかるほど初心《うぶ》ではないはずなのに。ホテルに一歩はいった瞬間に、ここは街道沿いにあるモーテルとなんら変わらないと気づくべきだった。缶詰のスープがそのまま食卓に出され、魚は氷の上に長く放置されていたために鮮度を失っている。アントレーは昨夜の骨つき肉にとんでもないものを混ぜたような代物で、きっと今夜の分は明日のアントレーに再利用されるのだろう。フルーツサラダに添えられたパイナップルはなかなか嚙みきれず、バナナには味がなかった。いくら八月中旬とはいえ、コヴェントガーデンの青物市場から四十二マイルも離れたこんな田舎には、新鮮なデザートなど存在しないのだろう。どのテーブルにもソースの瓶が恥ずかしげもなく置かれ、コーヒーときたら――マレットは半分空になったカップに視線を落とし、煙草がコーヒーの味を消し去ってくれるのを待った。

「夕食はいかがでしたか」すぐうしろで声がした。

マレットがふりかえると、ひどく血色の悪い老人が湿っぽい灰色の眼でのぞきこんでいた。その表情は悲哀と絶望に満ち、自分のした質問の内容など気にもとめていないふうである。マレットは老人が一種の交流を望んでいると直感した。それがどんな人物であれ、いったん相手をしたら最後、話に耳を貸さざるをえない。ホテルの落とし穴に手足を縛られて落ちたような気がして、マレットは憂鬱になった。

「お粗末なものです」マレット警部は無愛想に答えた。相手がそう簡単に引きさがるとも思えなかったが、とりあえず試してみた。

「でしょうな」と老人は応じた。そしてホテルのラウンジでイギリス人がよく使うささやき声になった。「しかし、ほかの連中はまるで気にしていないようです」老人はそう言ってラウンジにいる客をあごで示した。

マレット警部は思わず身をのりだした。相手が得意の話題に触れたからである。

「それが大きなまちがいです」マレットは語気を強めた。「あんな料理を文句も言わずに食べている人々がいるかぎり、なんの進歩もありません。非難されるべきはホテル側ではありません。ああいった連中でも、胸の悪くなるような五品のかわりに、二品のよい料理を出されたら、自分たちがごまかされていたと気づくにちがいありません。まったく——」

「おっしゃるとおりです」老人が口をはさんだ。「しかし精いっぱいやってみたところで、五品ものよい料理を昼食と夕食に毎日出せるわけがありません。理由は簡単です。キッチンの広さが十分ではないんですよ。もしキッチンを新しくするだけの資金があれば、状況は変わっていたでしょう。だから今夜のメニューにしたって、ホテル側はみじめな言い訳しかできません。ここへ来るたびに状況は悪くなっています。悲しむべきことです」

老人が心から嘆いているのにマレット警部は驚いた。

「ここをよくご存じのようですね」マレットは感じたところを述べた。「もう何度も？」

「ここで生まれましたから」老人はあっさりとそう答えて口を閉じた。

年齢は六十前後か——いや、おそらく越えているだろう。やせこけ、白髪頭は薄くなり、不格好な口髭はニコチンで黄色く変色している。まったく人目をひかぬ外見だが、妙な哀愁を漂わせている。マレットは老人に興味を抱きはじめている自分に驚き、相手が話をやめてしまったのを心から残念に思った。とはいえ相手がいかなる感傷にふけっていようとも、それを妨げるのに抵抗はなかったが。

ほどなく見知らぬ老人はわれに返ると、片方のポケットからすりきれたこの地方の陸地測量図を、もう片方のポケットから地図用のペンと墨のはいった瓶を取りだした。そして地図を広げると、ジグザグの道を丁寧になぞっていった。

「これが今日まわったところです。いつも記録をつけていましてね」

マレットが老人の手元をのぞきこむと、いまなぞったような線が何本もあった。古くなって消えかけているものもあったが、そのすべてがペンデルベリー・オールド・ホールから放射線状に広がっている。マレットはなりゆき上尋ねた。

「徒歩旅行をしておられるのですか」

「そうです——いや、そうだったと言うべきかもしれませんな。ここが私の立ち寄る最後の港です。ご覧のように、いつもそうです」老人は地図上の数多の線を示した。「長年に渡り、休日ともなればこの地方を歩いてきました。このあたりは実にすばらしい。あなたも深くお知りになれば、そうお思いになるでしょう」老人は相手が批判的な意見を述べる前に先手をうったようだ。「引退してからというもの――」それが恥ずべき行為であるかのように彼は声をひそめた。「時間に余裕ができ、遠くまで足を延ばせるようになりました。ある年など、ここからシュローズベリーまで歩いたこともあったんですよ」

「それはすごい！」

「いまではもう体力が追いつきません。いつも医者から忠告されます。だからといって耳を貸すわけでもありませんがね。しかし旅の終点はいつも――ここです」

老人は愛しいものでも眺めるかのような視線を地図に注いだ。

「すばらしい。ここを起点にしてたくさんの線が広がっている」老人はつぶやいた。

ひとりでそんなことをしてなにがおもしろいのかとマレットは思ったが、相手が感傷的になっている様子なので水を差すのは控えた。

「よく思うのですが」老人は地図をしまうとふたたび続けた。「もし人間が自分の歩いたあとに痕跡を残していくならば――そう、まるでカタツムリのように――このとおり私の旅はこの場所に集中しています。旅のはじまりもここでした。私は人生の最初の二十年間をこの館で過ごし、長年この地方を旅してきました。やがてある年齢にさしかかり、いったいこの旅はどこで終わるのかと考えるようになりました」

こうした話にじっと耳を傾けているのは、警部のように感情を表に出さない人物にとって、苦痛というよりほかなかった。彼は派手な咳払いをする以外になんの名案も浮かばなかった。

「もちろん人間にはカタツムリにない強みがあります」見知らぬ老人は小声のまま続けた。「いつでも自分が望んだときに旅を終えられる点です」

「そんな！」マレットは相手の言葉に含まれた意味を察して顔色を変えた。

「いいじゃありませんか。すこし私のことをお話ししましょう。いや、実をいうと、私は他人のことには興味がないのですよ。私は年寄りですし、それなりに人生も生きてきました。もう人生の山も乗りこえ、十分に生きたと言えます。私の旅が終わるとき、家族にはなにかを残していくつもりです。もう準備はできているんですが――」

「ご家族がいらっしゃるんですね。それならきっと――」

「おっしゃりたいことはよくわかります」老人は疲れた表情で言った。「ですが私がいなくなっても、どうということはないと思います。いまはどうだかわかりませんが、実際にそのときが来たら寂しがりはしないでしょう。家族はみなそれぞれの道を歩んでいます。しかし私のとはまったく方向が異なります。思いきって私の犯した過ちをお話ししましょう。いや、私は泣きごとを言っているのではありません。ただ真実をお話ししようとしているだけで。私は十五歳も年下の女性と結婚すべきではなかった――」

老人はふいに話をやめた。誰かがマレットの椅子のうしろを通りすぎていった。

「おや、どうして――あれは――いや、おそらく見まちがいでしょう。知り合いかと思ったんですが、ここにいるはずがない。うしろ姿というのはあてにならんものです。話の途中でしたが――娘は娘なりに私を愛してくれていますし、私は私なりに娘を愛しています。その愛し方はまったく異なります。ですから、いまさら互いを必要としているふりをする必要がどこにあるでしょう。私は娘の――友人たちが好きではありません。これはあの年頃の娘にとっては重要なことです」

マレットはふたたび興味を失いはじめていた。相手が漫然と話をしているように思えたのだ。妻のことを話したがっているふうだったのに、邪魔がはいったとたん今度は娘の話になった。これは思考の流れに異常をきたしているとしか思えない。だが老人は急に身をのりだすと、それまでとはちがう断固とした口調になった。

「リキュール・ブランデーを一杯やろうと思います。医者からは止められていますが、そんなもの糞くらえですよ。どうせ人間、一度は死ぬんです。さあ、あなたもつきあってくださいよ。ええ、そうですとも。ここの地下室には、父が生きていた時分からの年代物がまだ眠っているはずです。きっとお気に召しますよ。いま召しあがった料理を消化する手助けにもなるでしょうし」

警部は申し出を快く受けることにした。ここまで辛抱強く話に耳を傾けてきたのだから、ちょっとした報酬をもらってもいいだろう。ブランデーが運ばれてくると、見知らぬ老人は続けた。

「そろそろお名前をうかがってもよろしいですかな。私はこういう者です」

老人はマレットに名刺を手渡した。〈レナード・ディキンスン〉とあり、名前の下にはハムステッドの住所が記されている。マレットも名乗ったが、職業と階級は伏せておいた。それらは時として相手を当惑させたり、厄介な好奇心を引きだす原因になるからだった。

「あなたは実に健康そうですな、マレットさん」

その晩は和やかな雰囲気のまま終わりそうな予感がした。ところがグラスが空になると、ディキンスンはまた話を蒸しかえした。

「ああ、うまかった！　おかげですこし若返った気分ですよ。マレットさん、私の家族にとって、ここは三流のホテルでしかありません。ですが私にとっては思い出の場所——すこしは幸せな気分に浸れる唯一の場所なんです」

老人はすこし黙ると、両手で空のグラスをはさみながら、いまだグラスから立ちのぼる芳香を楽しんだ。

「いずれにしろ、どこかで旅を終えねばなりません」老人は語気を強めて続けた。「ここ——このホテルが旅の終点であるのをうれしく思っています」

老人はゆるりと立ちあがった。「そろそろ失礼します。今夜はここへお泊まりになるんですね」

「ええ」マレットは答えた。「休暇が明日までなので。明日また朝食のときにお会いできますね」

ディキンスンはそんなにげない質問に答えるのにしばらく時間を要した。「ええ、きっと」やがて老人はおだやかな声でそう答えた。

マレットは老人が重い足取りでラウンジを歩いていく姿を目で追った。フロント係の女性になにやら声をかけたのち、階段の方へゆっくりと向かっていく。マレットは軽く身震いした。あの老人の話ですっかり気が滅入ってしまった。誰かに自分の墓の上を歩かれたような気分だ。もう部屋にひきあげる時間だが、その前にリキュール・ブランディーをもう一杯やるとしよう。

第二章　旅の終わり

八月十四日（月曜日）

イギリスのホテルでは、それがいかに悪いホテルでも、朝食はどうにか食べられるものである。かけ布団はまるで石のようだったが、昨夜のすばらしいブランデーのおかげで、マレットは一晩ぐっすりと眠ることができた。彼はいつにもまして旺盛な食欲で、輸入物のような卵とベーコンを口に運んだ。そして朝食をほおばりながら、ディキンスン氏との昨夜の妙な出会いを幾度となく思いおこした。多弁で気むずかしい老人。なにやらホテルのことで思いつめている様子だったが、話題を変えたところで同じだったろう。家でもあんなふうだとしたら、家族から煙たがられるのも当然だ。しかし同時にマレットはある種の哀れみも感じていた。不幸な運命を背負った男、といった印象を抱いたからである。昨夜のような方法で近づきになった初対面の相手を信用し、あそこまで話をするというのはよほどのことだ。そのうえ自殺予告めいたことまで！　マレットは肩をすくめた。自殺を考えている人間というものは、身近な人間にはもちろん、偶然出会った相手に胸の内を明かしたりしないものだ。とはいえ、いまだにディキンスン老人の姿が脳裏にこびりついているのは確かだった。これといった理由もないのに疑念を抱いたり、ましてや余計な推理を巡らせるのは好まなかったが、あの老人が心に漠然とした不安をもたらしているのは事実である。まるで不幸という霊気が老人のからだを包んでいるようだった。マレットは職業柄、不幸には慣れっこになっていたが、そうした霊気は好まなかった。

警部は朝食を終えて一息つくと、ラウンジをざっと見渡した。ホテルが満室でないのは一目瞭然で、わずかに六つのテーブルが使われているのみである。マレットはディキンスン氏の姿を捜したが、どこにも見当たらなかった。とっさに「もしかしたら」という不吉な考えがよぎったが、すぐに常識が否定した。あの老人は寝室で朝食をとっているにちがいない。そうしても不思議のない年齢だし、長い徒歩旅行から戻った直後となればなおさらだ。いずれにせよ老人のたわごとにつきあっている暇はない。午後にスコットランド・ヤードへ戻れば、解決すべき正真正銘の事件がたくさん待ちうけているのだから。

数分後、マレットは支払いを済ませようと、ラウンジからフロントへ足を向けた。ちょうどそこへ客室係のメイドが青白い顔で階段を駆け降りてきて、マレットの目の前を横切り、フロントへ走っていった。なにやら急ぎの会話がメイドとフロント係とで交されている。フロント係の女性が内線をかけているあいだ、メイドは困ったような表情で立っていたが、その姿はひどく場違いだった。実際、朝食の時間にラウンジにいるメイドは場違いとしか言いようがない。ほどなく奥から浅黒い顔をした恰幅のいい支配人が現われた。気短な支配人がメイドを怒鳴りつけると、女はいまにも泣きだしそうな顔になった。だが二人はすぐに階段に向かい、フロント係はどこかに急を告げる電話をかけはじめた。

その電話が終わったところへ、マレットが精算を頼んだ。係の女性は気もそぞろで、手際が悪かった。ホテル内でなにか非常事態が起こったのは明らかである。またもやマレットはみぞおちのあたりに吐き気のようなものを感じた。ホテルでなにが起こったにせよ、自分の関知するところではない。マレットは急ぎ支払いを済ませると、余計なことは一切口にせず、ポーターに――マレットはよく彼が厨房の人間と無駄話をしている姿を見かけたものだが――部屋の荷物を取りにいかせ、自分はガレージに車を取りに向かった。

マレットが荷物を受け取ろうと正面玄関へ車をまわすと、そこには新たに二台の車が止まっていた。玄関先に車をつけたとき、ちょうどその一台から警察の制服を着た男が出てきた。あとから車を降りた相棒に肩越しに声をかけて顔をあげた拍子に、男とマレットの目が合った。すぐさま二人は互いを認めた。制服の男はこの地方の市場町をあずかっている巡査部長だった。マレットは二年程前に別荘ばかりを狙った窃盗事件の捜査を担当したことがあった。ある故買屋の取調べをした折に、巡査部長と顔見知りになったのだ。マレットはそのときは彼に対して好ましい印象を抱いていたが、今日ばかりは、うなずいて微笑みかけながらも、できることなら目の前から消えてほしいと思った。

「マレット警部！」巡査部長はそう声をかけ、まっすぐ歩いてきた。「こんなところでお会いできるなんて。ここへはお仕事で？」

「いや、休暇だ。これからロンドンへ戻るところでね」マレットはきっぱりと答えた。

巡査部長は見るからにがっかりした様子である。

「それは残念です。なにかあったときに警部がいてくださると助かるんですが。こんな田舎では無用な心配かもしれませんが」

「なにがあろうと、きみなら大丈夫さ。私はまだ休暇中の身だ。すくなくとも午後三時にヤードに出勤するまでは」

「ごもっともです。ともかく、またお会いできて光栄でした。私もそろそろ任務に戻ります。おそらく今度の事件を知ったら、周辺の住民は——特にディキンスン氏と面識のあった人間は衝撃を受けるでしょう」

「えっ、いまディキンスンと言ったかね」マレット警部は一瞬警戒をゆるめて尋ねた。

巡査部長はホテルの玄関の階段に足をかけていたが、関心を抱いた様子でふりかえった。

「ディキンスン氏をご存じで？」

「昨夜が初対面だが、あの老人になにかあったのかね」

「今朝、ベッドで死亡しているのが発見されました。致死量の薬物を飲んだようですが、くわしいことはまだなにも。いま上に医者が来ているはずです」

「気の毒に」マレットは思わずそうつぶやいた。そして巡査部長が好奇の眼差しを向けているのに気づいて続けた。「いや、昨夜ディキンスンと実に興味深い話をしたものでな。検死審問でなにか役に立つ証言ができるかもしれない。帰る前に捜査の参考になるようなことを伝えておくべきだと思うんだが、単なる証人として同行してもかまわんかね」

レナード・ディキンスンの部屋はホテル二階の長い廊下の端にあった。東南に面し、窓から柔らかな八月の陽光がさしこんでいる。大きい古風なベッドの上に、しなびた死体が横たわっていた。しかし死で和らげられたのか、顔に刻まれていた深いしわは消えている。マレットはその静かな表情を見下ろしながら、生きていたころよりも幸せそうだと思った。老人は自らが望んだ場所で旅を終えたのである。

枕元のテーブルには地図があり、ホテルを起点にして蜘蛛の巣状に線が描かれている部分が広げてあった。ほかに白い錠剤のはいった瓶と、それに似た空の瓶がもうひとつ置かれている。

マレットらが部屋にはいっていくと、すでに医者は器具をかたづけはじめていた。若い医師の言葉は確信に満ちていた。

「睡眠薬を多量に服用しています。あなた方はああいったものを分析にまわさねばならないのでしょうな」医師はそう言うと、テーブルをあごで示した。「でも私にだって、あそこの二つの瓶の中身がなんだか容易に見当がつきます」医師は長ったらしい専門用語をつぶやいた。「遺体を解剖してごらんなさい。睡眠薬の飲みすぎとわかるはずです。ああいった薬は用量をまちがえると非常に危険です。一定量を服用したところが、うまく効かずに夜中に目覚めたんでしょう。それも感覚が麻痺した状態で。まったく、それで薬の量を増やすなんて信じられません。飲みすぎればまた目覚めてしまいます。そしてさらに気休めに二、三錠飲み、ついにはそのまま昏睡状態に陥ったというわけです。実に簡単なことです」

地図の下から白いものがのぞいているのに巡査部長が気づいた。それは紙切れで、はっきりとした読みやすい文字でなにやら書いてある。巡査部長はそれを引き抜いて無言で目を通すと、マレットに手渡した。それにはこうあった。

〈われらは惨禍の只中にあり。死はわが友なり〉

マレットは静かにうなずいた。そして医師を見送ったのちに口を開いた。「こういうものが見つかったからには、やはり証人として出廷することになりそうだ」

警部は部屋をざっと見まわしたが、自分の担当している事件ではないことを思いだし、巡査部長から正式に意見を求められるまで口を出さぬことにした。

けれども巡査部長にしてみれば、マレットのような大物に反対尋問するというめったにない機会を逃す気にはなれず、いくつか補足的な質問を試みた。マレットは気さくに応じたが、相手が満足するような答えを返すには、彼自身いくつか確かめたい点があった。

「きみの時間を無駄にしたくはないんだが、どうもディキンスンには興味を抱かざるをえなくてな。すこし話をしたところでは、実に変わり者という印象をもったが」

「そうでしょうとも」巡査部長は心から同意した。

「あの老人のことをすこし聞かせてくれないかね。確かここで生まれたと言っていたが」

「そんなことはいまおっしゃらなかったじゃありませんか」巡査部長は責めるような口調になった。

「関係ないと思ったものでね」

「ええ、まあ、そうかもしれません。いずれにせよ、このあたりでは周知の事実ですので、そこまで証言していただく必要はありませんが――」

「では、この地方では名の知れた人物だったわけだな」

「はい。ディキンスン家はここが建てられた当初からの所有者です。もう二百年も前のことですが」

「だが、しばらく前に手放したんじゃないかね」

「ええ、三十年前のミカエル祭の日（九月二十九日）です。当時の主だったディキンスンが亡くなりまして」

マレットは笑顔になった。

「地方では人は古いことをよく記憶しているものだな」

「いえ、正確なところはわかりません」巡査部長が弁解した。「亡くなったレナード氏は――そう呼んだほうがわかりやすいと思いますが――この地を離れることができずに、以来ずっとこのあたりを転々としてきました。このホテルへの執着といったら、それは異常なほどで」

「ああ、それは私も感じた」

「おかしいとは思いませんか、警部。あの一族にはほかに誰もそんなふうに考える人はいませんでした。アーサー氏も――兄ですが――ロンドンで巨万の富を築いて、こんな古いホテルなどすぐにも買い戻せたというのに、そんなことは考えもしませんでした。でもレナード氏は、妻子がいたにもかかわらず、この地を離れられなかったんです」そして巡査部長はあらたまった口調になった。

「警部、お引きとめして申し訳ありませんでした」

マレット警部にとって、自分やほかの誰かの時間を無駄にしていると気づかされた経験はめったになかった。彼はいま、風変わりではあるが平凡な老人のどこにでもあるような自殺に、自分がいかに興味をそそられていたかを知り、いささか自責の念をおぼえた。そこで自制心を働かせ、巡査部長に礼を述べると、ホテルをあとにした。そしてまっすぐロンドンに向かい、ディキンスン氏の悲劇については努めて忘れるようにした。

第三章　親族会議

八月十八日（金曜日）

「ペンデルベリーに埋葬してくれなんて、いかにもレナードの考えそうなことだ！　人の迷惑など考えもせずに。まったく身勝手にもほどがある！」

　そう不平を洩らしたのは故人の兄ジョージ・ディキンスンである。レナードの葬儀を終え、ジョージはその巨体を車の後部座席に押しこもうとしていた。彼はもともと恰幅がよかったが、いま着ているモーニングコートはあつらえてから十年が経過しており、その間に胴まわりが一インチ以上太くなったおかげで、おのずと着心地が悪くなっていた。さらにその日の暑さも手伝って、ジョージはいつにもまして不機嫌だった。彼の不機嫌はいつものことだったが、いったん怒らせると三歳児のように手がつけられなくなり、さらに悪いことに、いつそうなるのか誰にも予測がつかなかった。

「それも八月だ！　いいかげんにしろ！」ジョージは勢いよく座席に腰を下ろしながら叫ぶと、シルクハットの跡が残るひたいを拭った。

「そうね、ジョージ」横からかぼそい従順な声がした。

ルーシー・ディキンスンはもう三十年近くも同じせりふを言いつづけてきた。そう言うのに飽きたときでも、本心は胸におさめてきた。それは簡単なせりふだったし、二つの短い言葉に意見を集約することで、いままで数多くのトラブルを避けてきたのだった。たとえば、いまだってルーシーは「あなたも一族の墓地に埋葬してくれと遺言に書くべきだわ」とか、「私の新しい黒いシルクのドレスをくしゃくしゃにしないでちょうだい」とか、ジョージがズボンのポケットからタバコを苦心して引っぱりだしたのに対し、「せめて墓地の入口が見えなくなるまで待つのが礼儀よ」と言うこともできた。しかし、もしそのひとつでも口に出そうものなら、結果は火を見るよりも明らかだ。ジョージのような男と三十年も連れ添ってきた女にとって、トラブルは避けて当然のものだった。

「おい！　なにをぐずぐずしてるんだ。さっさと運転しろ。こんなところに一日中いるのはご免だからな！」ジョージの矛先はまだ車の外に立っている運転手へと向けられた。

運の悪いことに車は自家用ではなく、運転手は臨時の雇い主に敬意をはらってもいない若者だった。ジョージに生計を依存している召使たちは、すぐにこびへつらう必要性を学んだ――ジョージはそれを「身の程をわきまえた行為」と呼んでいたが。

「まだ、どこに行くとも聞いてませんが」若い運転手は紫色に染まった顔に好奇の眼差しを注いだ。

「ハムステッドだ」ジョージは大声をあげた。「ハムステッド、プレーン・ストリート六十七だ。本通りを下って――」

「わかりました。道は知っています」運転手はそう言うと、派手な音をたててドアを閉めた。

「生意気な若造め。近頃はこんな奴ばかりだ。それにしても、なんで葬儀のあとで寄るなんてエレノアに言ったりしたんだ」ジョージはルーシーのほうに顔を向けた。「まったく、いまいましい！いつになったら家に帰れるんだか」車が動きだすと、彼は煙草に火をつけた。

ルーシーは狭い場所での煙草の臭いにはいつも吐き気を催したが、夫はそのことを忘れがちだったし、特に今回のような状況では思いだすはずもなかった。

「どうしても、ってエレノアが言うものだから。断れなかったのよ。いまは藁《わら》にもすがりたい思いなんじゃないかしら。せめてそれくらいはしてあげないと」ルーシーの声は煙りにかき消されそうだった。

ジョージはうめき声を洩らした。いつものように煙草が鎮静剤の役目を果たし、怒りは人並み程度にまで衰えた。

「まあ、夕食が出ればいいんだが。あの女にできることといったら、それくらいだからな」

ルーシーは黙っていた。こんなときにレナードの未亡人に夕食を期待するなんて。しかしいまなにを言っても無駄だろう。

「だが、どうしていつもわれわれなんだ。誰かほかの奴に頼むことだってできるだろうに」

もしいまルーシーに勇気があったら、まさしく夫に一矢報いる絶好の機会だったろう。ディキンスン夫人がいつも彼らに声をかけるのは、夫人がルーシーのことを頼りに思っているからだった。ジョージは不愉快だが避けがたい付属物でしかなかった。けれども世のジョージの妻たちには概して勇気がないものだ。あったらあったで妻として長続きしないだろうが。

「あなた、エレノアはほかの人にも寄ってくれるよう頼んだわ」ルーシーはおだやかに応じた。

「エドワードは一緒の車で帰るから――」

「あのお調子者か？　まったくなんだって――」

「ジョージ、エドワードはエレノアの兄なんだから当然よ。それに甥たちも来ると思うわ。もちろんマーティンもよ」

「マーティン？」

「アンの婚約者よ。いつか夕食の席で会ったでしょ。あれは――」

「ああ、ああ！　覚えているとも」ジョージが腹立たしげにさえぎった。「子供扱いするのはやめてくれ」

ルーシーは大胆にも沈黙した。それは彼女が三十年間行なってきたささやかな抵抗だった。マーティンの話が出ると、ジョージの関心はすっかり方向を変えたようだった。

「子供たちが葬儀に出席しないなんて、まったく親不孝な奴らだ」

「アンとスティーヴンのことかしら」

「もちろん、アンとスティーヴンさ。私の知るかぎり、ほかにレナードに子供はいないと思うが」

「でもジョージ、来られなかったんだから仕方ないわ。外国にいるんですもの。エレノアもそう手紙に書いてきたじゃ――」

「さっさと帰ってくるべきだ。まったく無作法な奴らさ。実の父親が死んだら当然――」

ふいにジョージは自分の父親が死んだときは実際どうだったか、そして葬儀の日に母親とどんな口論をしたかを思いだした。その記憶はお気に入りの煙草の味をも苦くした。

「スイスのどこかの山にいるらしいわ」ルーシーは夫が急に話をやめたわけを知る由もなく続けた。

「スティーヴンはレナードが亡くなる直前に出かけていって、向こうでアンと合流したらしいの。もちろんエレノアは電報も打ったし手紙も書いたけれど、とうとう連絡はつかなかったのよ。あなただって、いつもスティーヴンがどんなふうに休暇を過ごしているか知っているでしょう。何日も帰らずに山小屋かどこかで寝泊まりして。いまだに父親のことだって知らないかもしれないわ。もし知っていたら、あの子たちのことですもの、すぐに帰ってくるわ」

「ばかな奴らだ。そのうち自分で自分の首を絞めることになるぞ」

この慈悲深い忠告を最後に、ふたたび話題は一変した。それからジョージは車がロンドンに着くまで、今回自分の取ったマスコミへの対応について長々とルーシーに説明した。本人の言葉を借りれば「詮索好きな新聞屋を黙らせた」ということだが、新聞記者は単にレナードの人生と突然の死について情報を求めてきただけだった。さらにジョージは死亡記事の不正確さと新聞社の不手際を罵ったが、それらが互いに関連しているとは考えもしなかった。

ハムステッドの手前まで来たとき、ジョージの念頭にある疑問がわいてきた。

「レナードはエレノアとうまくいってなかったのか」

「さあ、どうかしら」

「アーサーの遺言書を思いだしたんだ。あの女もショックを受けるかもしれん。本当になにも聞いてないのか」

「ええ、なにも聞いていないわ」
「わかった」ジョージはそう答えた。どんな理由にせよ、援助を求められるのは不愉快だ。夕食は辞退したほうが賢明かもしれん。

屋敷には明らかに親族一同が顔をそろえていた。ジョージは小さな部屋に大勢がつめかけているのを見て恐れをなし、親族との挨拶はルーシーに任せて、自分はなるべく目立たないよう心がけた。葬儀には出席できなかったいとこが何人も来ていたが、ジョージには誰が誰だかさっぱりわからなかった。親族がなんのために集まっているのか、一口で説明するのはむずかしかった。呼ばれた当人たちも趣旨をよく理解していなかったのである。アンの婚約者のマーティン・ジョンスンは親族の輪から離れ、ひとり時間をもてあましていた。アンがいないと、まるでばつが悪かった。婚約はまだ正式に発表していないため、いちばん影の薄いいとこですら彼よりその場にいる権利があった。一方、ディキンスン夫人の兄で教区牧師をしているエドワードは水を得た魚のようだった。物事のよい部分に目を向ける、というのが信条で、彼はそれをいつも幸せそうに人々に説いていた。丸い赤ら顔は宗教的情熱に満ち——それが聖職者の発汗に対する適切な説明だとすればだが——その場の状況を最大限に利用していた。エドワードが唯一残念だったのは、妻が慢性の喘息を再発させ、欠席せざるをえなかったことである。さらに妻の話題をもちだせる相手もいなかった。伯母のエリザベスは姪と甥のほとんどにとって大変な〈厄介もの〉で、それは仇名にもなっていた。もの悲しい表情
ディキンスン夫人は一族が群がる中央に、まるで女王蜂のように鎮座していた。

を浮かべ、見るからに未亡人といった風情である。ジョージは夫人に好奇の眼差しを向けた。ルーシーもいつかはああなるだろう。すくなくとも自分より若く、苦労もすくない。そんな日が来たら、あれはなにを考えるだろうか。だがジョージはそれ以上余計な想像をするのはやめ、エレノアに考えを集中させた。あの女は心の底ではどう思っているんだろう。まさか冗談でレナードと結婚したわけでもあるまい。ルーシーはきっと――いや、ちがう！　いま考えているのはエレノアのことだ。本人は否定するかもしれんが、これから先、未亡人として安らかな生活が送れるだろう。いま目の前にいるエレノアは周囲の期待に十分応えていた。見るからにうちひしがれ、頼りなげだった。

悲哀に満ちた空気の中、乾燥した小さなサンドイッチとシェリーが配られはじめた。やがてすこしずつ会話が戻りはじめ、部屋の隅からかすかな笑い声があがったが、そこにはまだ責任能力に欠けるいとこたちがたむろしていた。しかし総じて品位は保たれ、みな声を抑えて話をした。そのためタクシーが玄関前に止まる音が誰の耳にもはっきりと聞こえた。

「さて、誰だろう」エドワードはたまたま未亡人の近くにいたが、いぶかしげな眼差しを戸外に注いだ。「まさか、あれは――おお、神よ。子供たちだ！」

その直後、スティーヴンとアンが玄関に姿を現わした。二人は弔問に訪れた人々の輪の中では明らかに場違いだった。ピッケルとリュックサックがないだけで――おそらく玄関口に置いてきたのだろうが――まるでハムステッドのプレーン・ストリートが氷河で、六十七番地がアルプスの山小屋でもあるかのような格好である。鉄の輪止めのついた頑丈なブーツは寄せ木の床にはいかにも不似合いだった。アンがかがんで母親にキスしたとき、岩に座ってもびくともしないような臀部のつぎはぎがあらわになったが、それはその場の人々にとっては異質のものだった。いとこたちのいる一角から忍び笑いが洩れてきた。

エドワードが「子供たち」と呼んだのは——そう呼ばれる側は実に不愉快だったが——それぞれ二十六歳と二十四歳の若者で、スティーヴンのほうが年上だった。二人とも背が高く、細身で、柔軟そうな体つきをしているものの、それ以外に似ているところはなかった。スティーヴンは薄茶色の髪に青白い肌。とはいえ、いまは顔全体が真っ赤で、その高い鼻は皮が剝けはじめている。アンのほうは兄より運がいいのか、それとも標高のきわめて高い場所での太陽光線に用心していたのか、顔と首はいくらか赤褐色に焼けていたものの、黒髪と茶色の瞳によく調和していた。顔立ちは印象的で、愛らしいというよりは、きりっとした目鼻立ちをしている。角張ったあごは、すこし上を向いた女性的な鼻とは不釣合いだった。男っぽいあごは兄のほうにふさわしく、知性を感じさせる眉と目は、特徴のない口元に裏切られていた。スティーヴンは弁舌もさわやかな社交家で、自分でも感心するほど、どこへ行ってもすぐにその場の雰囲気に溶けこめた。それに比べるとアンの控え目な性質は、周囲の目には洗練されていないと映ったかもしれない。その場の状況をつくろうのにスティーヴンがいたのは幸いだった。

「こんな格好でお詫びします」スティーヴンはすぐさま口を開いた。「なにしろ山からそのまま戻ってきたもので。クロスターズに置いてきた荷物がちゃんと送られてくればいいんですが」彼は黒ずくめの人々を見渡した。「葬儀は今日行なわれたんですね」

「戻ってくると知らせてくれればよかったのに」母親がやさしく声をかけた。「居場所がわかれば、葬儀を延期することもできたのよ」

「えっ、電報は届きませんでしたか。ダヴォス（スイス東部の保養地）でボーイに何フランか握らせて、送るよう頼んだのに。たぶん料金と一緒にポケットに入れてしまったんでしょう。残念です。僕たちが今回のことを知ったのは、つい一昨日です。それも『タイムズ』の記事がたまたま目に止まって」

「ほお、それは私とは関係なさそうだな」ジョージが口をはさんだ。その言葉とは裏腹に、彼が自分の仕事に満足しているのがはっきりとわかった。「しかしこんなときに、そんな格好で現われるとはな。礼を失するとは思わなかったのか」

　スティーヴンはわざとなにも答えなかった。

「聞いてください、お母さん」スティーヴンは説明を試みた。「すべてが起きたちょうどその日の午後、僕はクロスターズに到着しました。すでに数人のガイドを含めた全員が顔をそろえていたので、その日の夜すぐに出発したんです。そうしていなければ翌朝には知っていたでしょう。僕のせいです。でもこの場合、どうしようもなかったんです。グアルダに下りてくるまでの三日間、世間からは完全に遮断されていました。そこで誰かが置いていった古い新聞をたまたま読んで、お父さんのことを知ったんです。すぐに出る列車があると知り、急いで駅に向かって飛び乗りました。クロスターズに服と荷物を取りに寄っていたら、丸一日無駄になってしまいます」

「いいのよ、わかっているわ。さあ、シェリーを飲んで。疲れているでしょうに。あなたたちが戻ってきてくれて本当によかった」

　アンはその間にマーティンのほうへすばやく移動した。マーティンはアンが現われた瞬間から、家族という群れの中にいる迷い犬ではなくなっていた。二人が一緒にいる姿を認めたスティーヴンは、またもや同じ疑問を抱いた――どうして妹があんな白茶けた髪の、ぱっとしない近眼男と交際しているんだろう、と。

「マーティンを夕食に招待したわ」ディキンスン夫人はそう言って、親族にはマーティンがすでに家族同然であると知らしめ、同時にアンにはあとで恋人を独占する時間が十分にあると伝えた。「いずれにしても、これでマーティンは一歩前進というわけだ」スティーヴンは心の中でつぶやいた。「お母さんもあんな青二才に気をつかう必要などないのに」

スティーヴンはどうしたらジョージにつかまらずに、伯母のルーシーと話ができるものかと考えた。するとそこへロバートという影の薄いいとこが近づいてきて、「弁護士として、できるかぎりのことはやっておいた」と、スティーヴンが不在のあいだ、代理で書類を管理していた旨を告げた。ロバートはスティーヴンを部屋の隅に引っぱっていくと、書類の束を取りだし、それを処理する際の注意事項を一方的にまくしたてた。スティーヴンは片づけねばならない膨大な仕事の量に圧倒された。身内の死によって発生する複雑な法的かつ財政的な手続きなど、まったく念頭になかったのである。それも短期間に処理せねばならないとあっては、気が重くなるばかりだった。

やがてスティーヴンは渋い表情でロバートと別れ、シェリーとサンドイッチを手に、ホストとしての務めを果たしはじめた。

「葬儀に間に合わなくて残念だったわね」スティーヴンがオールドミスのいとこ、メイベルにシェリーを手渡すと、辛辣なせりふが返ってきた。スティーヴンが故意に遠くへ出かけたとでも言いたげな口調である。

スティーヴンは自分に責任はないと反論したい気持ちになったが、おだやかにこう答えるだけにとどめた。

「ええ、まったく」

「私は葬儀を延期したほうがいいと思ったんだけど、あなたのお母さんが耳を貸さなくて。お墓にはできるだけ早く行ってあげるんでしょうね」

「もちろんです」

スティーヴンはデカンターを取りにいこうとして、伯父のエドワードのわきを通りすぎた。

「陪審の評決を聞いても悲しんではいけないよ」エドワードが甥の腕をやさしく取って言った。

「評決？　まだなにも聞いていませんが。書類にはすこし目を通しましたが、そんな記述はありませんでした」

「自殺だからな」ジョージが悪い知らせをもたらす使者のように現われた。「精神が病んでいたんだろう。レナードがあんなことをするなんて――」

「いや、いや。精神のバランスが崩れてしまったんです。同じようでいて、まったくちがうんですよ、ジョージ」エドワードが訂正を試みた。

「同じだとも。ちょっと言い方を変えただけさ。まったくとんでもないことを――」

「いいえ、同じではありません」エドワードは譲らなかった。「いいですか、ジョージ。これは家族にとって不名誉にはなりません。その点を認識するのはとても大事なことです」

議論には終わりがないようにみえたが、ふいにアンの声がそれをさえぎった。

「自殺ですって！　つまりお父さまが自分で死を選んだっていうこと？」アンは興奮して叫んだ。

「それは精神のバランスが崩れて――」ふたたびエドワードはやさしい口調ではじめた。

「信じられないわ！　お母さま、スティーヴン、そんなこと信じてないわね。どうしてお父さまがそんな――ああ、口にするのも嫌だわ！」

「不名誉にはなりませんから」

「アン、あなたは検死審問にはいなかったでしょ」母親が静かに言った。

「ええ……私が見たのは『タイムズ』の一面に出ていた小さな死亡記事だけよ。それには睡眠薬を多量に服用したとあったから、なにか恐ろしい事故が起きたんだと思ったの。そうよね、スティーヴン。事故だったんじゃないの？　どうして誰もなんとも言わないの？　お父さまが――」

アンはいまにも泣きだしそうだった。みな一斉に口を開いた。

「でもアン、きみのお父さんはいつもすこし――」

「警察がちゃんと調べたんだから――」

「あんなメモを残すということは――」

「うっかり薬の瓶を二つも開けるなんて――」

「審問の記録を取ってあるから――」

アンは目に涙を浮かべ、急に大勢が話しだしたために耳をふさがれてしまった。彼女はとっさに兄に助けを求めた。

「スティーヴン、いまの話を信じられる？　なにか恐ろしいまちがいが起こったのよ。ねえ、みんなになんとか言ってちょうだい」

いまはじめてスティーヴンは自分が家長になったのだと感じた。彼自身と母親と妹に関する最後の控訴院——家族はその決定に賛成しても、親族は反対するかもしれない。だが妨害まではしないだろう。スティーヴンは責任の重さを痛感し、無意識のうちに肩に力がはいった。

「明らかに事故だ」スティーヴンは断言した。「まだくわしいことはわからないが、必ず真実をつきとめてみせる」そして彼は最後に聞こえてきた声の主——いとこのひとりだったが——に向けて尋ねた。「たしか審問の記録を取ってあると言っていたな」

「ああ、地方紙に出ていたものだ。実に逐語的に書かれていたよ。名前の綴りにいくつかまちがいがあったが、ほかの新聞と照らしあわせれば問題ないだろう。関係のある記事はみんな切り抜いて整理してある」

「よし、それを貸してくれないか。できるだけ早く」

「いいとも。今夜中に届けよう」

「感謝する」

「見終わったら返してくれるだろうね」

「ああ。でも、なにかに使うあてがあるのかい」

「もちろん——いや、つまりまだ中身は完全ではないし——」

「わかった」

「ちょっと邪魔するがね」ジョージが口をはさんだ。彼は人生の大部分をそうして過ごしてきたが、いつも悲惨な結果をもたらしていた。「自殺であれ事故であれ、大差はないんじゃないか」

「それはちがうでしょう」いとこのメイベルが意見を述べた。

エドワードの唇はいまにも「不名誉」という言葉を発しそうな形をしている。

「僕も同感です」スティーヴンはうんざりしていた。「それに父がそんなことをするとは思えません」伯父がなにを言おうと気にする必要はない。これは親族が口をはさむ問題ではないのだ。

「すくなくとも私たち家族にとっては大差のあることだわ」アンの視線は黙って話に耳を傾けている母親に向けられていた。

ふいに現実に引き戻されたように、ディキンスン夫人は椅子から立ちあがった。

「申し訳ありませんが、夕食の前にすこし休みたいので失礼します。アン、あなたもそうしたほうがいいわ。長旅のあとなのだから。スティーヴン、マーティンに手を洗う場所を教えてあげてちょうだい」

ほかの親族は気をきかせて、夕食に招かれなかったのを内心残念に思いながら、次々に屋敷をあとにした——みな話は尽きない様子ではあったが。ジョージはふたたび苦労して車に乗りこむと、安堵の溜息を洩らした。もうすぐこの窮屈な服から解放される。いずれにしても、今夜は義理の妹から金の無心をされずにすんだ。

第四章　伯父アーサーの遺言

八月十八日（金曜日）

余計な親類がいないというだけで、夕食は思いのほか楽しいものになった。ディキンスン夫人は通常の家族パーティのような雰囲気作りを心がけた。誰かが仲間外れになるような話題は避け、食事のあいだ会話が途切れぬよう気を配った。夫人はもはや気短なジョージの相手をしたり、エドワードの執拗な慰めの言葉に耳を貸す必要もなくなり、本来の明るくやさしい性質を取り戻していた。スティーヴンとアンは母親の新しい面を見たような気がした。ふと二人の念頭にある同じ考えが浮かんだ――明らかにその晩は、いつも上座に座っていた愚痴っぽい人物がいないおかげで、いっそう和やかな雰囲気になっていた。

けれども夕食後、一同が客間に席を移すと、ディキンスン夫人の態度は一転した。その表情はみるみるこわばり、コーヒーを運んできたメイドが部屋を出ていくのを待つあいだも、そわそわと落ちつかなげだった。やがて夫人は深い溜息をつくと、髪の毛をなでつけるような仕草をした――それは夫人に心配事があるという家族だけが知っているサインだった。まもなく夫人は話しはじめた。

「スティーヴン、あなたに大事な話があるの。マーティン、あなたもここにいてちょうだい。私たち全員に関わる問題だから。お父さまの弁護士のジェルクスから手紙が届いたの。その内容がまったく理解できないのよ。ロバートには関係ないと思ったから見せていないわ。スティーヴン、あなたにそれを見てもらいたいの」

夫人はデスクから手紙をもってきたが、すぐには渡さず、手紙を握ったまま話を続けた。

「まず説明しなければならないわ。アーサー伯父さんの奇妙な遺言書のことは覚えているわね」

「ええ、もちろん」スティーヴンとアンが同時に応じた。

「私がなにを話しているかわかるかしら、マーティン」

マーティンはアンの顔を見た。

「僕が、ですか?」とっさにマーティンは答えた。スティーヴンはその瞬間、なんてまぬけな奴だ、と思った。いままでも何度もそう思ってきたが、今回はきわめつけだ。

「たぶん知らないと思うわ」アンが根気よく言った。「いつか話そうと思っていたけれど、まだだったわね。アーサー伯父さんは――」

「私から説明するわ」夫人が口をはさんだ。「昨年亡くなったアーサー・ディキンスンは夫の長兄で、親族の中でも特に裕福だったの。独身だったから、残された多額の財産は兄弟に均等に分配されたわ――レナードにジョージ、トムと妹のメアリーのそれぞれの子供たちに。今夜いとこが来ていたけれど、そのうちの何人かがそうよ。親族の数が多いのにはびっくりしたでしょう。どうやらアンは私たち一族のことを、あなたにあまり話していないようね」

「いいえ、聞いています」マーティンはそう答えると、分厚いメガネの奥にある目をいぶかしげに細め、ふたたびアンを見た。

「それはよかった。いま言ったように、アーサーの残した財産は均等に分配されたの。でも私たちに関しては公平とは言えなかったわ。アーサーと夫はよく行き来する仲のいい間柄だったというのに、彼は私たち――私とアンとスティーヴンを不当に扱ったの。どうしてそんなことになったのか、いまここでくわしい話をするのはやめるわ。もう遠い昔のことで、思いだすだけでもつらいから。あの一件がそんなにも影響していたなんて――」夫人はすこし狼狽し、話は脈絡を失いはじめた。「もちろんアーサーは年老いていたから、もしかしたらまったく――とにかく、あの人を責めるつもりはないわ。あの頃は別人のようで――」

「早い話が、伯父は僕たちの名前を遺言から削除したということだ」スティーヴンがこらえきれずに口を開いた。

マーティンもすこしずつ状況を理解しはじめた。

「そうでしたか」マーティンはそう答えると、アンのほうを向いてとがめるように言った。「いまの話はしてくれなかったね。言いにくいことだとは思うけど」そしてまじめくさった口調で続けた。「でも、どうして伯父さんはそんなことをしたんです?」

その場に沈黙が流れた。マーティンのように鈍感な男でも、自分がまずいことを言ったとわかるほど長い沈黙だった。ディキンスン夫人は唇をすぼめ、アンはほおを紅潮させ、スティーヴンは頭に来たようだった。

「まるでわかってない」スティーヴンが吐き捨てるように言った。「いま問題なのは伯父がなにをしたかということだ。いいか、よく聞いてくれ。伯父は父に元金五万ポンドから生じる利子を残した——それが父の取り分だった——生きているあいだだけのね。ほかの人間はみなすこしずつ、それなりの額を手にした。しかし父の死でそのささやかな分け前が——名前は忘れたが、どこかのいまいましい慈善団体に行ってしまうんだ。どこだったか覚えていますか、お母さん」

「いいえ。どこの慈善団体にせよ同じことだわ。でも実を言うと、慈善団体に行くのはお金の半分で、あとの半分は別の人のところへ行くの——女の人よ」ディキンスン夫人は声をひそめた。「あまり世間体のよくない人ではないかしら」

マーティンは——スティーヴンの愛想が尽きたことに——いまにもクスクスと笑いだしそうだった。すくなくとも真顔でいながら、かろうじて笑いをこらえているといった印象である。

「もちろん夫もあの遺言は不当だと、それは腹を立てたわ。夫はそれなら自分は家族のためにどうすべきかと考えたの」

「保険契約を結んだんですね」マーティンはすぐに応じた。

スティーヴンは驚いて顔をあげた。どうやら思ったほどまぬけではなさそうだ。分厚いメガネの奥でいったいなにを考えているのだろう。この男を過小評価しすぎていたのだろうか。

「そのとおり。二万五千ポンドの保険だ。おそらく年齢から考えて、掛け金はとても高かったと思う。実際、アーサー伯父から受け取っていた額のほとんどをまわしていたんじゃないだろうか。それ以外の収入源といえば国からの年金くらいだった。わずかな金額だったが、それでも父はもらう価値は十分にあると考えていた。だがもちろん、それも父の死で打ち切られるだろう」

「なるほど」

「さてマーティン、きみのために古い歴史を紐解いたわけだが、わかってもらえたかね」

スティーヴンの声は明らかにもどかしげだった。いまだに疑念を払拭できず、怒りに似た感情がくすぶっているようだ。

マーティンはメガネをはずして磨きながら、明かりを見上げて目をしばたたかせた。

「ディキンスン夫人がおっしゃりたいのは、こういうことではありませんか。アーサー伯父さんが一年前に亡くなったのであれば、保険契約を結んでからまだ一年未満ということになります。保険会社の多くは証書の中に自殺に関する項目を設けているはずです。どこの保険会社ですか、ディキンスン夫人」

「ブリティッシュ・インペリアルよ」

「ふーん、そうなると」マーティンはメガネを戻しながら続けた。「当然、自殺の項目はあるはずです。それも事細かに書かれたものが。どう考えても情況は不利です」

マーティンはすっかり満足した様子で、ポケットからよごれたパイプを取りだすと、息を吹きこみ、煙草をつめはじめた。スティーヴンはその光景に吐き気を催した。客間で許可も得ずにパイプをやろうとしているマーティンにもむかついたが、それ以上に、でしゃばりな男にしゃべる機会を与えてしまった自分自身にもむかついていた。だがスティーヴンが口を開く前に、アンが鋭く叫んだ。

「マーティン！　そのきたならしいパイプをしまって、ちゃんと説明してちょうだい。自殺の項目ってどういうものなの？」

マーティンは顔を赤らめて「ごめん」と低くつぶやくと、パイプをポケットに戻した。「つまり自分に保険をかけてから、ある一定の期間内に——通常は一年だけれど——自殺をした場合、契約を破ったことになるんだ」

「つまり私たちはお金はもらえないってこと？　お父さまは自分に保険をかけていたというのに？」アンが声を張りあげた。

マーティンはうなずくと、また無意識にパイプを取りだした。しかし今度は自分で気づき、慌ててポケットにしまった。

あまりのショックからか、部屋はすこしのあいだ沈黙に包まれた。やがてスティーヴンが努めて冷静に促した。

「お母さん、ジェルクスの手紙を見せてもらえますか」

手紙は短く、実に明確だった。

親愛なるディキンスンス夫人

亡くなられたディキンスンス氏の保険証書の件で、ブリティッシュ・インペリアル保険会社の精算人に連絡したところ、当事務所宛に次のような回答が届きました。

『生命保険証書番号五八二／三一六四七に関する昨日の問い合わせにお答えします。陪審の評決と、保険契約から八ヵ月しか経過していないことから、条項四(・i)(a)が適用されます。それゆえ正式に我社を代表して、当方には保険金の支払い義務がない旨をお知らせいたします。同時に我社の好意として、証書に基づくすべての支払い請求がなされない場合にかぎり、被保険者である未亡人とその扶養家族に対し、いくらかの見舞金を支払うことを考慮中です。この件につきましてディキンスン夫人と我社の代理人が話し合いの機会をもちたいと存じますので、夫人に都合のよい日時を確認の上、折り返しご連絡ください』

この件に関してどう対応すべきかお知らせください。当方の考えでは、手遅れにならないうちに保険会社の代理人と会うのが賢明かと存じます。ディキンスン氏の遺言には、財産の半分をご子息とご令嬢に、残りの半分を未亡人に遺すとありますので、結論を出される前に、ご家族とも対応を協議されることをお勧めします。権益を守るため、私も話し合いの席に同席すべきかと存じます。

敬具

H・H・ジェルクス

スティーヴンは二度手紙に目を通した——最初は黙読し、二度目は声に出して読んだ。

「ほお、実に明快な内容ですね」スティーヴンが手紙を読み終えるや、マーティンが口を開いた。

「二万五千ポンドって、半ペニー銅貨でいくつになるの?」アンが尋ねた。

「なにを言ってるんだい」婚約者がぶっきらぼうに応じた。

「自殺であれ事故であれ大差はない、なんてジョージは言っていたが、いまなら、その差は歴然としている、とはっきり言ってやれるな」とスティーヴン。

「お父さまは自殺なんかしてないわ」アンが語気を強めた。

「どうしてそうだとわかる？　なにか根拠があるのか」スティーヴンが絶望的な口調でつめよった。

「私にはわかるのよ。お父さまを知ってるもの。誰がなんと言おうと——お父さまがそんなことをするのを目撃したという証人でも出てこないかぎり信じないわ。誰がなんと言おうとね！　お母さまもそう思っているでしょ」

　ディキンスン夫人はゆるやかに首を振った。

「お父さまがなにを考えていたのか、私には理解できなかったわ」夫人はあっさりと認めた。「そう考えると、私もジョージと変わらないかもしれないわね。あの人はもう亡くなってしまった。それを人がどう取り沙汰しようとかまわないわ。でもあなたたちにとっては、とても重要なことだと思うの。だからいまこうして意見を聞いているのよ」

「でも、これはお母さまにとっても重要なことよ！」

「アン、私はお父さまと結婚する前はあまり暮し向きはよくなかったの。また元の生活に戻ったところで、どうということはないわ。だから、もうなにも言わないでちょうだい。でもスティーヴン、これからどうすべきか教えてほしいの。ジェルクスになんて返事をしたらいいかしら」

「あとは僕がなんとかします」手紙を読み終えてからというもの、スティーヴンは呆然としていたが、ようやくわれに返ったようだ。「お母さんはもうこの件で悩む必要はありません。僕たちがこの保険会社のろくでなしに会って、どうするか教えてやります。保険金の支払い請求をしないなんて――論外です」

「それなら、お兄さんも私と同じ意見なのね」アンの声が熱を帯びた。「お父さまは自殺なんかしてないいって、そう思っているのね」

「ああ、おまえは正しいとも。僕らが貧乏人になる運命でなければな」

「それじゃあ、私の意見に賛成だとは言えないわ！」アンは食ってかかった。

スティーヴンの忍耐も限界に達したようである。

「いいか、アン。おまえの意見はもっともだが、そんなものに保険会社が耳を貸すと思うか。僕らの仕事は――いや、僕の仕事と言うべきかもしれないが――奴らに法的な支払い義務があると証明することだ。それができた暁には、どんなきれいごとを並べようとかまわんがね」

「そんなふうに考えるなんてまちがっているわ。まるで私たちが金の亡者かなにかみたい――」

「金か」マーティンは抑揚のない声でつぶやいた。「金はなにかと便利なものだ。軽視すべきではないと思うよ、アニー」

「アニー！」スティーヴンは身震いした。このまぬけが妹をアニーと呼ぶなんて。それをまた妹が気に入っているとは世も末だ！

「でも、現時点でよくわからないことがあるんですが」マーティンがうんざりするほど単調な声で続けた。「どうやって証明するつもりなんですか。保険会社を納得させるのは至難の業ですよ」そして彼はまじめくさった表情で首を振った。

どうやらスティーヴンはすでに答えを用意していたらしい。

「保険会社は陪審の判断を鵜呑みにした。だが僕たちはちがう。まずはふりだしに戻ってみるつもりだ。手始めに陪審と同じやり方で調べてみようと思う——もっとずっと慎重にな」

「もう一度、証人に話を聞こうというんですか」

「すくなくともそれに似たことをする必要があるだろう。だが、まず実際に陪審に示された証拠がどんなものだったか知る必要がある。くわしいことはまだわからないが、今夜中にいとこがファイルを届けてくれるはずだ。まずはそれに目を通してから——」

「細心の注意を払う必要がありますね」マーティンが口をはさんだ。

「そんなことは言われなくてもわかっている」スティーヴンはマーティンを睨みつけた。「とにかくそうすることで、なにが障害になっているかが見えてくるだろう。そのあとでこちらの言い分を立証するための調査をはじめる」

「なるほど。幸運をお祈りします」

「マーティン、あなたも手を貸してくれるわね。これは私たちにとってても重要なことなのよ」

マーティンはアンの顔を見た——もし彼がメガネをかけていなかったら、そのやさしい表情が見られたかもしれない。

「わかった、アニー」マーティンは口の中でつぶやいた。「そばにいるよ」

感情を表に出したのが恥ずかしかったのか、マーティンはそそくさと席を立った。そして玄関でアンにおざなりにキスをし、パイプに火をつけると、そそくさと屋敷をあとにした。

第五章　二つの意見

八月十八日（金曜日）

　新聞記事のスクラップを趣味とするいとこは、きちんと約束を守った。その夜のうちに一冊の分厚いスクラップブックがスティーヴンのもとに届けられた。その中にはありとあらゆる印刷物から抜粋された記事がところせましと貼られていた。はじまりは学校の雑誌からの切り抜きで、〈ディキンスン、徒競走で三等賞に終わる〉という一大事を取りあげていた。それから数頁に渡って、持ち主やその家族にまつわる貴重な記録の数々が収められていた。「日陰者の地味な記録」というのが頁をパラパラとめくったスティーヴンの第一印象だった。ペンデルベリー・オールド・ホールでの悲劇に関する記事にたどりつくのに、そう長くはかからなかった。実際、その記事はほかの記事を合わせた倍以上の分量があった。作成者は異常なまでの執念で、今回の事件に関連のあるあらゆる記事をスクラップしていた。見出しに写真、短評に論説――なんでもござれだ。だが実のところ、名士であってても特に注目すべき存在ではなかったディキンスンの死は、さほど世間を騒がせてもいなかった。事件直後は衝撃的だったにちがいないが、新聞でもあまり大きく取りあげられてはいなかった。しかしペンデルベリー周辺の住民にとって大事件だったのはまちがいない。スクラップブックの持ち主の言葉どおり、地方紙は事件を詳細に報じていた。おかげで記事を読み終えるころには、スティーヴンは検死審問に出席していたかと思えるほど事件に精通していた。

その晩スティーヴンが寝室にひきあげたのは、かなり遅くなってからだった。からだは疲れていたが、どういうわけか眠くなかった。スティーヴンは部屋を何度か行ったり来たりしたのち、椅子に座って煙草に火をつけ、集中しようと眉をひそめた。その姿は、コーヒーカップを手にしながら、保険会社に考えを改めさせてやると宣言したうぬぼれの強い若者とは別人だった。それどころか、これから先のことを案じ、神経質になっているようにさえ思われた。だがその表情からは断固たる決意の程がうかがわれた。

スティーヴンは煙草を吸い終えると、ようやく着替えをはじめた。スクラップブックは地方紙の部分を開いて整理だんすの上に置き、新しいアイデアが浮かぶと、着替える手を止めては検討した。ドアが静かに開いたとき、スティーヴンはまだ着替えの途中で、ちょうど記事に没頭していた。ふと彼は気配を感じて顔をあげた。

「アン！　こんな時間にどうしたんだ」スティーヴンは驚いて叫んだ。

「眠れないの」パジャマ姿のアンが答えた。「歩きまわる音が聞こえたものだから」

アンは部屋にはいってきてベッドに腰を下ろすと、考え事でもするかのように足をぶらぶらさせた。スティーヴンはその姿を見ながら、マーティンは自分がいかに幸運な男かわかっているのだろうかと考えた。

「煙草ちょうだい」

　スティーヴンは黙って手渡し、火をつけてやった。アンは半分まで吸ったところで、ようやく口を開いた。

「スティーヴン」

「なんだい」

「ねえ、夕食のあとに客間で言ったこと、あれ本気なの？」

「ああ」

「まだ気は変わってないのね」

「もちろんだ。どうしてそんなことを訊くんだ」

「さあ。ただ心配そうに見えるから」

「そうだろう。心配だとも。ひどくね」

「あれのせい？」アンは整理だんすの上のスクラップブックを指さした。

　スティーヴンはうなずいた。

「でも、やっぱり陪審の評決はまちがいよね」

「ああ、まちがいだ。まず、そこからはじめようじゃないか。証拠についてなにか別の解釈ができると思うんだ。たとえばこれを見てくれ――」

「いいえ、いまはやめて。なにも聞きたくないわ。役に立とうと思うなら、そのうち聞かなきゃならないけど。私が知りたいのは――スティーヴン、この件をあきらめたりしないわよね」

「あきらめるだって？　こりゃいい！　おまえの人生にはないものだ！」

「わかったわよ」アンはそう答えると、にやりと笑った。「そんなピンクの下着姿でも、とっても頼もしく見えるから安心して。お兄さんがやるだけの価値があると決めたのなら――」

「もう言ったはずだぞ。さもないと、どんな貧乏生活を強いられるかわかっているのか」

「ああ、お金ね。そんなことは考えてもみなかったわ」

「考えて当然だ」

「お兄さんはお金のことにはきびしいものね。子供のときからそうだったわ。私はお金はどうでもいいの。ただ我慢ならないの。人がお父さまのことを――」

「エドワード伯父さんが不名誉と呼んでいるあれか？」

「ちょっとちがうわ――それ以上のものよ。いい言葉が浮かばないけれど、いままでお父さまはずっと不当な仕打ちを受けてきたと思うの。だから、もし私たちの手であのたちの悪い身内の口を封じられたら、すこしは恩返しになるんじゃないかしら。つまりお父さまに償いをするということよ。くだらないと思うかもしれないけれど」

「まったくだ」

「私はそうしたいの。理解してもらえないのはわかっているわ。私はお父さまがとっても好きだった。ただその気持ちを証明する機会がなかっただけ。お兄さんはすごく嫌っていたわね。いつも態度に表われていたもの。私たちのちがいはそこよ」

「聞き捨てならないな。誰があの年寄りを嫌っていただって？　おまえにそんなことを言われる筋合いはないぞ」

「気にさわったならごめんなさい」

「いずれにしても今回の件に感情をはさむつもりはない。親父とそりがあわなかったのは認めるが、もうそれくらいにしておいてくれ。だが二人とも身内の年寄りと馬があうという特性はもちあわせていないようだな。アーサー伯父さんにしたってそうだ」

「アーサー伯父さんは特別よ。変人だったもの。あの遺言がいい証拠だわ。でもお父さまはちがった。いつも私たちのために最善を尽くそうとしてたけど、なんていうか、歯車がうまくかみあわなかったのね。私たちにしたって同じよ。お父さまは人生に対していつも不満を抱えているようだったわ」

「そのとおり。それを陪審が見つけたわけだ」

「でも、お父さまは一度も人生を捨てたりしなかったわ——そこがポイントよ。生きているときにはあまり親孝行してあげられなかった。だからその分——」

「死んでから親孝行しようってわけか」スティーヴンはあからさまに大きなあくびをしてみせた。「アン、悪いが、おまえの感傷につきあっている暇はない。それを聞けば親父も死ぬほど喜ぶだろうがね——ああ、もう死んでいたっけ。だがこの問題に関しては、どっちの意見が正しかろうと、どうでもいいことだ」

「そうね。すくなくとも二人の目的が同じならいいことだわ」

「そのとおり。ここは合理的に考えよう」

「ええ。私はお父さまの思い出を整理することにするから、お兄さんはしっかり形勢を見据えていてちょうだい。きっと強力なチームになるわ。もちろんマーティンも一緒よ」

「ああ、そんな奴がいたっけな。すっかり忘れていたよ」スティーヴンはぞんざいに言った。

「お願いだから、今後は忘れないでちょうだい」アンの声は急にとげとげしくなった。「できることならそうしたいと思っているのはわかるけど」

好意を示している男の悪口を言えば妹がすぐにかっとなることは、スティーヴンも重々承知していた――妹の趣味に関してはまったく理解できなかったが。いまスティーヴンは眠気におそわれ、一刻も早くベッドにもぐりこみたかった。そのため相手をなだめるようなことを言って、早く部屋から出ていってもらうのが得策だった。だがそうするかわりに、つむじ曲がりの小鬼《イムプ》が彼にこう言わせた。

「そのことに関しては、あまり話す機会がなかったな」

戦いの火蓋が切られた。一瞬にして、アンの眠たげな茶色の瞳に輝きがよみがえった。ほおは赤味をおび、突きだしたあごはいかにも挑戦的である。

「どうしてなの」アンが口火を切った。「どうしていつもマーティンのことを悪く言うの」

もはや遅すぎた。スティーヴンは危険地帯に足を踏みこんでしまったのだ。

「そんなことはないさ」スティーヴンは弱々しく弁解した。

「いいえ、いつもそう。ちがうならどうしてマーティンを好きだと言わないの」

「マーティンのことは好きさ。わざわざ口にする必要もないだろう。実際、いろんな意味で尊敬している。ただ——」

　致命的なせりふだった。

「ただですって！　ほらみなさい。マーティンがいつも気にしているのはそれよ。ただなんだと言うの！」

　スティーヴンは平静を失うまいとした。

「ただ、おまえを幸せにできるような男ではないと思っているだけだ」

「そんなヴィクトリア朝の小説に出てくる妹思いの兄みたいな話し方はやめてちょうだい！　ぜんぜん似合わないわ。はっきり言ったらどう？」

「思ったままを言ったまでだが」

「いいえ、嘘。逃げただけよ。お兄さんはマーティンのことを——どんな言葉が適当かしら——女たらしとでも思っているんでしょう」

「どうしてもその話題に触れたいというなら、つきあうぞ」

「マーティンと私のあいだに秘密はないわ。それだけはわかってちょうだい。仮に人に言えない過去があったとしても、それはそれでかまわないわ。お兄さんが意地悪なピューリタンみたいに、若気の至りから放蕩をしてきた人間に反感を抱くのは勝手だけど、私はちがうわ」

　人の言葉をくりかえすというスティーヴンの悪い癖は、またもや裏目に出た。

「若気の至りから放蕩をしてきた人間というのはだな——」スティーヴンはしゃくにさわる言い方をした。「やることなすことすべて中途半端なんだ。必ずどこかでぼろが出るもんだ。おまえにもそのうちわかるだろう」

「そのほうが人間味があると思うわ」アンは反論した。「でも、お兄さんの考えているのが——」

このあたりから二人の議論はなんら脈絡がなくなり、子供が教室でつかみあいの喧嘩をするような低次元なものになっていった。どの家庭も古い不平不満をどこかにしまいこんでいるものだが、二人はそれを惜しみなく活用した。一年前にリンプフィシュホーンを下山するとき、アンが怖じ気づいていたとスティーヴンが指摘すると、アンは十二年前の子供たちのパーティーで、彼がトランプでいかさまをしたのがばれた経緯《いきさつ》をもちだして逆襲した。さらにアンは、スティーヴンがアーサー伯父に愛情を向けなかったために致命的な結果になったと激しく非難した。スティーヴンは触れられたくない古傷をえぐられ、激怒のあまり真っ青になり、仕返しに、社交界へデビューするパーティの席でアンがしでかした大失態を暴露した。二人は何度もマーティンの名前をもちだして怒りのエネルギーを補充しながら、ますます口論をエスカレートさせていった。だが、やがて戦いの炎もおさまる気配を見せはじめた。

「私がたまたま好きになって、マーティンも私を——」

「どうして、あいつがおまえを好きとわかるんだ。単に金目当てかもしれないだろう」

「単《ヽ》に《ヽ》お兄さんはお金以外のものを好きになれないだけよ。世の中にはそんな人ばかりじゃないのよ！」

「それなら言うが、それほどおまえのことが好きなら、なんでスイスに一緒に来なかったんだ。それとも山登りが恐いのかな」

「来られなかったんだから仕方ないわ。わかってるはずでしょ。休暇が取れなかったのよ」

「そうかもな！　あいつは誰となにをして退屈しのぎをしていたんだろうか」

「そんな嫌味な質問、答える気もしないわ。お兄さんのほうこそ、どうして三日も到着が遅れたのよ。ジョイスが帰ってからというもの、私はホテルにひとりきりで、気が気じゃなかったのよ！」

「それはもう説明したじゃないか。どうしようもなかったんだ。会社から急にバーミンガムに行くように言われて。あそこの会計士が病気で――」

「ええ、それは聞いたわ。バーミンガムのいまいましい会計士とやらにはもううんざり。それなら、どうして飛行機で来なかったの？　列車で来るなんて時間の無駄もいいところだわ」

「おまえのために飛行機代に大枚をはたけばよかったのか」

会話はさらに続いた。

「とにかく」アンはしばらくのちに言った。「お兄さんがどう思おうと、今回はマーティンにも手伝ってもらうわ。嫌でも、せいぜい我慢することね！」

「もちろんマーティンは断わらんだろう。あいつは自分の利益にさといからな。今回の一件で保険金がはいるかどうかが、おまえらの将来にも影響してくると考えたことはあるのか」

「ええ、考えたわ。私も馬鹿じゃないもの」

「それを聞いて安心したよ。覚えていると思うが――この件に関してはめずらしく親父と意見が一致してね――親父はマーティンが義理の息子になるのは、どうにも我慢ならなかったのさ」

「それは認めるわ。でも、お兄さんが厳格な父親役を演じようとしても無駄よ」

「そんなつもりはない。ただ言いたいのは二つ——第一に、親父の目の黒いうちはおまえらの結婚を許さなかったということ。第二に、保険金の分け前にありつかないかぎり、おまえには結婚資金もないということだ。この二つを総合して考えると、いまおまえが親父の死にひどい衝撃を受けているようなふりをするのは、吐き気がするほどの偽善に思えるんだがね。それに陪審の評決をくつがえすことにしたって、おまえの唯一の関心は——」

だがアンは兄の磨きあげられたせりふを最後まで聞かなかった。彼女はベッドから腰を上げると、パジャマ姿ながらも精一杯の威厳を漂わせて、大股でドアに向かった。

「お兄さんと話していると胸がむかつくわ」アンはそう冷ややかに言い、部屋を出ていった。

こうして聡明で慈愛に満ちた二人の成熟した若者はようやくベッドにはいった。翌朝目覚めたとき、二人とも自分の行為を大いに恥じたのは言うまでもない。

第六章　スコットランド・ヤードの訪問者

八月十九日（土曜日）

翌朝、スティーヴンは朝食の時間に遅れた。ディキンスン夫人は、病人の特典は身内に先立たれたばかりの者にも適用できるという慣習に従い、寝室で朝食をとっていた。アンはすでに朝食を終えていたが、いまだダイニングルームにいた。スティーヴンが降りていくと、アンは三本目の煙草を灰皿に押しつけた。見るからに虫の居所が悪いようである。

「これはこれは」アンはすぐにしかけた。

スティーヴンは無言のまま、まっすぐ食器棚に向かい、コーヒーをいれた。

「もう冷えてるな。ミルクに膜が張ってる。なんてひどい臭いだ。食後にダイニングルームで煙草を吸うなんて、いままでなかったことじゃないか」

「はっきり言ったらどうなの！」アンが食ってかかった。「お父さまが生きているときにはやらなかったってね」

「いったいどうしたんだ、アン。今朝はやけに喧嘩っぱやいんだな」

「ちょっといらついてるだけよ。いつになっても降りてこないから」

「いらついてるだって？」スティーヴンはトーストに慎重にバターを塗りながら尋ねた。「どうしてまた？」

「決まってるじゃない。今日ジェルクスに会いにいくの？　保険会社の人間にはいつ会うつもりなの？　まずなにからやればいいの？　話したいことが山ほどあるのに、どうしていらついてるかなんて、そんなくだらない質問しないでちょうだい！」

「まずはこの朝食を終えてからだ。できることなら、もうすこし静かに食べたいもんだな。それから――」

「それから？」

「ジェルクスとこの件を話しあうつもりも、保険会社を訪ねるつもりもない。もちろんマーティンに会うつもりもない。すこし自分で調べてみたいことがあるんだ。おいおい、騒ぐのはやめてくれよ」スティーヴンはアンが口を開く前にすばやく続けた。「おまえの言いたいことはわかっている。だがよくよく考えて結論を出したことだ。僕は昨夜審問の記録に目を通した。僕たちに与えられたチャンスは一度きりだ。まず成功する見込みがあるかどうか確かめたい。もしあれば前進あるのみだ。もしなければ――」

「約束を取り消す言い訳を探しているのね。そんなことだろうと思っていたわ！」

「またはじめようというのか」スティーヴンはうんざりした表情を浮かべた。「約束を取り消すつもりなどないさ。それは昨夜言ったはずだ。おまえは状況をまったく理解してない。もし――」彼は腹立たしげに強い調子で続けた。「もし朝食を食べるあいだ静かにしているだけの分別がおまえにあったら、あとで説明しようと思っていたんだが。こんな様子じゃ、まともな話などできそうにない」

アンは立ちあがってドアに向かったが、ノブに手をかけたところでふりかえった。

「スティーヴン、こんなこと馬鹿げてると思わない？　もしそうしてほしければ、昨夜のことは謝るわ。どうしていつも子供みたいに喧嘩しなきゃならないの」

「二人のものの見方がまったくちがうからさ。それに子供っぽいのはそっちのほうだろう。おまえときたら――」

「もういいわ！」アンはそう叫ぶと、勢いよくドアを閉めた。だがすぐにまたドアを開け、まるで聴衆の期待に応えるかのごとく、皮肉めいた口調で尋ねた。「閣下は今日はどちらにお出かけになるのでしょう。昼食はお屋敷でおとりになるのですか」

スティーヴンはゆで卵の上でうやうやしく会釈をした。「昼食は外でとることにします。今日はスコットランド・ヤードを訪ねることにしますので、その旨よろしく」

難問にぶつかったときにスコットランド・ヤードを訪ねるのは当然のことだ。丁重だが詮索好きな受付の係官が、そうスティーヴンに教えてくれた。それではマレット警部に面会を希望しておられるのですね。そうです。どの事件に関連のあることですか。個人的な用件で？　ええ、そうです。約束はありますね。えっ、ない？　それは不運ですね。スティーヴンはきまり悪さをおぼえていた。

ワイシャツの首まわりがきつくなったような息苦しさに襲われ、まさに不運だと心の中で同意した。いいえ、ほかの方にはちょっと。ええ、警部がお忙しいということは重々承知していますが、急ぎの用件なのです。お手間は取らせませんから。ええ、これが名刺です。ぜひとも待たせてもらいます。いいえ、巡査部長ではちょっと……いいえ、まったく……ええ、もちろん……ええ、とても……ありがとう。もしよければ……よくわかります……ええ……いえ……

そうした予備尋問に半時間ほどかかり、さらに待合室で二十分待たされたあげく、いま警部は会議中で、そのあとは昼食にはいると告げられた。どうやら雰囲気から察するに、マレット警部の昼食は軽々しく扱われるべきものではないらしい。昼食後に予定がなければ、しつこい訪問者の名刺が警部のデスクに置かれ、もし警部が興味を示せば、晴れて面会の運びとなるわけだ。係官は警部が面会を許可する可能性は低いが、試してみるのはまったくかまわないという様子だった。スティーヴンはすでに希望を失いかけていたが、それでも、また一時に戻ってくると約束した。

スティーヴンは近くのレストランにはいり、みじめな気分で昼食をとった。そしてビッグベンが一時十五分前を告げると、もはや見慣れてしまった煉瓦造りのうすよごれた四辺形の建物へと足を返した。だが意外な驚きがスティーヴンを待っていた。ふたたび無益に待たされずにすんだのだ。どうやら会議は予定より早く終わり、警部はきちんと昼食をとったあと——これが明らかに重要な点だった——スティーヴンの名刺を見て、ちょうど時間が空いているから会ってみようということになったらしい。さあ、どうぞこちらへ、と係官が促している。

スティーヴンは狐につままれたような面持ちで、いくつもの廊下を歩き、いくつもの階段をのぼった。そしてついにテムズ川を見下ろす風通しのよい小部屋に着いた。だが部屋は明らかに過密状態だった。そうした印象をすぐに抱いたのは、部屋の主である男の巨体に因るところが大きかった。男はデスクから好奇心溢れるにこやかな笑みをスティーヴンに向けている。

「スティーヴン・ディキンスンさんですね」その声は巨体のわりに驚くほどやわらかだった。「どうぞお座りください」

スティーヴンは言われるまま椅子に座り、自己紹介をしようと口を開きかけたが、そこへ警部が続けた。

「亡くなられたレナード・ディキンスン氏のご子息ですか」

「ええ、そうですが――」

「そうだと思いました。どことなく似ておられるので」

若者は顔を赤らめた。

「そうでしょうか。自分ではあまり似ているとは思いませんが」スティーヴンはやや不服そうな口調になった。

マレット警部は含み笑いを洩らした。

「祖母の行儀作法の教えのひとつに〈似ている部分を見つけてはならない〉というのがありました。祖母はそれが失礼にあたると固く信じていましてね。私は行儀のいいほうではありません。礼儀正しい警官をやらずにきてしまったもので。だがやはり似ておられる」

マレットは亡くなったディキンスン老人の魅力に乏しい姿を思い浮かべた。似ていると言われて息子が嫌な顔をするのも無理はない。しかしマレットが似ていると思ったのは外見ではなく、その印象だった。はっきりどこが似ていると指摘するのはむずかしかったが、スティーヴンを一目見た瞬間、ディキンスン老人を連想したのは確かである。奇妙なことに、マレットが連想したのは夕食後に饒舌なディキンスンが秘密めいた話をしながら近づけてきた顔ではなく、翌朝ベッドに横たわっていた死人のおだやかな顔だった。時のいたずらが影を潜めたあとの生来の顔立ちは、いかに人生が強い影響をおよぼしていたかを如実に物語っていた。スティーヴンはまだ人生経験が浅く、顔にも蜘蛛の巣の跡はなかった。二人の共通点をどう表現したものだろうか。どちらの顔にも自己中心的なところが見受けられる。おそらく父親と息子の類似は表面的なものだけではないだろう——いかに一方が人生に疲れた悲観主義者《ペシミスト》で、もう一方が傲慢といえるほど自信過剰な若者だとしても。もしこうした親子の相似を話したら、スティーヴンはさらに不愉快な気分に陥るだろう。

その間も二人の会話は続いていた。

「ともかく今日お訪ねしたのは、父の一件で警部にお会いしたかったからです」

「そうでしたか」マレットは愛想がよかったが、特に関心を示すふうでもなかった。

「ええ」スティーヴンは冷たい水に飛び込もうとする人のように、一瞬ためらってから続けた。

「父の死に関する陪審の評決は納得できないのです」

マレットは眉を上げた。

「陪審の評決はまちがっています」スティーヴンはくりかえした。

「おっしゃる意味はよくわかります」マレットはゆっくりと答えた。「しかしディキンスン氏の一件に関することであれば、地元警察を訪ねるべきではありませんか。つまり――」そして当惑の表情を浮かべている若者に笑みを向けた。「あの件はマークシャー警察の管轄です。私はたまたま私的に関わったにすぎません。あそこの署長に一筆したためますので――」

「いいえ」スティーヴンはきっぱりと断わった。「今日はそういうことでうかがったのではありません。警部に個人的にお会いしたいわけがありまして」

「ほお」

「陪審が判断を誤った主な原因は警部にあります」

この種の意見を最後に聞かされたのはずいぶん前のことだったので、マレット警部は好意的に受けとめられなかった。一瞬、目の前の生意気な若者に思い知らせてやろうかとも思ったが、まだ食後の心地よい気分が残っていたのが幸いした。しかしスティーヴンはマレットの顔を一瞬かすめた表情に気づき、すぐさま謝罪した。

「どうか、悪くは――」

「いや、お気になさらず」警部がさえぎった。「つまり私のしたことが問題だと言われるのですな。あの件では証人として出廷しました――純粋な意味での証人です。証人として正確な証言をするよう努めたつもりですが」

「わかります。ですが、その警部の証言がすべてのトラブルの原因なのです。まさしく証言は正確なものでしたが、それが検死官と陪審の判断を狂わせる結果になったのです」

スティーヴンはまずは言うべきことを言ったという面持ちで、椅子に深く座りなおした。けれどもマレットはまったく表情を変えなかった。大きな手を机の上に置き、固く唇を閉じたまま、スティーヴンの頭上一フィート程の空間を見つめている。

「なんの話か、私にはさっぱりわかりません」マレットはそう低くつぶやくと、ふいに視線を下げ、相手の顔を凝視した。「どうやら順を追ってお話ししたほうがよさそうですな。そうすれば納得がいくはずです。ディキンスン氏は睡眠薬の飲みすぎで亡くなりました。これは医学的根拠に基づくものです――すくなくとも私はそう信じています。あなたはそれに異議を唱えるのですか」

「いいえ」

「よろしい。そして数々の証言に基づいて――私も証人のひとりだったわけですが――陪審はディキンスン氏の死は自殺だったという結論に達しました。それがまちがいだとお考えなのですね」

「ええ、まさしく」

「私の証言がなければ評決はちがっていたと？」

「事故死ということで決着したはずです」

「そのご意見には賛成しかねますな。提出された証拠にしても――ああ、この話はまたあとまわしにしましょう。あなたは事故死というのが正しい判断だったと考えているわけですね」

「それなら満足できたでしょう」

「しかし、あなたはそれが妥当な評決だと思いますか」

「いいえ、あなたのいう妥当が事実に即しているという意味なら、そうは思いません」

長い沈黙があった。マレットはなにか言おうと口を開きかけたが、もう一度考えなおし、それから言った。「しかしあなたはいま、その評決なら満足できたと言われましたね」

「似たようなものじゃありませんか」

「そうでしょうか」マレットはいくぶんきびしい口調になり、スティーヴンにいぶかしげな視線を注いだ。「ディキンスンさん、私にはあなたの言われることがまるで理解できません。あなたは評決がまちがっていると異議を唱えているのに、同じようにまちがっている別の評決を受けいれる用意があるというのですか。結局あなたは抽象的な正義などに興味はないのではありませんか。さらに自殺者につきまとう不名誉といったものを懸念するふうでもない。どうです、ちがいますか」

「おっしゃるとおりです。私は抽象的なことに興味などありませんし、不名誉についても同様です」スティーヴンはなにかを思いだしたように苦笑した。「一族にはこだわっている者もいるようですが、僕にはどうでもいいことです。しかし父が自殺したのでないと証明できなければ、大金を失うことになるのです」

警部は思わず笑みをこぼした。

「それで評決はまちがっていると思うことにしたと?」

スティーヴンはその非難に対して嫌な顔をした。

「ちがいます」若者は激しく否定した。「僕は評決を聞いた瞬間、まちがいだと思いました。警部だって僕と同じくらい父をよく知っていれば、そう思われるにちがいありません。しかしこの際、評決の是非は関係ありません。問題はその結果です。事故死という評決なら満足できただろうと言ったのは、そういう理由からです。僕はいま心ならずも真実を証明しなければならない立場にありますが、余計なことで悩まずにすむだけましじゃありませんか」

「そら、自己中心的だ！」マレット警部はひそかにほくそ笑み、こう声に出した。「では、あなたの導きだした結論はなんですか、ディキンスンさん」

「父は殺害されたのです」

マレットは唇を真一文字にむすんだ。軍人風の尖った口髭が両側にひっぱられ、考え込むような顔つきになった。内心驚いていたとしても、彼はそれを表情には出さなかった。

「殺害ですか」警部はおだやかに応じた。「よろしい。そうなると、やはり私の最初の提案が正しかったようですな。つまりマークシャー警察を訪ねて、そう主張するのが筋というものです」

「それが正しい手順かもしれません」スティーヴンはもどかしげに反論した。「しかし、やるだけ無駄というものです。現時点ではマークシャーにも、ほかのどの警察にも、提出するだけの新しい証拠がありません。それに僕は殺人犯を特定することには興味がありません。ただ保険会社を納得させたいだけです。必要なら裁判にもちこむつもりです。父は誰かに殺害されたと言ってね」

「なるほど。あなたのように——犯罪に対して無責任な見解をもつ警察などないでしょうが、お立場はわかりました。保険会社を納得させるような証拠を見つけたいわけですな」

「そのためにここへ来たのです」

一瞬マレットはいらだたしげな表情を浮かべた。

「しかしながらディキンスンさん、また話を最初に戻さざるをえません！　いったい私になにができるというのです。職務上——」

「この面会は非公式なものです」

「よろしい。非公式に申し上げると、私は証言を求められたひとりの証人にすぎません。その証言は正確なもので、陪審はそれを信じ、それに基づいて判断を下しました。もしあなたがお父上の死に関して訴訟を起こすのであれば、私はまた証人として呼ばれ、また同じ証言をすることになるでしょう。陪審が変わっても、私の証言が与える影響は同じだと思います。その点はどうお考えですか」

マレットが驚いたことに、スティーヴンはその問いに快活に答えた。「警部の証言をくつがえすなんて簡単なことですよ」

「ほお」

「嘘じゃありません。もし僕が新聞も手紙も届かないスイスの山奥にいなかったら、検死審問でそうしていたでしょう。実際なんの意味があるというんです。警部は父が亡くなる前の晩、父と話をされた。いや、もっと正確に言えば、父が一方的に話し、警部はただ耳を傾けながら、こんなぞっとする老人から早く解放されたいと思っていたのではありませんか。父は人生や、特に家族に対する不満を洩らしたはずです。なんて陰気な老人、と思われたでしょう。そう思って当然です。いかがですか、警部。そうした印象をおもちになりませんでしたか」

「確かに」マレットは同意した。「しかし話の内容はずっと深刻なものでした」

「わかります。警部は審問ではくわしい話の内容にまでは触れておられませんが、父が実際にどんな話をしたのか、僕には容易に見当がつきます。ずっと年下の女性と結婚したのはまちがいだった、と言いませんでしたか。ペンデルベリー・オールド・ホールで生まれ、そのことは家族が思っている以上に自分には意味のあることで、それはあの館が人生において幸福だった唯一の場所だからだ、と。そして最後には、道の続くかぎり這いまわるカタツムリに自分をなぞらえ、旅の終わる場所が重要な意味をもっている、と言いませんでしたか」
「その話については証言では触れなかったのに、なぜお父上がそういう表現を使ったとわかるのですか」
「もちろん、それが父の口癖だったからです。あんな話を父がその場ででっちあげられるわけがない。警部も気づかれたはずです。家庭ではああいう話は毎月更新されてほしいものですよ。カタツムリの旅の話は、わが家では長年のテーマソングのようなものでした。実際それをもとに詩を書いたこともあります。はじまりはこんなふうです。

　どうして憂鬱なカタツムリが
　　友を元気づけられよう。
　来た道をふりかえり考える、
　　道はどこまで続くのかと。

「ええ、下手くそな詩です。でも、とにかく僕の言いたいことがおわかりいただけたと思います。警部が父と話された内容を、自殺の証拠として採用することはできません」

「私の証言は前の晩の会話にとどまりませんでした。それに検死官も陪審の前で特にその点を重視したということもありません」マレットは指摘した。

「確かに。ところが、あろうことか検死官が重視したのは最も馬鹿げた証拠でした。だからといって責めることはできません。知る由もなかったんですから。ただ胸が悪くなるほどの不運でした。誰にも予測できなかった偶然の一致です。ところで、いま僕たちは同じことを考えているんじゃないでしょうか。つまり、あの題銘、モットー——あなた方がどう呼ぶかはわかりませんが、あれが遺体のそばで見つかったそうですね」

マレットはうなずいた。

「われらは惨禍の只中にあり。死はわが友なり」スティーヴンはそう引用すると、哄笑した。「まったく、実に滑稽だ！　ところで警部、どんな紙に書いてあったか記憶しておられますか」

「あれは良質の白い紙切れでした。インクは黒で、すくなくとも私があれを見る数時間前には書かれていたようです。時間はもっと経過していたかもしれません。インクの種類にもよりますからな。筆跡は——もうご存じかもしれませんが、お母上が審問で確認されました」

「筆跡については疑問は浮かばなかったんですね」スティーヴンが言った。「でも、もしかしたら、それは僕の書いたものだったかもしれませんよ。そんなことになったら、検死官もすこしは疑いを抱いたでしょうに」

「あなたが？　どうしてそんなことが？」

スティーヴンは直接その質問には答えなかった。

「警部、探偵小説をお読みになったことはありますか。チェスタトンの作品にとてもいいのがあります。ある男が死体で発見され、遺体の傍らには明らかに自殺をほのめかす遺書が残されていた。でもそれは男が書いた小説の一部だった。つまり殺人犯は男が書いたばかりの原稿を見つけて、引用符のついていた原稿の隅を切り取ったんです」

「しかし今回は小さな紙切れです。ノートの切れ端でもなんでもありません。それに、どの隅も切り取られた形跡はありませんでした」マレットは事実を述べた。

「さらに言えば、父は小説など書いてはいませんでした。でも父がしていたことがあります。カレンダーの製作です」

「カレンダー?」

「ええ、引用句つきのカレンダーです。もちろん、ああいった父ですから、そのほとんどが悲観的なものでした。ちなみに警部はどうお考えになりますか。自殺を考えている男が何年もの歳月を費やして、人生に対する三百六十五もの陰気な文句を集めたりするもんでしょうか」

「では、あれは引用句だったと?」

「もちろんです。父はあんな文句を自分でひねりだせるような人間ではありません。あれはサー・トマス・ブラウンという文人が三百年程前に書いたものです。あれを見つけたとき——いや正確に言えば、すこし前に僕が見つけて父のために書きとめたんですが——父はそれは喜んでいましたよ。どうやら父はそれを自分のコレクションに加えるのにふさわしいと考えたらしく、専用の小さなメモ用紙に写しました。父はそんな紙切れを百以上も集めていました。それを時々かきまぜては、父独自の規格に合わないものを捨てていくんです。それは異常なほどの熱の入れようでした。僕にはまったく理解できませんでしたが。そんな具合でしたから、カレンダー作りには長い年月がかかりました。警部にお見せしようと、ここにいくつか持参しました」
　スティーヴンはポケットから紙切れを取りだした。
「これなんかどうでしょうか。

わが兄弟よ、哀れなる兄弟たちよ。
この生には善きものなし。
　されど生は一瞬にして、またとなし。
われら生まれしとき、そを知らず、
また土に返るとき、そを知らざるべし。
　われ斯く思いなし、慰め得たる。

『恐ろしき夜の街』（ジェイムズ・トムスンの詩。一八七四年作）です。ブラウンの著作からの引用はかなり多くあります。
これもなかなかおもしろいですよ。

　とはいえ余はここに確言する、ペルーへは多くの道があると。

「どうして父がこんな本に興味をもったのかはわかりませんが、ハクルート（英国の地理学者。一五五二?—一六一六）の『航海記』からの引用です。どうも父はペルーを来世の象徴として捉えていたようです。これはなんということもない、単なる地理的な記述なんですが。とにかく父はもっと薄気味悪いのを選んで、これを処分しました。それから——」

「もうそれくらいで十分でしょう」マレットが口をはさんだ。そろそろ博学を誇示されるのにはうんざりしはじめていた。「これで説明がついたようですな、ディキンスンさん。しかし、どうして特別にあの一節が、父上の死後に枕元で見つかったんでしょう。誰かが自殺と見せかけるために、あそこへ置いたとお考えなのですか」

スティーヴンはすこし考えてから答えた。

「いいえ、そうは思いません。理屈にも合いませんし。それに第一、犯人はあんなものの存在すら知らなかったはずです。おそらく父が着替えをする際にポケットからほかの物と一緒に取りだし、あとで眺めてほくそ笑むために枕元に置いたのでしょう。信じがたいかもしれませんが、父のような変わり者にはよくあることだと陪審には納得してもらうしかありません。父はああいったものに非常な快感をおぼえたんです。老人が淫らな写真を見て興奮するのと同じですよ。それと同じように、自分のお気に入りを手元に置いて楽しんでいたのです」

「なるほど、ありえますな」マレットはゆっくりと応じた。

「僕は確信しています。父をよく知っていますから」

「では、こう仮定してみましょう——仮定するだけですが。もしあなたの推理が正しく、お父上の死は自殺ではなかったとしましょう。それでも、あなたがさっき口にした驚くべき考え――つまり、これが殺人事件だと証明するのは非常にむずかしいと思います」

「自殺でなければ、誰か別の人間が手を下したことになります」スティーヴンは断言した。「問題はそこです。死因が睡眠薬の飲みすぎであるのは確かです。薬は医師が定期的に処方していたものでした。もし故意に飲んだのでないとすれば、うっかり飲んでしまったと考えるのが妥当でしょう」

「ええ。しかし、これも不運だったと言うほかはありません。僕は殺人事件だと証明することに興味はないと言いましたが、そうも言っていられないようです。証拠から判断しても、うっかり睡眠薬を飲みすぎたという可能性は非常に低いと思います」

マレットはなにやら考え込んでいるふうだったが、やがて口を開いた。

「いま思いだしましたが、枕元のテーブルに薬の瓶が二つありました。確かひとつは空で、もうひとつは手をつけたばかりでした」

「ええ、薬の瓶が二つ。確かに、いったん薬を飲んだ男がそれを忘れ、また同じ瓶から薬を出して飲むこともあるでしょう。それなら陪審も納得して当然です。しかし目の前に空っぽの瓶があって、すでに薬を飲んだのが明らかなのに、さらに新しい瓶に手をつけるなんて。ちょっと常識では考えられません」

「ああ、検死官もその点は取りあげていました」

「それに」スティーヴンは自分の話を終わらせようとして続けた。「二つ目の瓶からなくなっていた薬の量は、致死量には足りません」

「死因が睡眠薬の飲みすぎであるのはまぎれもない事実です。医師たちも断言していました」

「ええ。ですから事故死だと証明しようとしてもうまくいかないでしょう。もし自殺という評決をくつがえそうと思ったら、考えられる別の理由をあてなければなりません。すなわち、殺人です」

「どうやらあなたは犯人は誰かとか、殺害の手段や理由といった初歩的な事柄をまだ考えてはおられないようですな」マレットが皮肉っぽく指摘した。

「確かに」スティーヴンははやる気持ちを抑えているようだった。「ですが、それは調査の第二段階です。それに誰かを有罪と証明するのは僕の仕事ではありません。唯一関心があるのは、父の遺産として保険会社から金を受け取る権利があると証明することだけです。ですから警部の力をお借りしたいのです。警察は犯罪を暴くのが仕事です。もちろん協力していただけますよね」

「すでにご説明したはずです。この件は管轄がちがいます。あなたの推理が正しくとも、私は証人として召喚されないかぎり、この一件に関わることはありません」

「警部は誤解しておられます。なにも捜査をお願いしているのではありません。要点に触れるのに時間がかかってしまいましたが、まず状況をご説明しましょう。僕の考えはこうです。もしこれが殺人だとすると――僕はそれだけで満足なんですが――なにかそれを示唆するようなものがあったはずです。すくなくとも、どことなくうさんくさいなにかが。そんなものがあれば警部は職業柄すぐに気づかれたはずです。ええ、もちろん休暇でペンデルベリーに行かれたのは承知しています。でも、あなたはプロの警察官です。どこにいても、なにをしていても、その事実は変わりません。

そのときは意味のないようなことでも、なにかに気づいて、それを後々まで記憶しているはずです」

「ほんのすこしでも疑わしい点があったら、すぐにその場で地元警察の人間に報告したはずですが」マレットは強調した。

「疑わしい点、とは言っていません。なにか妙なものが目にはいらなかったかお聞きしたいのです。警部にはくだらないことでも、僕から見れば重要な意味があるかもしれません。おわかりになりますか。たとえば、ちょっと父の部屋を思いだしてみてください。そこでなにをご覧になりましたか」

マレットはあやうく笑いだすところだった。目撃者に対してこの種の質問を過去に幾度となくしてきたが、これではまるで立場が逆である。

「お父上の部屋は――」マレットは記憶をさぐった。「そう、ベッドはドアをはいった右側の壁際にありました。枕元には小振りのテーブル。その上にあったものはすべて検死審問で証拠品として提出されました。それはご存じですね」

スティーヴンはうなずいた。

「家具に関しては――まず衣裳だんすは閉まっていました。服のかかった椅子。マントルピースの上には趣味の悪い陶器の花瓶が二つ。窓辺にはひきだしのついた鏡台。その上にはヘアブラシ、髭剃り用の道具。ポケットから出したと思われる小銭、鍵、メモ帳。それに――ああ、これはすこし妙かもしれませんが――小皿の上にリンゴがひとつ。そばには折りたたみ式の銀のナイフ。私が見たのはそれだけです。もちろん部屋にはそう長くはいなかったので、見落としているものもあるかもしれません」

「すばらしい。感謝します、警部」スティーヴンは静かに言った。

「なにか役に立ちそうなものはありましたか」

「これですこし自殺の評決を揺さぶれそうです。つまり、リンゴです」

「なにか意味でも？」

「父は一日一個のリンゴが健康にいいと信じていました。毎朝髭を剃ると、いつも朝食前にリンゴを食べていたものです。そうです、父は習慣をことのほか重んじる人間でした。一週間どこかへ出かけるというときは、リンゴを七個もっていくんです。途中で足りなくなるのが嫌なんですよ。リンゴを切るのに銀のナイフももっていきます。そして寝る前に翌朝食べるリンゴを用意しておくんです。今回も明らかにそうしていたわけです。もう翌朝は食べないとわかっていたら、普通そんなことはしませんよね」

「私はただ見たものをお話ししただけで、意見を述べるつもりはありません。それから、おそらくこれは関係がないと思いますが、前の晩のことでひとつ思いだしたので、お話ししておきましょう。お父上はホテルで知り合いによく似た男性を見かけたようです」

「なんですって！」スティーヴンは驚きのあまり身をのりだした。「それはどこで？　二階の、部屋の前の廊下ですか」

「いやいや、ラウンジです。夕食後に話をしているときでした」

「ラウンジで？　知り合いに？　ふうん、おもしろいですね。どんな感じの男でしたか」

「姿は見ていません。ちょうど私のうしろを通ったものですから。男の影から、あまり背が高くないという印象を抱いたくらいですな。しかし、これは私からの忠告ですが、あまり当てにしないほうがいいでしょう。お父上は最初は知り合いかと思ったようですが、すぐにそれを否定しました。そういうことです。人違いですよ」

「父がそう言ったんですか」スティーヴンはわずかな手がかりも逃すまいと食いさがった。「正確に父がなんと言ったかまでは記憶しておられませんよね」

「偶然ですが、記憶しています。お父上はこう言われました――『おそらく見まちがいでしょう。知り合いかと思ったんですが、ここにいるはずがない』と。それから、うしろ姿はあてにならないというようなことを言い、また話に戻りました。邪魔がはいったおかげで、お父上は話題を変えました――おそらく無意識に」

「おそらく見まちがいでしょう」スティーヴンはつぶやいた。「これはなにかを意味していませんか。父は見まちがいをしたと――その男は別人だと思いました。つまり父が見たのは、そこにいるはずのない男だったんです。警部、父はいろんな面でろくでもない偏屈な年寄りでしたが、頭はしっかりしていて、決してその種のまちがいはしませんでした。父の見まちがいではなく、そこにいるはずのない人物が実はそこにいたとしたらどうでしょう。もし――」

「あなたの話には仮定が多すぎますな」マレットはそう言うと、時計に視線を落とした。

「ええ、残念ながら。どうやらお時間を無駄にしてしまったようですね。すっかり時の経つのを忘れてしまいました」スティーヴンは腰をあげた。「ほかに事件に関して、なにか言い忘れておられることはありませんか、警部」

「いまのところ思いあたりませんな」

「それでは失礼します。ありがとうございました。とにかく、これからやっていく上でとても参考になりました。今朝はもうやめようかとも思ったんですが」

「あまり参考にはならなかったと思いますが」

「とにかく、これで事件のなりゆきがつかめました」

それからまもなく、決然とした表情の若者がスコットランド・ヤードをあとにした。

マレットは独りきりになり、ふと考えた。まったく根も葉もない無関係な事件の推理につきあわされ、貴重な公務の時間を無駄にしてしまった。模範的な警察官なら、この事実を十分に反省すべきところかもしれない。だがマレットに後悔の念はなかった――もっともマレットの敵たちは彼を模範的と称したことなどなかったが。マレットは自分でも驚いたことに心地よい興奮さえおぼえていた。第六感のようなものが、ペンデルベリー・オールド・ホールの物語は第二章にさしかかったばかりだ、と耳元でささやいているような気がした。彼はデスクのひきだしから空のファイルを取りだすと、自分の愚かさに笑いながらも〈ディキンスン〉とタイトルをつけた。そしてふたたび空のファイルをひきだしに戻した。それから紙を一枚用意し、慎重に言葉を選びながら、マークシャー警察で私服警官を指揮している友人に宛てて私信をしたためた。

それが済むと、マレット警部はふたたび本来の業務に戻った。またもやテムズ川を見下ろす小さな部屋を日常が支配した。

第七章　作戦会議

八月二十一日（月曜日）

ひとりの男がプレーン・ストリートにあるディキンスン家をあとにした。客を見送ったメイドは静かにドアを閉めると、ホールを抜けて階下にある自分の領分へと戻っていった。その足音がやむと、屋敷はすこしのあいだ静寂に包まれた。客間にいる人々は顔を見合わせ、おのおの深い溜息をつき、また自由にしゃべりはじめた。

「ふうっ」緊張の糸がゆるんだのか、アンはあくびをしながら声を洩らした。

「スティーヴン、あなたには驚かされたわ」ディキンスン夫人はそう言うと、適当な言葉を捜すように言葉を切った。「つまり、その――あなたの決心が固いことだけはわかったわ」やがて夫人は捜すのをあきらめて、そうつけ加えた。

「尋常ではありませんね」マーティンが重々しく言った。「スティーヴ、僕にはまだなんとも判断がつきませんが、いまの話がみんなにショックを与えたのは確かです。そうだろ、アニー」

スティーヴン・ディキンスンは部屋の中央に立っていた。いくぶんほおを紅潮させ、髪は乱れ気味だった。その表情に浮かぶものは歓喜とも当惑とも受け取れた。まるで帽子からウサギを出すのに成功したものの、それをどこに置いたらいいのか戸惑っているアマチュア奇術師といった態《てい》である。さすがに「スティーヴ」と呼ばれたときだけはぴくりと反応したが、それ以外は周囲の声など耳にはいらない様子だった。そのかわりスティーヴンは、いまだひとりだけ発言していない人物のほうを向いた。

「あなたの意見を聞かせてくれませんか、ジェルクスさん」

ベッドフォード街にある弁護士事務所〈ジェルクス・ジェルクス・デッドマン・アンド・ジェルクス〉のハーバート・ホレイショー・ジェルクスはすぐには答えなかった。その青白い冷静な顔は顧客に信頼感を与え、広いひたいは——後退しはじめてますます広くなっていたが——知性と教養溢れる雰囲気を醸していた。髪の毛の後退は人の死と同様、しばしばそれにふさわしい年齢よりも早く訪れるものだ。実のところジェルクスはまだ若く、弁護士としての経験も浅かった。事務所では最年少で、事務所の名称にある最後のジェルクスが彼だった。ちょうどいま利口そうな仮面の下で、ジェルクスはどうしたものかと困り果てていた。事務所の同僚は休暇ですっかり出払っており、いまは誰に助けを求めることもできなかった。

「私の意見ですか、ディキンスンさん」ジェルクスは豊かなバリトンで答えたが、玄人っぽいその声もまた周囲に誤った印象を与えていた。「えー、実に——エヘン！　あなたは大変な選択をなさいましたな」

アンはすばやく兄の弁護をした。

「あの男の話に耳を貸すつもりはありません。それについてはもう全員の意見が一致しています」

「保険会社の申し出を拒否なさると?」ジェルクス氏が確認した。

「当然です」アンが答えた。

「道理にかなった寛大ともいえる申し出だと思いますが。掛け金の払い戻し、プラス四パーセント――それだけでもかなりの額です。千三百ポンドにはなるでしょう」ジェルクスは金額に執着するように、ゆっくりと発音した。「千三百――いや、千四百ポンドになるかもしれません」

「これは二万五千ポンドの保険ですよ」スティーヴンが鋭く指摘した。

「ええ、承知しています。もちろん保険会社の申し出を拒否する権利はあります――その結果がどうであれ。こんなことになるのではないかと思っていました。ただ意外だったのは――おそらくみなさんも驚かれたと思いますが――あなたがお父上のことで主張された内容です。その――」

「父が殺害されたという点ですね」スティーヴンの口調には、はっきりものを言えない男に対する軽蔑がこめられていた。

「いかにも。特にこちらの若いご婦人には衝撃的だったと思います」

どうやら偽の中年弁護士から、若いご婦人、と呼ばれるのを好む女もいるようだった。だがアンは例外だった。彼女は顔を赤らめると、きまり悪そうに、「ええ、確かに」と答えた。

ふいにジェルクスは自信を取り戻し、自分独りでもやれそうな気がしてきた。同僚の誰も――父も伯父も凄腕のデッドマンでさえ、これほどうまくは対応できないだろう。

「おそらく」ジェルクスは片手で空を切るような仕草をしながら続けた。「あなたには私の言う意味がおわかりいただけるでしょう。お兄さんのとられた行動は——」

「ええ、それはみんな承知していますとも。問題なのは、これから僕らがなにをすべきかということじゃありませんか」マーティンが口をはさんだ。

ジェルクスは返答につまった。しかし明確な考えもなしに意見を述べるのはむずかしかった。

「いま帰っていった保険会社の男は、あれが事故であるはずがないと自信満々でした」マーティンが耳障りな濁声《だみ》で続けた。「僕らはまだですが、審問記録に目を通したスティーヴが最初それに同意したんで、てっきり主義を変えたのかと思いました。そうだろ、アニー。でも殺人の話にはびっくりしました。僕はあの考えはあまり気に入りません。家族から自殺者が出ること自体よくありませんが、殺人は最悪です。できることならあんな話は聞きたくありませんでした。ああ、本当さ、アニー。おそらくディキンスン夫人の心中も複雑でしょう。でも、もちろんスティーヴの意図するところはわかります。事故でもなく自殺でもないなら、残るは殺人しかありません。そういう理屈から導きだした結論だというのはわかりますが——」

ジェルクス弁護士はスティーヴンのほうを向いた。

「そういうことなんですか」

「だいたいのところは。思い込みは禁物だと忠告なさりたいのでしょう。そうかもしれません。しかしいくら思い込みでもあきらめきれません。僕たちの誰も、父が自殺したなんて信じていません。そうだろ、アン」

「もちろんだわ」

「よろしい。ゆえにマーティンの言ったとおり、残るは殺人というわけです」

これまでに請けおった仕事といえば不動産譲渡に関する地味なものだけだったので、ジェルクスは途方に暮れた。

「そうした場合――もし本気でお考えなら――」ジェルクスは口ごもった。「警察に行くべきではないかと――」

「警察は役に立ちません。ともかく現時点では。すでにひとりの警察官に会って話を聞いてきました。今回のような場合、事件だと証明できないかぎり警察は動いてくれません。つまり刑事上の証拠は民事のそれとは異なるということです。そうですよね」

ふたたびジェルクスは立場が好転しはじめたと感じた。

「すこしちがいますが、おっしゃる意味はわかります。もしブリティッシュ・インペリアルを保険証書の件で告訴するなら――」それならありがたい、とジェルクスは思った。訴訟を担当しているのはデッドマンなのだ。「証書の除外項目に今回の事例があてはまるかどうか調べる責任は、保険会社の側にあります」

「どういう意味でしょうか」ディキンスン夫人が尋ねた。「私たちが保険会社を告訴すれば、陪審の評決がどうであれ、会社側は夫の自殺を証明するために、もう一度調べなおす責任があるということですか」

「おっしゃるとおりです。ですが証拠の数々からしても、先方は苦もなく自殺を立証するでしょう。しかし――いや、実は私もあまり定かではないのですが――もしあなた方がその――」ふたたび弁護士はためらった。「死因が別にあるという証拠を固めた上で、検死審問の判決に異議を唱えれば、成功する見込みもあるかもしれません」

「すくなくとも殺人の可能性を立証する必要がありそうですね」マーティンが発言した。「なにか判例でもありませんか。こういう場合、どこから手をつけたらいいんでしょう」

弁護士はきまり悪そうな笑みを浮かべた。

「わかりました。はっきり申し上げて殺人事件は専門外です。本にはなんとありましたか。手段、動機、機会――これが三つの要素だったと思います。まずは関係者にあたって、その三つを満たしているかどうかを調べるのが先決でしょう」そしてジェルクスは最後に早口でつけ加えた。「しかしその場合には、名誉毀損に十分気をつけてください」

「それはどうも。とても参考になりました」スティーヴンが応じた。

「いや、とんでもない」どうやらジェルクスは幸運にも皮肉には鈍感のようだった。「それではディキンスン夫人、そろそろ失礼します。これから先、なにかお手伝いできることがあれば――」

「ぜひともそう願います」スティーヴンが口をはさんだ。「そろそろ話しあいばかりに時間を費やすのはやめて、いまご指摘のあった三つの要素を調査するところからはじめようと思います。機会に関するかぎり、事件当夜ホテルに滞在していた人間に絞れるのは確かですから」

「ええ。そうするとこの捜査本部は――そう呼んでもかまいませんか」ジェルクスはささやかなユーモアを披露したが、誰からも反応はなかった。「ホテルの従業員や宿泊客を調べるために、ペンデルベリー・オールド・ホール・ホールに出向く必要がありますね」

「それがちょっとした難問でしてね。そのことは以前から考えていたんですが、僕がペンデルベリーで嗅ぎまわるのは人々の不興を買うと思うのです。現時点では特にホテルの人間が僕たちに協力的だとは考えられません。こうした事件が世間に広まれば、ホテル側にとっては明らかにイメージダウンです。こっちが名乗ろうものなら、彼らは貝のように口を閉ざしてしまうでしょう。だからアン、おまえが行くのも考えものだ。マーティンなら大丈夫だろうが――」

「僕にはちょっと無理ですよ」マーティンはすぐさま答えた。「ホテルの従業員も葬儀に出席していましたから、顔を覚えられているでしょうし。とにかく僕は鈍いから、調査を担当するなんてとてもとても。スティーヴが殺人事件だと思ったのなら、すでにある証拠からなんとかならないんですか」

「いや、それはまだ無理だ。まず第一に考慮すべき問題だというのはわかっているが、まだ自殺の反証を挙げることすらできない――いくつか疑問を投ずることはできるがね。さてジェルクスさん、このとおり行く手には難問ばかりです。もちろん、いまあなたが言われたように、まず手始めに誰かがペンデルベリーに行かねばなりません。そこでジェルクスさん、早速あなたの力をお借りしたいのです」

「まさか私が――いやディキンスンさん、私は単に思いつきを述べただけで――」

「この種のことはあなたのご専門だと思ったんですが。弁護士はよく離婚訴訟とかのために、ホテルやいろんな場所で調査をしているじゃありませんか」

「離婚訴訟などうちの事務所であつかったことはありません。もちろんその種の業務を請けおう専門家もいますが」

「では、そうした専門家の手を借りるしかないと言われるのですか」

ジェルクスは休暇から帰ってきた身内や同僚に、自分が顧客のひとりを失ったことを告げる恐ろしい図を想像した。

「必ずしもその必要はないでしょう」ジェルクスは慌てて訂正した。「いまあなた方に必要なのは、腕利きの私立探偵です。これは弁護士の仕事ではありません。私にやれというのはちょっと――」

スティーヴンも様子をうかがいながら、この男には無理そうだと考えていた。

「誰か探してもらえますか。それも早急に」

「もちろんです。ひとり心当たりがいますので、連絡をとってみましょう」

有能な私立探偵に知りあいなどいないが、事務員に訊けばなんとかなるだろう。いまハーバート・ホレイショー・ジェルクスは、実にとっぴなアイデアをもちだしたばかりでは飽きたらず、自分にまで協力を求めてきたずうずうしい若者から逃れて、一刻も早く居心地のいいベッドフォード街の事務所に帰りたかった。

だがジェルクスにはその前に、もうひとつ言っておくべきことがあった。

「どうか先刻の保険会社の申し出をお忘れにならないように。いまから十四日以内にどうなさるか最終的な結論をお出しください。事務所宛に書類が届くと思いますが、十四日間はこちらでお預かりできます。申し出を拒否なさるかどうか、もう一度よくお考えになり、結論をお知らせください」

「結論はもう出ています」スティーヴンは断固たる口調で言った。「申し出は拒否します。なにがあろうと考えを変えるつもりはありません」

「ちょっと待ってください」マーティンが口を出した。「いま結論を急ぐのはどうでしょうか。十四日もあれば、すくなくともなにかわかるはずです。十四日間みんなで力を合わせて、スティーヴの説を証明しようじゃありませんか。それでもだめだったら、ありがたく千三百ポンドを受け取りましょう。アニー、きみはどう思うかい」

アンはそれには答えず、スティーヴンのほうを向いた。

「お兄さんは本気なのね。本当に誰かがお父さまを殺したと思っているのね」

「ああ、そうだ」

アンは両手で顔を覆った。

「また嫌な気分を味わうことになりそうね」彼女はそうつぶやき、顔をあげた。「スティーヴン、私はマーティンの意見に賛成よ。すくなくとも、いま急いで結論を出す必要はないわ」

「いずれは結論を出していただかねばなりません。その点だけはどうかお忘れなきように」ジェルクスは最後に念を押した。「ディキンスンさんなら、二週間のうちに殺人犯を見つけるなど造作もないでしょう」

最後のユーモアもまったく効果をあげぬまま、ジェルクスは屋敷をあとにした。

「気取った野郎だ！」それがスティーヴンの見解だった。彼は窓から舗道を歩いていく太った弁護士を見送った。「役に立たない男だと、もっと早く気づくべきだったな」

「礼儀正しい人じゃないですか」とマーティン。「多少ショックを受けていたのは確かですね。最初はなりゆきがつかめなかったようですが、それは僕らも同じです。それにしても実にむずかしい状況ですね。とにかく二週間やってみましょう。それだけあれば、いろいろ調べられるでしょうから」

「さあ、果たして二週間で結論が出るだろうか。僕は四週間の休暇を取ったが、もう半分しか残っていない。そう簡単に事が運ぶとは思えんが」

「ほう、そうですか。その点、僕はラッキーです。なにしろ休暇はまだ三週間残っていますから。いずれにしても、私立探偵が情報をつかんでくるまでは動きがとれませんね。なにか役に立ちそうな事実が出てくればいいんですが」マーティンはメガネの奥で重々しくまばたきをすると、ふいに話題を変えた。「ちょっと荒れ地《ヒース》を散歩してこようと思いますが、誰か一緒にどうですか」

同行を申し出る者はいなかったので、マーティンはひとりで散歩に出かけた。マーティンがいなくなると、アンはスティーヴンを手招きした。

「話があるの」

「なんだい」

「ただ、謝りたいの」

「どうして」

「いつかの晩、ひどい喧嘩をしたでしょう」

「ああ、あれか！　すっかり忘れていたよ」

「私はそうはいかないわ。だって、あのときお兄さんは事件について、いろいろ考えなきゃならなかったのに――」

「親父の死因についてか？」

「ええ。正直言って、さっき話を聞いたときはとても驚いたわ。でも、あそこまで考えて結論を出すのは大変なことよ。それを思うと――」

「アン、もういい。二人ともずいぶん子供じみたまねをしたもんだ。もう水に流そうじゃないか」

そこへ電話が鳴り、スティーヴンが出た。それは事務所に戻ったばかりのジェルクスからだった。

「適任の男を見つけました。名前はエルダスンです。明朝その男に会いにいけますか」

ジェルクスはシャフツベリー・アヴェニューの住所を伝えた。

「ありがとう」スティーヴンはそう言って受話器を置くと笑いだした。

「どうしたの」

「ああ――ごめん」スティーヴンはこみあげてくる笑いを懸命にこらえているようだ。「あの若造が――ひどく気の毒に思えてね」

「私にはおもしろくもなんともないわ」

「だろうな。明日は正気に戻るよ。でもいまは――ハッ、ハッ、ハッ！」

極度の緊張に耐えぬいた結果があまりに風変わりなものだったので、マーティンが散歩から戻ってきたときには、アンもまた忍び笑いの虜になっていた。

第八章　二つの民間調査

八月二十二日（火曜日）

〈ジャス・エルダスン私立探偵社〉——うすぎたない茶色のドアに、うすぎたない黄色の文字でそう書かれていた。急な階段をのぼりきったスティーヴンは、呼吸を整えながら、ジャス・エルダスンというのはどんな男だろうと想像を巡らせた。これまで意識して私立探偵を観察したことなどないが、職業としているからには多かれ少なかれそれなりの外見をしているだろう。やせた探究者の顔、先がひくひくする繊細な鼻に小さな丸い目。ずる賢く抜目がない物腰。もしエルダスン氏がそうした要素のすべてを備えていなくても、職業を示すなんらかの特徴があるにちがいない。だがスティーヴンの思い描いた探偵像は——おそらく本人は認めないだろうが——十五年以上も前にむさぼり読んだ少年雑誌の連載物の挿絵にそっくりだった。

むろん実物は期待外れだった。エルダスンは声の大きいずんぐりした男で、物腰は自信に満ちていた。顔立ちは整っているほうで、輪郭はやわらかく、その外見はいわば盛りを過ぎた警察官といった風情である。そういう印象を抱いたのも当然で、エルダスンは二、三年前に警察を辞職したばかりだった。その理由が、しゃべりだしたとたんに匂ってきたウイスキーの香りに関係していたかどうかは定かではないが。

エルダスンは愛想よくスティーヴンを迎えいれ、さっそく「ご依頼の件で確認したい点があるのですが」と本題にはいった。スティーヴンがやや気分を害したことに、ジェルクス弁護士がすでに状況説明をしており、スティーヴンが確認を求められたのは、すでにエルダスンが準備していた大がかりな調査計画に関してだった。殺人の可能性がある事件の調査を依頼された探偵の喜びようといったら滑稽で、哀れみすらおぼえるほどだった。

「これはすごいですな、ディキンスンさん」エルダスンは肉付きのいい手をこすりあわせながら、何度かそうくりかえした。「これはすごい!」

スティーヴンにはなにがすごいのかさっぱりわからなかったが、私立探偵が退屈な毎日を送っているとすれば、確かに今回の依頼内容は魅力的なものにちがいない。

「ホテルの宿泊客になにかうさんくさい点があるとしたら、この私が必ずや見つけてみせます」エルダスンは続けた。「あなたは実にいい私立探偵を選ばれた。私にお任せくだされればまちがいありません。追跡調査が必要な場合も、どうぞ遠慮なくおっしゃってください。依頼内容が外部に洩れる心配はありませんのでご安心を。秘密は厳守いたします!」

スティーヴンは何度となく相手の話に割りこもうとしたが、きっかけがつかめなかった。だが、ようやく発言のチャンスをものにした。「エルダスンさん。あなたが依頼内容を正確に把握しておられるか疑問なのですが」

「ご心配なく」エルダスンは断言した。「私独自のやり方で調査を進めてかまいませんね。ご信頼ください。専門家を雇ったら、すべて任せるのが一番です」意気揚々たる口調である。「もちろん経費に関しては承認をいただきます。この問題については常に細心の注意を払っておりますのでご安心を」

経費だって？　スティーヴンはそれがなんのことかわかるまでに一、二度まばたきした。

「必要経費の件はあとでもいいでしょう。とにかく、あなたに調べてもらいたいことははっきりしています。いろんな理由があって自分では調べられないので、こうしてお願いしにきたわけです。これから先の計画についてはーーあなたの調査結果にもよりますがーー僕が立てるべきことであって、あなたには関係ありません」

「そうおっしゃられては本も子もありませんね」エルダスンは見るからに意気消沈した様子である。

「しかし思うにーー」

「どうか僕の話をよく聞いてください」スティーヴンは相手に主導権を握らせまいと、すばやく口をはさんだ。「エルダスンさん、まず現時点で依頼したい仕事は、父が亡くなった晩にホテルに誰がいたか調べることです。なんという名前の、どこから来た人間が、何号室に宿泊していたか。そのほか宿泊客に関することであればなんでもけっこうです。ホテルの従業員についても、なにか役立ちそうな情報があったらお願いします。できるだけ早く調査結果が知りたいのでーー」

「いかにも。時は金なりです」エルダスンはそう言って舌を鳴らした。それは話題を変える合図だった。「その点はむろん心得ています。さっそく今日から調査を開始します。では経費に関してですが――」

きわめて重要な点を話しあい、双方が合意をみたため、スティーヴンは帰ろうと腰をあげた。そこへエルダスンは最後の訴えを試みた。

「ディキンスンさん、事情を知らぬまま、いい仕事はできません。もうすこしくわしい内容を話してはもらえませんか。私の言っている意味がおわかりなら――」

「僕たちも事情を知りません。だからこそ、ここへ来たのです」

「しかし真実を追求していく上で、なにか方針のようなものがあれば――たとえば動機に関してです。あなたもまちがいなく動機について考えられたはずです。私はお父上を殺害するだけの動機をもった人間がいたと思うのです。もしご存知のことだけでも教えてくださり、どんな人間を見つければいいか見当がつけば、お互い時間を無駄にせずにすむと思うんですが」

動機か！　エルダスンは中でも痛い点を突いてきた。だがエルダスンが役に立つ男だとしても、いま事情を話すのは得策ではない。

「現時点では、これ以上お話しすることはありません」スティーヴンはドアのノブに手をかけながら応じた。そのときふと、ある考えがひらめいた。「ああ、それからもうひとつ――事件当夜か、あるいはその前後に、部屋を替わった客がいないかどうか調べてみてください。慎重にお願いします」

エルダスンがその言葉の意味をすばやく察したので、スティーヴンはすこし相手を見直した。

「なるほど。わかりました。そんな事実があったら——もしお父上の部屋が事前になんらかの理由で変更されていたら、事件解決の糸口がつかめるかもしれないというわけですね」

ほどなくスティーヴンは探偵社をあとにした。エルダスンは三日後に報告書を提出すると言っていたが、たった三日で調べがつくのだろうか。あの男が見かけよりはるかに有能であれば話は別だが。しかし待つ身にとって三日は長い。スティーヴンは目についた映画館にはいると、事件の記録を思い返しながら最初の半時間を漫然と過ごした。だがすこし考えただけでも、それはこのシャフツベリー・アヴェニューにやってきた目的と同じくらいつかみどころがなかった。

時の流れは思ったよりも早く、恐れていたほどの緊迫感もなかった。スティーヴンはアンとマーティンの二人とはめったに顔を合わせなかったが、それはいまにはじまったことではなかった。保険会社の代理人に会って以来、スティーヴンはふたたび妹と暫定協定を結び、二人はそれまでと変わらぬ気のおけない関係に戻った。子供部屋にさかのぼる二人の結束は容易に弱まらなかった。十のうち九の結婚を終わらせるような激しい口喧嘩やとっくみあいをしても、それはびくともしなかった。双方がすこし距離をおき、どこからが相手の領域か気づくだけで、そうした見苦しい争いは避けられたところだが。アンについて言えば、マーティンとの関係においては〈立入禁止〉という立て札があるのは明らかで、スティーヴンが柵をのりこえてこないかぎり嚙みつきはしなかった。アンは未来の義理の弟に対する兄の見解を忘れていなかったが、兄との見解の相違は胸の奥にしまいこみ——主義には反したが——何事もなかったかのようにふるまった。その件でアンがマーティンに相談をもちかけたかどうかは定かでないが、マーティンのスティーヴンに対する態度は以前にもまして丁重になった。スティーヴンには二人のあいだで会話が成りたっているということ自体、信じられなかったのだが。しかし、いずれにせよ現実から目を背けていては、いつまでたっても根本的な解決は望めないものである。暫定的な平和がさらに大きな争いの火種にならぬよう、当事者同士が腹を割って話をすべきなのは誰の目にも明らかだった。

アンのアイデアかどうかはわからないが、マーティンは急に田舎への〈遠出〉とやらに熱中しはじめた。不思議なくらい持ち主を反映しているずんぐりとした二人乗りの自動車が、毎朝アンをひろってプレーン・ストリートを出発し、日の長い八月の夕暮れに――アンは疲れた様子ながらも目に潑溂とした光を浮かべ、服にはパイプの強い臭いをしみこませて――戻ってくるのだった。それが三人のうち二人があみだした納得のいく効果的な待ち時間の利用法だった。

婚約中のカップルというものは、二人でいるかぎり退屈したり、退屈だと認めたりはしないものである。いまだに婚約したことも、その可能性もないスティーヴンは、ただ無為に時間が過ぎるのを待つしかなかった。エルダスンを訪問した日は、思いがけず精力のはけ口を見いだした思いだったのだが。朝食を終えたスティーヴンが暗い顔で朝刊の経済欄に目を通していると、母親がはいってきた。

「今朝の株式はどんな具合なの」

「気が滅入ってきそうです」スティーヴンは低くつぶやいた。

「またギャンブルをしているのね」その口調はきわめて事務的だった。ディキンスン夫人は息子の嗜癖を好まなかったが、それはいまさら口にする必要もなかった。二人とも必要以上にその話題には触れなかったので、いまの質問は単なる情報収集の一環と思われた。

「ええ、すこしだけ」

「ギャンブルといえば、あなたに訊きたいことがあるんだけれど」

それがなんのことかは尋ねるまでもなかった。弁護士のジェルクスから葬儀のあった晩に手紙をもらって以来、家族に影を落としている疑問はひとつだけだった。

スティーヴンは渋々新聞を下ろした。

「いまでなければいけませんか。いったいギャンブルとなんの関係があるんです？」

「あれもギャンブルと言えるんじゃなくて？」夫人は明るく応じた。「それもとても大きな。なにしろ大金を賭けているわけだから。それであなたも興味をそそられたんじゃないかしら。でも私が訊きたいのはこういうことよ——もしこれが殺人事件だとしたら、あの人が殺された理由はなにかしら」

スティーヴンの口から低い唸り声が洩れた。

「それこそ誰もが疑問に思っていることです。思うに——いや、この問題に関しては、特にお母さんとは議論したくありません」

「どうして？」母親はおだやかに尋ねた。「誰もが疑問に思っているなら、私だってそう思って当然でしょ。スティーヴン、このレースに出ると決めたのはあなたなのだから、いまさら私たちが走るのを止めようとしても無駄よ。前にも言ったけれど、今回の件は私よりもあなたの利害に関わることだから、保険会社への対応をすっかり任せたのよ。でも、なにがどうなっているのか気になって仕方がないの。動機については何度も考えてみたけれど、どうしても答えが見つからないものだから。ほかに考えることがあると、余計なことに気をまわさずにすむし」夫人はそう言って微笑んだ。「まさか驚いたりしないでしょ。当然の疑問だもの」

「驚きはしませんが、ただ――」

「ただ私には触れてほしくないのね。でも気にしないでちょうだい。あなたの気持ちはわかるけれど、それでも話をしたかったの。もし本当にあの人が殺害されたのなら、私も犯人が誰だか知りたいわ。スティーヴン、あなたは教えたくないでしょうけれど」

「別に教えたくないわけではありません。現時点では僕にもわからないんです」

「本当なの?」

スティーヴンはその声色に顔を上げた。一瞬馬鹿にされたのではないかと疑ったが、母親の表情は真剣そのものだった。

「そうだとしたら、なおさら誰かと話せば糸口が見つかるかもしれないわ。たとえばこの事件を客観的に見て、これが殺人事件だと――つまり検死審問でいう〈未知の人物による殺人〉だとしたら、警察はまず誰を疑うかしら」

スティーヴンは母親にあいまいな表情を向けた。

「わかりません」息子は口の中でつぶやいた。

「まったく、スティーヴンったら! どうしちゃったの。あなたらしくないわね」その夫人の声色は、スティーヴンが子供のころに朗読の練習でつまずいたときのものとそっくりだった。「警察が最初に疑うのは家族に決まっているじゃないの」

「まさか――」

「家族よ」ディキンスン夫人はくりかえした。すくなくとも彼女に息子を当惑させるほどのユーモアのセンスがあるのは確かだった。「それも特に未亡人を。まじめな話、私はずっとボーンマスに出かけていてよかったと思うの。ともかく申し分のないアリバイがあるわけだから」

「そんな話、お母さんの口から聞きたくありません！」

「気にしないで。私は運がよかったのだから」ディキンスン夫人はさらりと答えた。「たぶん未亡人のあとに疑われるのは、残った肉親ね。あなたとアンは大丈夫そうね。はるか遠くクロスターズにいたんですもの。そうすると残るのはマーティンひとり。アリバイはあるのかしら」

「さあ、訊いてみたこともありません」

「別にそうしろと言っているんじゃないのよ。それで家族関係がぎくしゃくするのは目に見えているもの。私は古い人間だから、そんなことがお金よりもずっと大切に思えるの。でも、きっと警察はそういった質問をしてくるはずよ。もしマーティンにアリバイがあれば、容疑者はほかの身内へと広がっていくと思うわ」そして夫人は自信なさそうにつけ加えた。「兄弟やいとこたちにも疑いがおよぶのかしら」

「それがジョージ伯父さんやロバートだったら大歓迎ですね。エドワード伯父さんや厄介ものは言うまでもありません。まず僕が彼らを尋問しにいってきましょうか」

「それはやめておいたほうがいいわ。でも警察が身内を尋問して、それでも犯人が見つからなかったらどうなるかしら。警察は殺人を犯す動機のある人物を探し続けるわけでしょ。次はどこに目を向けるのかしら」

「それは被害者がどんな人間だったかにもよると思います」

「そうね。警察はお父さまのことをよく調べなければいけないわけね。きっと骨が折れるでしょうね。あなたがジョージに都合の悪い質問をするのと同じようなものよ。でもその点、私たちは有利な立場にいるわ」

「いったいお母さんはなにが言いたいんですか」スティーヴンはついに興味を抱いた様子で尋ねた。

ディキンスン夫人はいつものように即答はしなかった。

「あなたはお父さまをどんな人だと思っていたの」

一口で答えるのはむずかしかった。

「そうですね、誰も親しみやすい人物だったとは言わないと思いますが」スティーヴンはすこしして答えた。

「でも、たくさんの敵——不倶戴天の敵がいたとは思えないんじゃなくて？」

「ええ、僕の知るかぎり」

「あなたの知るかぎり」夫人はそっとくりかえした。「そうね、せいぜい私たちの知るかぎりだわね。自分たちの生活について意見を述べるようなものだもの、むずかしいのは当然だわ。でも、その点では警察も大した情報はつかめないんじゃないかしら。引退して年金暮らしをしていたのだから、誰かがライバルを抹殺したいと思っていたとか、地位を狙っていたなんていう可能性はなさそうだし。家の外でそんな争いに巻きこまれていたなんて考えられないもの——家の中ではよくあったけれど。人の命を奪おうと思うほどのものとなればなおさらよ。それも、私たちの知るかぎりだけれど。そうでしょ、スティーヴン」

「ええ」

「そうなると警察としては、事情の許すかぎりさかのぼって捜査を進めていくことになるわね。だからその点、私たちは有利な立場にいると言えるわ」

「どうしてそう思うんです？」

ディキンスン夫人は唇を閉じると、いつもの癖で無意識に片手を髪の毛にもっていった。

「あなたはどれくらいお父さまの若い頃を知っていて？」

「まったくなにも。ペンデルベリーにまつわる思い出がいくつかあるのは知っていますが、ほとんどが少年時代のもののようでしたし、僕にはあまり話そうとしませんでしたから。そこがお父さんの奇妙なところでした。人にうちとけないとでも言うんでしょうか。まるで自分ひとりで生きているような人でした」

夫人はうなずいた。

「そうね。それに、きっと無関心だと思われそうだけれど、私もあなたがいま言った以上のことはほとんど知らないの」

「そんな！」スティーヴンは落胆の声をあげた。「お母さんからなにか役立つ話が聞けると思っていたのに」

「ああ、とにかくおもしろい話はあるわ。どれくらい役に立つかはわからないし、警察は耳を貸さないでしょうけれど。実はね、あの人が生きていた頃より、いまのほうがくわしいのよ」

夫人は立ちあがってデスクに向かった。そしてひきだしの中から、古くなって延びた輪ゴムでとめてある分厚い手紙の束を取りだした。

「昨夜、遺品を整理していて見つけたの」

スティーヴンはそれを一瞥した。いちばん上の手紙はまだ封筒にはいったままで、エドワード七世の一ペニー切手が貼られている。

「年代物ですね」

「そのようね——何通かは。過去をふりかえる必要があると言ったでしょう。もし面倒くさがらずにそれを読んでみたら、ごく最近のことがわかるはずよ。とにかく、それはあなたがもっていてちょうだい。どうやら時間をもてあましているようだから、ちょうどいいと思うわ」

「僕が暇そうだから、これをやらせようというのですか」スティーヴンはいかにも不服げである。

ディキンスン夫人はにっこりと微笑んだ。

「いまなにかに集中するのはいいことよ。それにその手紙は必ず役に立つと思うし、とにかく知っておいて損はないわ。読んだら私のところに来てちょうだい。たぶんあなたの理解できない部分を補足してあげられると思うから」

スティーヴンは手紙をもって父親の書斎だった部屋に向かった。そして貧弱な小部屋を占領している大きな古めかしいデスクに座ると、手紙を読みはじめた。彼は昼食を知らせるベルが鳴ったときも、まだ読んでいる最中だった。

「どう？」食卓で顔を合わせると、夫人が尋ねた。

「もうすぐ終わりそうです」

「それで？」

「昼食を終えたら、もう一度目を通してみるつもりです。ぞっとするような内容ばかりですが、そうする価値はあるでしょう」

ディキンスン夫人は息子が嫌悪感をあらわにしたのを見て眉を上げたが、それについて言及するのは避けた。

「ええ、そうしてご覧なさい」夫人はそうおだやかに促すと、話題を転じた。

その日の午後遅く、夫人は書斎にはいっていった。スティーヴンはちょうど手紙をまとめて輪ゴムで止めたところだった。彼は母親の気配に気づいて顔をあげたが、なにも言わなかった。

「どう？　手紙はおもしろかったかしら」夫人は書斎にひとつだけある肘かけ椅子に腰を下ろしながら尋ねた。

「おもしろい？」スティーヴンは顔をしかめた。「僕はぞっとしました」

「スティーヴン、あなたは潔癖すぎるわ。まだ――子供なのね。そういったことはごく自然なことなのよ。もしあなたがそういう点でもうすこし大人だったら、ギャンブルに夢中になったりしなかったかもしれないわね」

「もしお母さんの言う大人というのが、けがらわしい行為をするという意味なら――」スティーヴンは傲慢な態度を示した。

「いいえ、そうではないわ。異性に興味をもつのは当然だということよ。あなたにはまだ経験がないでしょうけれど。あなたの女性に対する態度は感心できないわ。あんまりあっさり別れてしまうんですもの。ほら、ダウニングさんとかいう気立てのいいお嬢さんがいたでしょう。でも、いまはそんなことを話しにきたんじゃないわ。さあ、手紙を読んだ感想を聞かせてちょうだい」

「やはり、こうしたことはお母さんとは議論したくありません」

「やめてちょうだい！　もちろん議論する必要があるわ。あなたが嫌がっても私は平気よ。とにかく手紙はどうだったの。若かりし頃、お父さまはひとりの女性に興味を抱き、そのことであの人のお父さま、つまりあなたのお祖父さまといさかいが生じて、その女性に辛い思いをさせたあげく、見捨ててしまったわけでしょ。そのあとで悪いことに赤ちゃんが生まれ、お父さまは法律の定めるところに従って、その子が十六歳になるまでお金を支払っていたのね」夫人は静かに笑った。「あの人らしいじゃない？　法律で定められた責任を果たして、それっきりだなんて」

「まったく恥ずべき行為です」スティーヴンは怒りをあらわにした。

夫人は肩をすくめた。

「そうでしょうね。確かにとても古い話だけれど。赤ちゃんは――男の子じゃなかったかしら――あなたより十歳くらい年上になるわ」

「ということは、お父さんは結婚後もその子供のために金を払っていたわけですね。お母さんに一言の断わりもなく！」

「たぶんそれでよかったんだわ。当時それを聞いていたら、いまのように冷静ではいられなかったと思うもの。でもまだ話の続きがあるわ。何年ものあいだ手紙はなかったのに、また最近になって来ているでしょう」

「ええ。差出人は〈あなたの傷ついた息子、リチャード〉となっています」

「あなたの異母兄弟よ、スティーヴン」

「意地悪はやめてください。お母さんが僕に手紙を渡したのは、その男からの手紙を読ませたかったからじゃありませんか。まるでお父さんを脅迫するような内容ですからね。明らかにその男は最近になって実の父親のことを知り、ちょうど運が傾いていたので、援助してもらう権利があると主張してきたわけです」

「ええ。そして結局なにももらえないと知って、ずいぶん憤慨していたわね」

「この手紙はなにかの役に立つかもしれません。ただ、傷ついた息子とやらは住所を記していません。ロンドンの郵便局の消印があるだけです。母親の姓を継いだ、とありますが、名前も不明です。母親の手紙に〈ファニー〉と署名してありますが、あまり当てにはなりませんし」

「そうそう、私が手助けできると思ったのはそれよ」ディキンスン夫人が思いだしたように言った。

「本当ですか。まさかこの女を知っているなんてことは――」

「そうではないけれど見当はつくわ。アーサー伯父さんの遺言のことは覚えているわね」

「もちろん。あれに関係が？」

「ええ。お父さまの死後にお金の半分を相続する女性がいたでしょう。その人の名前がフランシス・アニー・マーチなの」

「どうしてアーサー伯父さんが、お父さんの昔の女に金をやる必要があったんですか」

「確かに奇妙な話よね。でもアーサーはとても変わった人だったから――ディキンスン家の人間はほとんどそうだけれど。アーサーは一族のためにお金を残すつもりだとよく口にしていたわ。だから私たちと不和になってから、その人にお金が行くよう遺言を書き替えたのは、あの人らしいかもしれないわ。アーサーは約束を守ると同時に、私たちを罰したんでしょう」

「しかし、それはあくまで推測です。女がファニーと呼ばれていたからといって、同一人物だとはかぎりません」

「そうね。でも初期の愛情のこもった手紙には、〈ファニー〉ではなく〈ファニーアニー〉と署名してあるわ。あなたが不幸にもフランシス・アニーと名付けられたとしたら、〈ファニーアニー〉というのはいかにもありそうなニックネームじゃなくて?」

スティーヴンは母親をはじめて見るような目つきになった。

「お母さんは探偵になるべきでしたね」

「とにかく、もし警察がいま話した点に気づいたら、それを捜査の糸口と考えるにちがいないわ。だから、あのシャフツベリー・アヴェニューの私立探偵から報告がくるのを待っているあいだ、あなたもフランシス・アニー・マーチについて、できるかぎり調べてみたらどうかしら」

スティーヴンは考え深げにあごをさすった。

「手紙からリチャードの生まれた日がほぼ特定できると思います。あとはサマセットハウス（戸籍本署がある）に行って調べれば、はっきりするでしょう。明日いちばんに行ってきます。この件はアンたちにはまだ伏せておきましょう。はっきりするまでは話す必要もないでしょうから」

こうしてスティーヴンはそれから二日間を忙しく過ごすことになった。

第九章　エルダスンの報告書

八月二十六日（土曜日）

エルダスンがペンデルベリーでの調査を完了すると約束した三日が過ぎた。四日目の朝、プレーン・ストリートに最初の郵便で請求書と明細のみが届いた。スティーヴンとアンは無言のまま、いかにも不機嫌そうに朝食のテーブルについた。言葉は必要なかった。二人とも落胆の色を隠せなかった。調査結果が届かないことには動きがとれない。また捜査を延期しなければならないのか。いつまで待てばいいのだ。二人とも待つことの本当の辛さをいまはじめてかみしめていた。同時に期待を裏切られたことに対する憤りも禁じえなかった。

「もちろん三日じゃ足りないと思っていたわ。でもそれならそれで、せめて中間報告のようなものをしてくるべきよ」アンはその朝はじめて口を開いた。

「ああ」スティーヴンはそう応じただけだった。

スティーヴンは朝食をすませると、アンに自分の帰りを屋敷で待つよう言い残して外出した。外は怪しい雲行きで、時折激しく吹きつける南西の風が霧雨を運んできた。足にレインコートの裾がまとわりつき、歩くほどにその情熱を増していく。地上に比べたら地下鉄の生暖かい人工的な風のほうがよほどましだった。

スティーヴンはジャス・エルダスン探偵社のベルを二度鳴らした。すると思いがけず若い女がドアを開け、スティーヴンの目はその大きなグレーの瞳に釘づけになった。非のうちどころのない美人である。背は比較的高く、やや近寄りがたい落ちつきを漂わせている。前回は無骨な若者が応対したのを思いだし、一瞬スティーヴンは階をまちがえたかと思った。とっさにドアの名前を確認しようと、女の顔から視線をそらした。どうやら相手はうろたえるスティーヴンを、おもしろがって観察しているようだ。

「なにかご用でしょうか」場所にまちがいはないとわかってスティーヴンがほっとしたところへ、女が尋ねた。その声は洗練されすぎてもおらず、おだやかで心地よかった。

「エルダスン氏はおいでですか」

「申し訳ありませんが、今日はお会いできません」そっけない返事である。「月曜でしたらお役に立てると思います」

「どうしても今日会いたいのです。どこに行けばつかまりますか」

女は首を横に振った。

「今日は無理です。ご用件は私が承っておきます。お名前は?」

「ディキンスンです」

一瞬にして女の表情が晴れた。

「まあ、ディキンスンさんでしたか！　ペンデルベリーの件でいらしたんですね」

「ええ。今朝エルダスン氏から報告書を受け取るはずだったんですが、まだなもので。緊急を要すると言っておいたはずなんですが。それに――」

「どうぞ中へ」女はそう促し、からだをわきに引いた。そしてドアを閉めてから続けた。「すこしこちらでお待ちください。報告書ができているかどうか見てきますので」

女はスティーヴンを狭い受付に残して、その先の廊下を歩いていった。だがほどなく、スティーヴンにも解釈しようのない、なんとも妙な表情を浮かべて戻ってきた。

「申し訳ありませんが、ちょっと手伝っていただけませんか」若い女はそう言うと、スティーヴンを奥へと案内した。

エルダスンは紙の散らかったテーブルに座っていた。前に投げだした両腕を枕がわりしている。エルダスンは深く息をしながら、時折派手ないびきをかいていた。すっかり空になったウイスキーの瓶が傍らにころがり、グラスは床の上で砕けている。アルコールの悪臭とかび臭い煙草の臭いが部屋全体にたちこめていた。

「ご覧のとおりでして。書類の上に座っているのが問題なんです。私ひとりでは重くてどうにもなりません。すこしもちあげていただければ、椅子をずらして書類が取れると思うんですが」女の冷静な態度の前では、それが当たり前のことのように思われた。スティーヴンは左手でエルダスンの背中を押し、右手で肉付きのいい太股をもちあげて、かろうじて巨体を前のめりに浮かせた。その間に女が器用に椅子をずらし、温まってしわになった書類を手早く集め、スティーヴンの腕の筋肉が悲鳴をあげる寸前に椅子を戻した。

「ありがとうございます。助かりました」女はそう言うと、さらにテーブルの上に散らばっている紙を集めた。「いま順序をそろえますので。頁はふってあるはずですから、すぐに済みます。封筒に入れましょうか」

「ええ、お願いします」スティーヴンは荒い息で答えた。「でも、どうしてわかるんですか――その、つまり――それができあがっていると」

　女はいまにも大きな封筒の折返しを舐めようとしていた。

「できあがって？――ああ、報告書ですね。順序もそろえましたからご心配なく。それにエルダスンは仕事を終えるまでは、これをはじめませんから」女はテーブルの上の空の瓶をあごで示した。「でも困ったことに、いったんはじめると際限がなくなってしまって。だからこんなふうに――」女は終わりまで言わずに肩をすくめた。「昨夜遅くにペンデルベリーから戻ってきて、徹夜で仕事をしたんでしょう。さあ、これをどうぞ、ディキンスンさん」女は封筒をさしだすと、一刻も早くスティーヴンを追い払いたいといった声色になった。「こんな悪天候の中をわざわざおいでいただき、申し訳ありませんでした」

　スティーヴンは封筒を受け取ると、レインコートのポケットに押しこんだ。

「ありがとう。でも――」ふたたびスティーヴンは手足を投げだして寝ている男に目をやった。

「ここにずっとひとりでいるんですか。なにか手伝えることはありませんか」

　女は口を真一文字に結んだ。

「いいえ、ご心配にはおよびません。さあ、お送りしましょう」

スティーヴンは戸口で別れ際に言った。「では失礼します。おかげで助かりました、ミス――」

「エルダスンです」女は冷ややかに答えると、ドアを閉めた。


スティーヴンが帰宅すると、予想どおりアンの傍らにマーティンの姿があった。二人は書斎にいて、マーティンは肘かけ椅子に深々と座って苦い煙草の臭いをまきちらし、アンはその足元にある足載せ台に、まるでマーティンを崇拝するようにしゃがんでいた。

「おはよう、スティーヴ」マーティンは椅子に座ったまま声をかけた。「まったく私立探偵にも困ったもんですね。話はアンから聞きました」

「エルダスンには会えたの？」とアン。

「ああ」

「それで、なんて言っていた？」

「あまり話すこともなかったようだ。だが報告書はもらってきた」

スティーヴンの予想に違わず、マーティンは「それはそれは！」と露骨に喜んだ。「で、役に立ちそうな内容ですか」

「さっそく見てみるとしよう」

スティーヴンは封筒をひっぱりだし、封を切ろうとした。だが困ったことに指が震えてうまくいかない。

その様子を見守っていたマーティンが言った。「本当にドキドキする瞬間ですね」

スティーヴンはまたもや未来の義理の弟にいらぬ差し出口をはさまれ、自分がその餌食にされたことにいらだって眉をひそめたが、ほどなく封筒を破いて中身を取りだした。罫の引かれたフールスキャップ判の紙に気前よく、大きなカッパープレート（細太の線の対照の著しい曲線的な書体）の文字が並んでいる。エルダスン嬢が父親の習慣について述べたことは正しかったようだ。それが完璧にしらふの人間が書いた文字であるのは明らかだった。スティーヴンは書き手の巨大な臀部に押しつぶされてしわになった部分を伸ばすと、まず咳払いをしてから、おもむろに読みはじめた。

よそよそしい正式なスタイルで見出しがつけられていたが、それは書き手が警察官だった名残りかもしれない。『スティーヴン・ディキンスン殿。私立探偵ジャス・エルダスン。マークシャーのペンデルベリー・オールド・ホール・ホテルの事件に関して』それに続く段落には番号がふられていた。

『一、今月二十二日のご依頼により、一路ペンデルベリー・オールド・ホールへ向かい、午後八時三十分ごろに到着。イートンという名前でチェックイン。調査を遂行するには時間が遅いと思われたため、その晩はホテルの従業員に精通し、さらにホテルの地理を確認することに専念する』

「おもしろい言いまわしですね」マーティンが口をはさんだ。「僕たちが一般的に使う用語とは、すこしばかりニュアンスがちがうような気がしますが、どうですか、スティーヴ」

「ちょっと黙っててちょうだい、マーティン」アンは努めてやさしく言った。

『二、続く二日間は、ホテルの宿泊客名簿を入手し、さらに参考となる情報を得るために、従業員全員から話を聞くことに従事。あるひとりの重要証人——しばらく休暇を取っていて二十五日の朝に仕事に復帰したスーザン・カーターの供述を得るため、滞在を延長。話を聞いた誰もが、情報を惜しまずに提供してくれた。その主な理由は、予期に反し、またこうした場合の過去の経験にも反することであるが——』

「まったく、この連中の書く文章ときたら！」スティーヴンは読むのを中断して叫んだ。「いまいましい公立小学校め！」

「学者ぶるのはやめて！　さあ、先を続けてちょうだい」アンが促した。

『——過去の経験にも反することであるが、当方がブリティッシュ・インペリアル保険会社の関係者だとホテル側があやまって認識したためと思われる。すでにこの件に関する代理人がホテルを訪れており、訴訟になった場合に備えて調査をしていったもよう。これ以上ディキンスン氏の死について世間に騒がれたくないという点でホテル側と保険会社の利害が一致しており、さらに保険会社側は出費を惜しまなかったため——それを示す証拠も存在する——代理人はホテル側の誠意ある協力を得るのに成功。当方としては事件関係者にこちらの身元を悟られないよう細心の注意をはらいつつ、最小限の出費で最大限の調査結果をもたらすよう努めた。（経費はジェルクス探偵社の規定に準じ、詳細については先に送付した明細を参照されたし。）

『三、本題にはいる前に触れておくことがもう一点ある。ホテルにて調査にあたった最終日、地方警察の私服警官とおぼしき男がホテルを訪れ、捜査をしていったもよう。捜査の目的がこの事件に関するものであるのは明白。段落二ですでに述べた理由により、ホテルの従業員はあまり警官には協力的ではなく、もちろん私自身も関わりはもたなかった。警察がどんな形で調査を行なったのか、そしてどの程度の情報収集に成功したかまでは不明』

「保険会社の人間は時間を有効に使ったわけですね」マーティンが意見を述べた。「でも、どうして警察がまた首を突っこんできたんでしょう。スティーヴ、確か以前に、警察はそっぽを向いてとりあわなかったと言っていましたよね」

「そんな陳腐なせりふを使ったかね」スティーヴンはそっけなく応じると、ふたたび書類に視線を戻した。

「でも、ちょっと待って」アンが興奮気味に口を開いた。「これは大事なことじゃないかしら。もし警察がまだ捜査をしているのなら、陪審の評決に満足していないからじゃない？」

「それがどうだろうと、まずはこの報告書に目を通すのが先じゃないか。あんまりうるさく言うようなら、あっちへ行って自分ひとりで読もうと思うがね」

そう腹立ちまぎれにスティーヴンが注意を促したのちは、もう誰の邪魔もはいらなかった。

『四、ホテルは三階建てで、もともと個人の邸宅として建てられたものである。二階にある部屋はすべて宿泊設備を有する。一階にはラウンジがあり、三階とも屋根裏とも呼べる階は客室係のメイドやウェイトレスらの居住空間になっている。さらに別館もある。ホテルはあまり繁盛していないもよう。事件当夜、別館にはひとりの宿泊客もなく、本館二階にある十一の客室のうち二つは空室だった。ホテルの見取り図を添付するが、ご覧のとおり、横に延びる長い廊下の両側に客室が並ぶ形になっている。

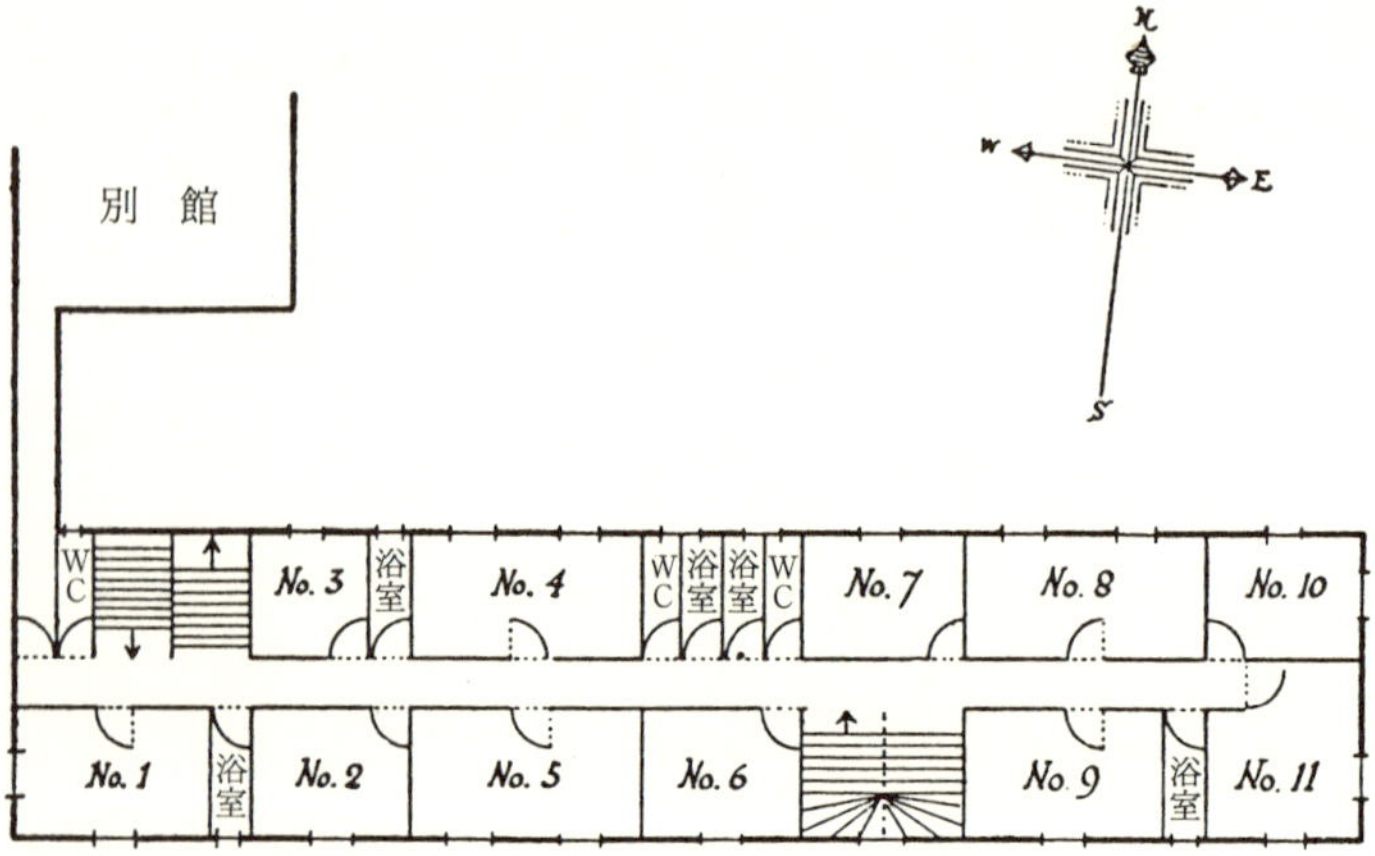

ペンデルベリー・オールド・ホールの二階見取り図

『五、依頼のあった八月十三日の夜に限定すると、宿泊状況は次のとおり。

『一号室。E・M・J・カーステアズ夫妻。住所はオーミデイル・クレッセント十四、ブライトン。八月十二日に車で到着、十四日の昼過ぎに出発。中年の夫婦。彼らについて唯一得られた情報として、カーステアズ氏は地方の骨董品に興味があり、ペンデルベリー教会の真鍮板の拓本を取っていて出発が遅れたもよう。

『二号室。ハワード＝ブレンキンソップ夫人。住所はノース・ベントビー、リンカンシャー。八月五日に到着。ホテルの車が駅まで出迎える。八月十九日に出発。年配の婦人で、おそらく未亡人と思われる。ホテルではよく知られた存在で、時期に多少のずれがあるものの、毎年きまって二週間滞在している。夫人の名前を出すと従業員は喜ぶようである。どうやら一風変わった人物らしく、女中頭は「淑女《レディ》らしからぬふるまいをする」と証言している。もちろんその非難は、夫人の行為がその社会的地位にふさわしくないという点から来ているのは確かだが、具体的な事例までは聞けなかった。

『三号室。P・ハワード＝ブレンキンソップ氏。住所は同じ。若い男。前出の夫人の息子と思われる。物静かで内気な性質。ボーイ長はこの若者を「自然の産物」と表現した。おそらくこの地方独特の表現で、精神的なものを指しており、庶子という意味ではないと思われる。滞在中は母親の話し相手をつとめたり、軽い文学を読んだりするほかは、特になにをするでもなく日々を過ごした。

『四号室。M・ジョーンズ夫妻。住所はパーベリー・ガーデンズ十五、ロンドン、SW七。八月十三日の夕方に車で到着。十四日の朝に出発。若い夫婦。従業員に尋ねたところ、新婚旅行の最中だという意見と、結婚などしていないという意見の二つに分かれた。二人の態度が「恋人同士のようだった」のは確かである。チェックイン時に署名する際、女がクスクスと笑いどおしだったとフロント係が記憶している。客室係のメイドは「小柄でけばけばしい女」と表現し、男のほうは「紳士のようには見えなかったが、それらしくふるまっていた」そうである。これはメイドがもらったチップの額を指していると思われる。夫妻は午後八時三十分ごろ、夕食の最中にホテルに到着し、午後九時ごろ冷えた夕食がトレーにのせられて部屋に運ばれた。翌朝に予期せぬ事件が起こったため、部屋に食事を運んだウェイトレスは当時の状況をよく記憶していた。夫妻は翌朝も部屋で朝食をとったが、ちょうどその最中にディキンスン氏の遺体が発見され、大騒ぎになったそうである。

『五号室。空室。

『六号室。J・S・ヴァニング氏。この紳士に関しては左記のパースンズ氏を参照されたし。

『七号室。J・マレット氏。すでにご存じの人物とのこと。

『八号室。空室。

『九号室。ロバート・C・パースンズ氏。十三日の午後に駅からタクシーで到着。十四日の朝に出発。中年の男。この人物は事務系の従業員には次のような理由で特によく記憶されている。まず予約は手紙でなされた――「ツインの部屋とシングルの部屋。できれば隣同士を希望する」と。そこでダブルの九号室と、その隣の十一号室に予約が入れられた。そのためパースンズがひとりで現われたときには従業員も驚いたようである。「ひどい不眠症に悩まされていて、夜中にベッドを代えると気分転換になる」というのが本人の説明。もうひと部屋は「あとから来る友人のため」ということだった。フロント係がその友人の名前を尋ねたところ、パースンズは答えられないか答えたくないかのどちらかで、「友人は自分――パースンズ――の名前を告げるだろうから心配ない」ということだった。パースンズは自分の部屋と、ホテルでいちばんよいシングルの十一号室を見せられて満足した様子だったが、まもなくレナード・ディキンスン氏が徒歩でホテルに到着。もちろん氏の存在は有名で、いままでに幾度となくホテルを利用している人物である。さらに氏がホテルを訪れたときは、すでに客が部屋を使っていないかぎり十一号室を空けるのが常だった。ディキンスン氏は意に添わぬことがあると苦情を言いがちで、客に無理を言って部屋を空けてもらったことも過去に何度かあったという。今回は十一号室はまだ使用されていなかったため、いつもどおり氏にその部屋があてがわれ、夕食の直後に車で到着したパースンズの友人は、残る唯一のシングルである六号室にまわされた。彼はJ・S・ヴァニングという名でチェックインし、住所はロンドン、とだけ記載。同様に、パースンズもミッドチェスターという町の名を記載しているのみ。運よくパースンズが部屋を予約するときに送った手紙を垣間見る機会に恵まれたが、その町にある保守党のクラブの便箋が使用されていた。従業員の証言によれば、パースンズが健康を害しているのはまちがいない。顔面から血の気がひき、極度に神経質になっている姿を数人が目撃している。ヴァニングに関しては、これといった有力な情報は得られなかった。人目を引く外見はしていなかったもよう。この二人はホテルを別々に出発している。ヴァニングは早めに朝食をとり、午前八時過ぎに出発。それからしばらくして降りてきたパースンズは、友人がすでにチェックアウトしたと聞いて驚いたそうである。パースンズはヴァニングが自身の部屋代を精算していったと知らされたが、この事実が彼を安心させたかどうかは不明。

『十号室。スチュアート・ダヴィット氏。ホーク・ストリート四十二、ロンドン、WC。八月十日、列車とホテルの車で到着。同様にして十四日に出発。この紳士に関して、従業員のひとりは「謎に満ちた男」と証言している。ホテルに到着してから出発するまで一度たりとも外出せず、それもほとんど部屋にこもりきりだったという。「きわめて重大な性質を帯びた仕事についているため、完全な休養と安静が必要なのだ」というのが本人の説明。食事もすべて部屋に運ばれた。「ハンサムな若者」という証言もあるが、外見についてそれ以上の情報は得られなかった。十三日の夜、「明朝はホテルから八マイル離れたスワンベリー・ジャンクションからロンドンに向かう始発列車に乗る」と言って、あらかじめ精算を依頼。翌朝は午前六時三十分頃にホテルの車で駅に向かった。この人物は状況が尋常でないため、さらに情報を得ようと努力したが収穫はなかった。職業に関しても特定はできなかった。寡黙な紳士だったもよう。文筆業ではないかと思われる。

『十一号室。レナード・ディキンスン氏。

『六、上記が依頼内容に関して収集した情報のすべてである。しかし近い将来なんらかの形で、故人の死を究明すべく調査を続行することも可能である。それゆえ以下の点を書き添えることにする。

『七、八月十三日の夜、故人が部屋にひきあげたのは午後十時四十五分前後である。その前にフロントに立ち寄って次の二点を依頼。（a）シナ茶をポットに入れ、薄切りレモンを添えて、十五分以内に部屋に運ぶこと。（b）朝食は翌朝九時に部屋へ運ぶこと。（a）のお茶は時間どおり部屋に運ばれ、さらに翌朝死体が発見される（b）より前に、もう一度メイドが部屋を訪れている。死因は睡眠薬の飲みすぎ。通常こうした場合に検死審問で調べられるのは、お茶に致死量の薬が混入されていた可能性である。だが残念ながらティーポットとカップは、死亡が確認される以前に片づけられていたため、その可能性は仮定でしかない。しかしその説は理にかなったものであり、それが正しいと仮定した上で、故人以外の誰かがお茶に毒を混入した可能性を探るのが妥当であろう。

『八、そのため調査の参考になる情報を提供してくれそうな二人に、さらなる質問を試みた。すなわち客室係のロージー・ベリングと、すでに段落二で触れたウェイトレスのスーザン・カーターである。ベリング嬢の話はさほど有益な内容ではなかった。彼女は八月十四日の朝、八時十五分頃十一号室へはいり、ティーポットとカップの載ったトレーを片づけている。ディキンスン氏は九時に朝食を頼んでいたので、そのような時刻には部屋にはいらないのが普通だが、その朝は宿泊客の何人かがお茶を要求し、さらに二日前の朝に階段で不慮の事故があったせいで、ティーセットが足りなくなったのである。そのとき氏はまだ眠っているように見えたため、彼女はトレーのみを回収すると静かに部屋を出た。そして午前九時すこし前に、朝食を運んでもよいかどうか訊きにいき、その時点で死亡が確認された。すでにティーポットとカップは洗われ、別の宿泊客が使用していた。

『九、検死審問でカーター嬢が証言したのは、問題の夜に故人の部屋にトレーを運んでいった事実のみである。しかし彼女は当方の質問に答える中で、その夜の行動について詳細に語ってくれた。事件当夜、彼女がいつになく忙しかったのは確かである。十一号室にお茶を運ぶ以外にも、十号室のダヴィット氏に夕食を運び、四号室のジョーンズ夫妻にも遅い夕食を出し、六号室のヴァニング氏にはお湯と砂糖とレモンとウイスキーを運ばねばならなかった。実際、カーター嬢は仕事の量に苦情を言いたいほどだったという――特に四号室に関しては。というのも、もともとジョーンズ夫妻は階下で食事をとるはずだったのに、急に心変わりしたのだった。確認できただけで、彼女はキッチンと二階を四往復している。委細は次のとおり。

『午後八時十五分。十号室へ夕食を運ぶ。

『午後九時。遅い夕食を四号室へ運び、十号室から夕食のトレーをさげる。

『午後十時。四号室から夕食のトレーをさげる。

『午後十一時。十一号室にお茶を、六号室にお湯や砂糖を運ぶ。

『十、お茶をもっていったとき、なにか故人のふるまいにいつもと変わった点はなかったかとカーター嬢に尋ねたところ、彼女は故人の姿は見ておらず、声だけしか聞いていなかった。かつてはドアが開くまでトレーをもったまま廊下で待っていたが、やがて故人はきちんとした身なりをしていないときには、誰であれ他人を――とりわけ女性を寝室に入れるのは好まないと知ったそうである。

そのため彼女はドアをノックしてお茶の用意ができたことを告げると、トレーを廊下に置いたまま戻ってきた。ヴァニング氏の場合も同じようにしたのかと尋ねたところ、はじめは思いだせない様子だったが、ドアをノックするとヴァニング氏自身がドアを開け、トレーを受け取ったということである。

『十一、前の段落十で述べた事実の重要性からして、十一号室の前にトレーが置かれていた時間に、誰が部屋にいたかを調べるのが望ましいと考えた。しかしカーター嬢はキッチンから客室のある二階へと階段を昇り降りしていたため、一階のラウンジまたは喫煙室に誰がいたかまでは記憶していなかった。ヴァニング氏を除けば、その時間に二階では誰も見かけなかったそうである。彼女が廊下を通ったときバスルームのひとつが使用中だったが、それが誰だったかは不明。ほかの従業員にも尋ねてみたが参考になりそうな回答は得られなかった。だがすべての証言をまとめると、午後十一時の時点で、次の人物が部屋にいたのはほぼ確実と思われる。

ヴァニング氏。
ディキンスン氏。
ダヴィット氏。
ジョーンズ夫妻。
パースンズ氏。

『部屋にいた可能性があるのは次の人物。
ハワード＝ブレンキンソップ氏。

カーステアズ夫人。

マレット氏。

『ハワード＝ブレンキンソップ夫人は息子が寝室にひきあげたあとも、ラウンジにいたことが従業員によって確認されている。どうやら〈ひとりトランプ〉を終わらせようとしていたらしい。カーステアズ氏はカーステアズ夫人と一緒に席を立ったものの、すぐにラウンジにひきかえし、トランプをしているハワード＝ブレンキンソップ夫人につきあった。ラウンジの明かりは真夜中前に消され、二人が部屋にひきあげた最後の人物だったのは明らかである。

『十二、ホテルの経営状態や従業員に関しては、特に事件に関係のありそうな事実は出てこなかった。故人はむしろホテルの財産と考えられていたもようで、従業員に関するかぎり殺害の動機をもつような人物はひとりもいなかった。もちろん能率という点でいかばかりかの問題はあったものの、従業員はみなまともな人物に思えた。

『十三、上記がペンデルベリー・オールド・ホールでの調査結果のすべてである。ふたたびなんらかの形で調査を続行できることを切に望むものである。

(署名)

ジャス・エルダスン』

第十章　作戦計画

八月二十六日（土曜日）

スティーヴンは聴衆の反応を確かめた。足載せ台に座っているアンは張りつめた表情でカーペットを見つめている。マーティンは短くなった鉛筆で、古ぼけた封筒の裏になにやらメモをとっていた。彼はスティーヴンの声がやんだあとも手を動かしていたが、やがて顔を上げた。

「スティーヴ、探偵の作った見取り図をちょっと見せてくれませんか」

スティーヴンが手渡すと、マーティンは分厚いメガネ越しにすばやく一瞥した。
「どうも。これでだいたいの様子はつかめましたね」マーティンは見取り図を返しながら言った。
「僕はダヴィットが怪しいと思います。親父さんの隣の部屋にいれば、メイドがドアをノックする音も聞こえたはずです。ちょっと廊下に顔を出して、ティーポットの中に睡眠薬を入れればいいんです。僕には簡単明瞭に思えますがね。きみはどう思うかい、アニー?」

アンは視線を落としたまま応じた。
「なんだかホテルにいたのは風変わりな人たちばかりね。ヴァニングとパースンズはどうかしら。

パースンズは不眠症だったんだから薬にもくわしかったはずよ。それにジョーンズ夫妻にしたって――」

「風変わりなんかじゃないさ。みんな糸の切れた凧《たこ》のようになっているだけだよ。週末、田舎のホテルに行ったら、きっと同じような光景が見られるだろう。アン、きみもダヴィットに賭けてみないか。謎に満ちた男――殺人犯としては本命だと思うけれどな。スティーヴはどう思いますか」

「いまからきちんと物事を理論づけて考えないと、大きな過ちを犯すことになると思うがね」スティーヴンは学者ぶって言った。「まず、事実関係をすべて考慮する必要がある。いま読んで聞かせたことだけでなく」

「まだなにかあるんですか」

「ああ。ほかにもこの件に関して二つの点が明らかになった。まず、先日母が話してくれたんだが、ちょっとした過去の歴史があるんだ。これが胸の悪くなるような内容なんだが」

スティーヴンは唇をかみ、わずかにほおを紅潮させた。

「どうしたんですか、スティーヴ。さあ、恥ずかしがらないで!」マーティンが大笑いしながら言った。「一族の古い歴史がいったいなんだっていうんですか」

スティーヴンは二日前に母親から渡された手紙について、要点のみを手短に話した。

「最後につけ加えると、お母さんの推理は完全に正しかった。サマセットハウスに行って調べてきたが、問題の女性がフランシス・アニー・マーチであるのはまちがいない」スティーヴンはそう締めくくった。

この独奏会のあいだ、アンはじっと黙ったまま、どうやら彼女なりに問題を熟慮しているようだった。それに反してマーティンはうんざりするほど雄弁だった。ディキンスン氏の過去の過失に対し、彼は歯に衣着せぬ物言いをした。

「あの老人が体の内にそんな情熱を秘めていたなんて！」それがマーティンの最終的な論評だった。「シェイクスピアかなにかにそんなせりふがありませんでしたっけ。でもスティーヴ、まじめな話、それがなにかの参考になるんですか。そのフランシス・アニーと傷ついたリチャードが、ハワード＝ブレンキンソップ夫人とその息子だとでも思っているんですか」

「まだそんな段階じゃない。そんなことを言っていたらきりがない。いま大事なのは事実関係を確認することだ」スティーヴンが断固とした口調で応じた。「さて、もう一点だが、きみはこっちのほうが重要と考えるだろうな。事件当夜、親父は知り合いらしい男をホテルで見かけている」

スティーヴンはマレット警部から聞いたとおり、ラウンジで二人の会話を中断させた男の話をした。けれどもマーティンはほとんど興味を示さなかった。

「あまり参考になりそうもありませんね。そんな見まちがいは誰にでもあるもんです。僕だってつい最近、街である男の背中をピシャリとやったら、まったくの人違いだったんです。穴があったらはいりたい気分でしたよ。それに、もしその男がホテルの泊まり客だとしたら、どうして親父さんはその一度きりしか男を見かけなかったんでしょう。ラウンジ以外で顔を合わせる機会もあったでしょうに。けっこう土地の人間が一杯やりに来ただけじゃないですか」

「あるいは二度と顔を見られたくない人物だったとも考えられるわ」アンがゆっくりとつけ加えた。

「下で夕食を注文したけれど、お父さまがいるのに気づいて予定を変更した誰か――ええそう、ジョーンズ氏よ」

「なるほど！」マーティンはいたく感銘を受けた様子で叫んだ。そしてふたたびパイプに火をつけるとなにやら考えこむ態になったが、ほどなく続けた。「それでも僕はダヴィットが犯人だと思うな。ジョーンズは二番手にしておこう。でも殺人に出かけるのに女連れで行こうとする男がいるだろうか。僕なら絶対にそんなことはしないな――アニー、いくらきみでもね」

「きっと――」アンがそう口を開きかけた。

「こんな話をしていても埒《らち》があかない」スティーヴンが気短に口をはさんだ。「まだ誰々が殺人犯だと言って、保険会社を説得できるような証拠はなにもない。わかったことといえば、さっきアンが言ったように、ホテルに宿泊していたのは風変わりな客ばかりだということ。それに父がティーポットを手にするまでに、誰かが多量の睡眠薬をお茶に入れた可能性があるということくらいだ。これだけでは到底不十分だ」

「そのとおり。いまは泊まり客についてとやかく言っている段階ではありません。彼らの人物像をもっと掘りさげて調べる必要がありそうですね。さて、追跡のはじまりです。さあ、スティーヴ、進撃命令を出してください」

「住所を見てみよう。二組はロンドン――ダヴィットとジョーンズ夫妻。ハワード＝ブレンキンソップ親子はリンカンシャー。カーステアズ夫妻はブライトン。ヴァニングの住所はロンドンという以外は不明。パースンズもミッドチェスターとあるだけだが、クラブを訪ねれば居所がわかるかもしれない」

「もし僕の行きつけのクラブのポーターが、ひょこり訪ねてきた人間に住所を教えるようなら、そいつの面の皮を剥いでやりますよ」マーティンが水をさした。

「パースンズが見つかれば、ヴァニングも見つかるだろう」スティーヴンは気にせずに続けた。

「快く協力してくれればの話だが――あまり期待はできないがね」

「泊まり客をすべて洗う必要があるんですか。これだけダヴィットとジョーンズが怪しいんですから、二人に絞っていいんじゃありませんか。ほかの人物が事件に関係しているとは思えませんよ」

「それはちがう」すぐさまスティーヴンが反論した。「確かに、リンカンシャーにいる親子やカーステアズ夫妻は犯罪に関係しているようには見えない。だがそれはまだ彼らをよく知らないからだ。容疑者から外してしまうわけにはいかない。ところでパースンズとヴァニングについては、なかなか興味深い事実があるじゃないか。きみのことだからもう気づいたとは思うが」

「というと?」

「つまりこうだ。パースンズは隣合わせで二部屋を予約したが、ヴァニングのために予約した部屋は、結局父が使うことになった。パースンズはそのことを知っていたんだろうか。父は夜遅くにルームサービスを頼んでいる。ヴァニングもだ。つまりパースンズはヴァニングを殺すつもりでいたんじゃないだろうか。報告書にも、翌朝パースンズはヴァニングが朝食をとったと聞いて驚いた、とあったろう。パースンズが誤って父に毒を盛ってしまったという可能性も考えられる。きっと――」

「お茶のポットをウイスキーの瓶ととりちがえたっていうんですか」マーティンが吹きだしながら指摘した。

「もうすこしまじめに考えてもらいたいもんだな」スティーヴンは不機嫌な顔になった。

「まじめに考えろというほうが無理ですよ。なんともすごい理屈なもので。いまの話こそ、なんの信憑性もないじゃありませんか」

緊張が高まったところへ、慈悲深くも昼食を知らせるベルが鳴った。


午後になり、協議はより平和的な雰囲気の中で再開された。

「やはり近くに住んでいる人間からはじめたほうがよさそうですね」マーティンが言った。「つまりダヴィットとジョーンズ夫妻です。まず最初の質問ですが、それを自分たちの手で調べるんですか、それとも面倒な仕事はエルダスンにやらせるんですか」

「エルダスンを雇った理由は、僕がペンデルベリーに出向くのはさしさわりがあると思ったからだ。自分たちで調査できるかぎりは自分たちでやるべきだろう。手に負えなくなったら、またエルダスンに依頼すればいい」

「わかりました。第二の質問ですが、どんな方針で行けばいいんですか。泊まり客をひとりひとり訪ねて調査するというのはわかりました。でも警官でもないのに、他人の家に押しかけて、『こんにちは。あなたは先日ペンデルベリーに滞在されましたね。そのときに、ディキンスンという老人を殺害しませんでしたか。もしそうなら洗いざらい白状してください』とでも言うんですか。すくなくとも僕にはできませんよ」

「その点に関しては、僕は常識を働かせて、状況に応じて最善と思える方法をとるつもりだ。それに、なんらかの事実が明らかになるまで、あるいはほかに調査する術がないという状況に陥りでもしないかぎり、本人に直接会って話を聞くつもりはない」

「そうですか——すこし鼻を利かせて、ポーターや近所の主婦連に好かれるようにすればいいんですね。そしてセールスマンのふりをするか、生き別れの兄弟を捜すためにフィジーから出てきたようなふりをして話を聞きだすわけですね。なんだか詐欺師みたいです。さて、第三の質問ですが、僕らは一団となって行動するんですか、それとも別々に？　いわゆる一人一殺というわけですか？」

アンがそれまで守っていた沈黙を破った。「いいかげんにして、マーティン。あなたをスティーヴンと二人きりで行かせてはだめね。黙って聞いていれば、まるで喧嘩腰じゃないの」

「ともかく最初は個々で、できるかぎりやってみようじゃないか。必要とあらば、あとから力を合わせることもできる」スティーヴンが言った。

「僕もそれがいいと思います。時間の節約にもなりますし。では、さっそく獲物を分けるとしましょう。第一の犠牲者にダヴィットを選んでもいいですね。なにしろ最初に目をつけたのは僕ですから」

「ダヴィットは僕が調べようと思っていたんだ」すぐさまスティーヴンが主張した。

「ちょっと待ってください。ダヴィットは僕の本命なんです。僕にダヴィットを譲って、ジョーンズ夫妻をお願いしますよ」

「いや、悪いがダヴィットは僕が調べる」スティーヴンが落ちつきはらった態度で言った。

「それじゃ、コインを投げて決めましょう！」

「まったく二人とも、救いようのない大馬鹿者ね」アンはうんざりした表情で溜息をついた。「私が決めてあげるわ。スティーヴンはダヴィットから、マーティンはジョーンズ夫妻からはじめてちょうだい。もし両方ともなんの収穫もなかったら、マーティン、私をリンカンシャーに連れていって。私がハワード＝ブレンキンソップ夫人について調べてみるから。夫人には興味をかきたてられるし、いずれにしても女の私が適任だと思うわ。私たちがリンカンシャーに行っているあいだ、スティーヴンはブライトンに行ってカーステアズ夫妻を調べてちょうだい。パースンズは最後にしましょう。ミッドチェスターまではずいぶん距離があるから。さあ、ぐずぐずしてないで、さっさと調査にかかって！　お互い文句はなし、いいわね」

「思いやりに溢れた言葉をありがとう」マーティンが礼を述べた。「でもアニー、きみはどうするんだい。僕と一緒にジョーンズ夫妻の生活を邪魔しにいってくれるのかい」

「いいえ、行かないわ。うちでやることがあるから」

「なにを？」

「二人の頭には浮かばなかったらしいけれど、ヴァニングの住所は電話帳で調べるのがてっとり早い方法じゃないかしら。めずらしい名前だから、そう何人もいないと思うの。ひとりひとり調べていけば、捜している人物にぶつかるかもしれないわ」

「悪くないな」マーティンは目を細めてアンを見た。「それで全部かい、アニー。なにかほかに隠していることがあるんじゃないか」

「さあ、どうかしら」

「言ってしまえよ」

「ただ、ちょっと気になるだけ。はっきりしたことなんだけれど、どうもしっくりしないの。それを考えてみたいと思って」

「僕には話してくれてもいいんじゃ——」

「いいから私をひとりにしてちょうだい!」突然アンはかっとなって叫んだが、怒りは急速に冷めていった。「ごめんなさい、マーティン。今度の一件でずいぶんまいっているものだから」

「いいんだ。わかるよ、アン」マーティンはアンの肩をぎこちなく叩いた。それからスティーヴンに向けて言った。「さあ、仕事にとりかかりましょうか」

「調査記録をとっておいたほうがいいわね」

アンはデスクに向かうと、紙を一枚用意し、エルダスンの報告書にあった全員の名前を書きだした。そして各調査官が突きとめた事実で一杯になるのを期待しつつ、それぞれに余白をもうけた。アンは書き終えると、しばらくそのリストを凝視した。

「あら——おもしろいわ!」アンはつぶやいた。

「どうかしたのか」とスティーヴン。

「いいえ。ただ……」すぐにアンは放心状態からわれに返った。「さあ、二人とも、さっさと出かけてちょうだい！」

　スティーヴンは妹の気紛れに無言で肩をすくめながら、そしてマーティンは普段となんら変わらぬ様子で『さあ、隣人に負けないように見栄を張ろう《ウィヴ・ゴットゥー・キープ・アップ・ウィズ・ザ・ジョーンジズ》』という節《ふし》で鼻歌を歌いながら、屋敷をあとにした。

第十一章　最初の収穫

八月二十六日（土曜日）

アンは一度だけ――非常に不愉快な経験だったが――イングランド西部の狩場でクリスマス休暇を過ごしたことがあった。そこでは日曜日を除き、狩りの禁じられている日は射撃をし、射撃の禁じられている日は狩りをするといった具合だった。アンは馬にも乗れなかったし、ましてや射撃など大嫌いだった。さらに、日中雨が一時でも止んだとすれば、外を見ていなかったときにちがいないと思えるほど雨続きだった。その不幸な休暇の記憶の大半は幸いにして失われたが、それでも払拭できないひとつの印象的な光景があった。それは居間で過ごした長い午後の記憶だった。アンは男たちが狩りから戻るのを待っていた。雨が激しく窓に打ちつけている。女主人が分厚い狩猟用のストッキングを編んでいて、編針がぶつかるたびに鋭い音をたてる。お茶は男たちが戻るまでおあずけだった。

いまアンはソファーに丸くなって本を読もうとしながら、どうしようもなくデヴォンシャーへ引き戻されていた。暖炉には火もなく、冬の薄暗い午後とは対照的に、戸外には陽光が溢れているというのに、アンはふたたび男たちが狩りから戻るのを待っているような、そんな錯覚におそわれた。戻ってきた男たちの白い乗馬用ズボンには泥が一面にはねている。ジョニーがあの顔色の悪いオーストラリア女をまだ忘れていないと直感したのはあのときだった。彼は狩りのしすぎで靴擦れしたことなどを延々しゃべり続け、一度も……

「もう！　頭がいかれてきたのかしら」アンはソファーにからだを起こした。すっかり忘れたと思っていたのに、こんなにも鮮やかに記憶がよみがえってくるとは。母親は昼食後すぐに出かけたため、いまアンは屋敷にひとりきりだった。スティーヴンは夕食までには帰ってくるだろう。マーティンは遅くなるかもしれない。調査を——素人がやってもそう呼べるかどうかはわからないが——キジ撃ちやキツネ狩りのように、一定の時間で切りあげるわけにもいかない。だが素人のやることにあまり期待をかけるのもどうだろうか。

ともかくアンはお茶を飲もうと腰を上げた。そのとき、電話帳の内容を写したメモが床に落ちているのに気づき、拾いあげた。残念ながら収穫はほとんどなかった。アンはそのメモを午前中に作った容疑者リストと一緒にわきへ置くと、しばらくその場にたたずんで考え込んだ。彼女の念頭にあったのは、マーティンに考える必要があると言った件だった。時が経過しても、依然として状況は変わらなかった。明らかに謎のまま、ある事実が胸につかえていた。だが、もうしばらくは胸の内にしまっておこう。アンはそう心に誓った。

紅茶を一杯飲み終えようとしていたところへ、ノッカーのけたたましい音が鳴りひびき、アンは飛びあがった。もう帰ってきたとは。あれはマーティンだ。スティーヴンは鍵をもっているし、訪問客ならベルを鳴らすはずだ。マーティンはノッカーを好んで用いた。自分の来訪を告げるのに、ただ指でベルを押すのでは精彩に欠けるというのだ。アンは玄関に走り、マーティンを中に入れてやった。

「お茶は残っているかい？　ようし！」マーティンはソファーに勢いよく腰を下ろすと、隣に座ったアンに向けて開口一番に言った。

アンはマーティンのために紅茶を注ぐことに専念し、すぐさま質問責めにするのは我慢した。

「思ったよりも早かったわね。それで――なにかわかったの？」しばらくしてアンは尋ねた。

マーティンは小振りのスコーンを口に投げいれると、満足げな顔になった。

「きみはなにが知りたいんだい」マーティンはスコーンを口一杯にほおばりながら応じた。まずは嚙んで呑みこみ、それから続けた。「とにかく、ジョーンズ氏には会ってきた」

「えっ？」

「そうだとも。あご髯を生やした愛嬌のある老紳士だったよ。とても好意的でね。お茶にまで誘われた。でも早く戻ったほうがいいと思ったもんだから」

「マーティン、いったい誰のことを言っているの」

若者はおおらかに笑った。

「まったく実に滑稽で、いとも簡単なことさ。なにがあったか話してあげるよ。僕はまっすぐパーベリー・ガーデンズに向かったんだが、そこはフラットの並ぶ大きなブロックのひとつだった。居住者全員の名前が下の玄関に出ていたんでやりやすかったよ。そうでなかったら、メイドに古い友人だとかなんとか言って、家の中に通されたら通されたで、どうやって釈明しようかと考えていたところさ。きみにも想像できるだろう。さてと、並んだ名前から最初に僕の鋭い眼力が見抜いたのは、十五号室の住人はジョーンズなんかじゃないってことだった。確か、ピーボディだった――そう、エリザベス・ピーボディ夫人だ。実は僕はエリザベス・なんたら夫人という名前を聞くたびに、どうもいんちき臭い気がするんだけれど、だからといって彼女がジョーンズという名前でホテルに泊まったという証拠にはならない。さらに考えられる可能性として、奇妙に聞こえるかもしれないけれど、ピーボディがジョーンズに部屋を貸していて、単に名前を改めなかっただけかもしれない。そこで僕は迷わず〈管理人〉というベルを押した。すこしして奥から若い男が現われたよ。十五号室にジョーンズ氏が住んでいないかと尋ねると、男は馬鹿にするような目つきになって、『十五号室にいるのはピーボディ夫人です』と答えた。さすがに『字が読めないのか』とまでは訊いてこなかったが、いかにもそう言いたげだったな。『てっきりジョーンズ氏が住んでいると思ったもんでね』と僕は答えた。すると管理人は僕のあまりの無知さかげんに同情したのか、『ジョーンズ氏は三十四号室です。あっちの階段ですよ』と親切にも教えてくれた。僕は『ありがとう』と言い、男は『どういたしまして』、とまあこんな具合さ」

　マーティンはそこまで話すと、黙って紅茶を味わいはじめた。アンはもう一杯注いでやり、小声でやさしく促した。「ねえ、それからどうしたの」

「えーと、それからだね」マーティンは口のまわりについたスコーンのかすを、ハンカチで勢いよく拭った。「そうなると二つの可能性が考えられた。（a）ピーボディ夫人はペンデルベリーにジョーンズ夫人として滞在していた。（b）あの私立探偵が部屋番号をまちがえて、僕らの捜しているジョーンズは実は三十四号室にいる。僕は（a）が臭いと思った。だから階段の昇り口をぶらつきながら、いままでジョーンズに関心を抱いていたものを、どうやってピーボディに話を戻したものかと考えた。管理人はまた奥に戻ろうとしていた。ちょうどそのときだ。玄関先に郵便配達の車が止まって、中から重そうな包みを抱えた男が出てきた。その包みが――はっきりした文字だったんでよく見えたんだが――なんとピーボディ夫人宛だった。だからとっさに言ったんだ。『おや、ピーボディ夫人宛じゃないか！』ってね。なんて軽い奴だと思われたろうけど、予想以上にうまくいったよ。『たぶん夫人の本でしょう』と管理人が言い、僕は『すごく重そうだね』とかいった返事をした。すると『特別な本ですから』という答えが返ってきたもんだから、急にひらめいて『ブライユ（点字）かね』と謎をかけてみた。案の定、管理人は『ええ、そうです』と答えたよ。さらに確認のために、『ピーボディ夫人はまったく目が見えないのかい』と訊いてみた。すると『ええ、気の毒なことに』という答えだった。それでもう（a）の心配をする必要はなくなったわけだ」

「マーティン、よく思いついたわね！」

「運がよかっただけさ」マーティンは控えめに応じた。

マーティンは婚約者が否定してくれるのを待ったが、アンは無頓着に話を進めた。

「そうすると（b）が残るわね。その三十四号室にいたのが、あなたをお茶に誘った老紳士というわけ？」

「ああ。実に愉快だったよ。なにがあったかって――」

だがアンはそれ以上くわしい内容に耳を傾ける気はなさそうだった。

「つまりM・ジョーンズではなかったのね」

「ところが彼はT・P・M・ジョーンズだった。だから捜している男じゃないかと思ったんだ。それで――」

「とにかく別人だったわけね。エルダスンが部屋番号をまちがえるなんて思えないもの」

「ああ、でもあたってみる価値はあると思ったんだ」

「ええ、もちろんよ。となると、宿泊客名簿に記載されていた内容はでたらめだったことになるわ。住所も名前も。でも奇妙な話ね」

「そんなことないさ。僕の思っていたとおりだよ。単に恋人たちは人目を忍ぶ旅をしていて――」

「わかるわ。でも、そういうことを言っているんじゃないの。私は経験がないからわからないけれど、恋人同士で旅に出たとしても、ちゃんとした住所を書くものなんじゃないの？」

「まさか！　馬鹿だな。でたらめを書くにきまってるさ」

「でも、ちょっと待って。住所は実在していたわ――二人のではなかったにしても。なんだかおもしろくない？　単なる思い込みかもしれないけれど。ねえ、マーティン、あなたは経験豊富でしょ。あなたの場合、ホテルではどんな名前を使ったの？」

マーティンのほおは淡いピンク色に染まった。

「さあ、どうだろう」思わず小声になった。「ただ頭に浮かんだ名前を使ったんじゃないかな」

いかにもマーティンはばつが悪そうだったが、アンは平気な顔である。

「頭に浮かんだ名前、ね。そうね、そうかもしれないわ。住所についてはどうかしら――想像上の産物か、それとも実在の住所か。もし実在するとしたら、それが頭に浮かんだ理由があるはずよ。ほかの住所ではなく、特別にその住所が浮かんできたなにかが。なんらかの関連性が。そう思わない？　だから、ジョーンズ夫妻がパーベリー・ガーデンズ十五にいないというだけで、あきらめてしまうのは早いと思うわ。とにかく二人のどちらかには、ホテルの名簿に、たとえば――ハムステッド、プレーン・ストリートではなく、実在の住所を書くだけの理由があったわけだから」

「いや、実に鋭い洞察力だ」

「まさか。頭がいいのはあなたのほうよ。自分でもわかってるはずだわ」

「とにかくジョーンズ夫妻については、これ以上どうしたものかわからないな」

「そうね。でも容疑者から外せなかったのは残念だわ」

「個人的な意見を言えば、あまり頭を悩ませるほどの存在ではないと思うんだ。単に二人は人目を忍ぶ旅を――」

「マーティン、それはさっきも聞いたわ。何度も同じことを言う人ね」

「ごめん、アニー。もうジョーンズは忘れよう。ねえ、知ってるかい？　最近、僕があまりくりかえしてないせりふがたくさんあるんだけど」

そしてマーティンは名誉を挽回すべく、手を替え品を替え、そうしたせりふを情熱的に語りはじめた。

四半時が過ぎた頃、玄関のドアの鍵が開く音がした。

「お母さまだわ、きっと」アンが顔を上げた。「マーティン、おかげで髪がくしゃくしゃになっちゃったわ。あなたもその上着についている白粉《おしろい》をはらってきて」

だが帰宅したのはディキンスン夫人ではなく、スティーヴンだった。彼は疲れきった表情で部屋にはいってきた。見るからによい一日を過ごしたとは思えない男に、すぐさま質問をぶつけるほどアンは無神経ではなかった。

「お茶はどう？　いま入れ替えてくるわ」

スティーヴンはかぶりを振った。

「どこかにウイスキーがなかったか」

「確か、居間のデカンターにすこし残っていたと思うわ。誰かさんがまだ飲んでいなければね。あれで最後よ。お母さまがしばらくは買わないって言っていたもの――」

「保険金がはいるまでは、だろ。まったく！」

「じゃ、自分で買ってきたらどう。どうせ飲む人はほかにいないんだから」

「ああ、そうするとも。すこしばかり預金残高が乏しくなってきてはいるがね」

「『遙か深淵より霊魂《スピリット》を呼び寄せよう。されど求めに応ずるだろうか』」突然マーティンが言った。「どうです！　なかなかいいと思いませんか」

スティーヴンはむっとした表情をマーティンに向けて、部屋を出ていった。そしてすぐにウイスキーのグラスを手に戻ってくると、椅子に座って、しばらく黙ったままグラスを傾けた。だが半分程飲んだところで、ふいに口を開いた。

「とにかく、ダヴィットは容疑者から除外だ」

「除外ですって?」アンが尋ねた。

「削除、あるいは排除、あるいは抹消。これでわかってくれたかい」

「そんなことってありますか、スティーヴィー! 謎の男ダヴィットが、僕の本命が! そう簡単にあきらめきれませんよ」マーティンが抗議した。

スティーヴンはマーティンなど眼中にないようである。

「僕の見るかぎり、あの男は完璧に白だ。親父の死に関しては、そう——カンタベリー大主教よりも潔白さ」

スティーヴンは空になったグラスを下に置いた。

「ジョーンズのほうはどうだった?」彼はマーティンのほうを向いた。

マーティンが報告しようとしたところへ、アンがさえぎった。

「でもスティーヴン、ダヴィットの話を聞かせてくれてもいいんじゃない?」

「言ったはずだ。除外だとね」

「でもそれだけじゃ済まされないわ。なにがわかったの? どうしてそう断言できるの? さあ、きちんと説明してちょうだい!」

スティーヴンはうんざりした様子で眉をひそめた。けれども内心では、相手が興味をそそられているのを見て気をよくしているのだ。アンは経験からそう見抜いた。

「そうか。僕の判断が信じられないというなら仕方ない、話してやろう」

スティーヴンは渋々応じると、椅子に背中をあずけて脚を組んだ。そして壁の額を吊す釘に視線を集中させた。

「ホーク・ストリートは気の滅入る場所だった。あそこの住人がどうやって生計を立てているのか不思議なくらいだ。ティボルド・ストリートをはいった奥のガーモイル・ストリートの、そのまた奥にあった。二階か三階建てのみすぼらしい煉瓦造りの建物が並んでいて、一階の窓には示しあわせたように葉蘭《ハラン》が置かれ、レースのカーテンがかかっていた。雰囲気はだいたい想像がつくだろう。どの建物もアパートで、間借り人の多くは外国人――学生に亡命者といった連中さ」

「そんな貧しい地区に住んでいる男が、よくペンデルベリーに泊まれたもんですね」

スティーヴンはうなずいた。

「僕もそう思った。さて、四十二番地はすこし奥まったところにあったが、ほかとまったく同じ造りだった。窓には鉢植に邪魔されながらも、よく見かける下宿屋の看板があった。おかげでやりやすかったよ。ベルを鳴らすと、気立てのよさそうな老婦人が現われた。やさしい母親の典型といった感じだったな――決して好きなタイプではないがね。きっとあの老婦人がひとりで下宿屋をきりもりしているんだろう。僕は万一の場合、ダヴィットが怪しいと睨んだら、あそこに間借りしながら調べを進めてもいいと思っていた。だから部屋を見せてもらったんだが――いや、まったく身の毛のよだつような代物だったよ。いちばん悪い部屋だったのかもしれないが。とにかく掃除だけは行き届いていた。薄暗い路地に面していたんで、表通りに面した部屋は空いてないのかと訊いてみた。すると、もう人に貸しているという答えだった。実におしゃべり好きな感じのいい女主人だったな。にわか探偵には最高の実験台さ。通りに面した部屋の住人はダヴィットという堅実な若者で、もう二年も間借りしているそうだ。女主人は堰を切ったように、こっちが催促しなくても、その堅実な若者とやらについていろいろしゃべってくれたよ」

スティーヴンはそこまで言うと、劇的な効果を高めるように間をおいた。退屈そうな表情はすっかり消え失せ、いまや話すのを楽しんでいるのは明らかだった。

「つまらない部分は省略するとして、要点はだいたいこんな具合だ。ダヴィットはシティの大企業に勤めているそうだ。株式の仲買かなにかの仕事をしているらしい。グラスゴーに年老いた母親がいるだけの孤独な身の上で、毎年クリスマスには帰省している。もの静かで内気、恋人もなし。家賃はきちんとおさめている——これは重要な点だ。まあ、ダヴィットがいいかげんな男だったら、女主人がすぐに指摘しただろうが。彼女が唯一気にかけていたのは、ダヴィットが夜どこにも外出しないことだった。部屋にこもって、ずっと書き物をしているらしい。これがダヴィットの謎を解く大きな鍵さ。彼には作家の才能があるんだ。その才能がどの方面のものか——叙事詩か戯曲か娯楽物かまではわからなかったがね。個人的な意見を述べれば、ホーク・ストリートに面した部屋に閉じこもって、ものが書けるというだけで、第一級の才能があるにちがいない。もちろんダヴィットの才能はまだ世間には認められていない——完全には。というのも、ほんの一、二ヵ月前にちょっとしたチャンスをものにしたんだ。ああ、賞を取ったのさ。すぐに僕はフットボール賭博を連想したが、そう陳腐な発想ともいえないだろう。賞はある文学雑誌から贈られ、ダヴィットは大金を手にした。おそらく十ポンドか二十ポンドくらいじゃなかろうか。問題はその金をどう使ったかだ。

だいたい察しはついたが、第三者の証言があったほうがいいと思ったんでね」

「つまり、その賞金でペンデルベリーに泊まったというわけ?」アンが尋ねた。

「そうさ。馬鹿げた話じゃないか。ものを書いて手に入れた金の唯一の使い道が、どこか静かな場所に行って、さらにものを書くことだったとはね。ダヴィットは一週間の休暇をとって、ひたすら書くことに専念したわけさ。つまらん奴だ。金を使わずに、ホーク・ストリートにいたほうがよかったんじゃないかと思うね。ああ、すっかり言うのを忘れていたが、あそこは大きな鉄道の駅への迂回路にあたっているそうだ。ダヴィットがどこか静かな場所へ行きたがっていた、と女主人は言っていたが、それももっともだ。というわけで、彼はペンデルベリーに休暇ぎりぎりまで滞在し、出かけたときと同じように蒼い顔で帰ってきたそうだ。そう聞いても驚きはしなかったがね」

「でも、どうして食事をすべて部屋に運ばせる必要があったのかしら」

「理由は同じさ。書くのを邪魔されたくなかったか、あるいは思考を乱されるのが嫌だったんだろう。あの、なんとかいう夫人が——どうしても名前を思いだせないんだ——机にかじりついているダヴィットの首根っ子をつかんで、夕食の席に引っぱってきたことも何度かあったそうだ。きみらには信じられないだろうが、おそらくあのペンデルベリーの食事でも、三度三度部屋に運んでくれるというだけで、奴には無上の悦びだったにちがいない。気の毒に! やみがたい執筆欲といえども、あれはほとんど病気だな」

スティーヴンは一息ついたのちにつけ加えた。「さて、これで話は終わりだ。知りたいことがわかったら、さっさとホーク・ストリートに別れを告げてきた。部屋についてはあとで連絡すると女主人には言ってきたが、さて、返事はいつのことになるやら」

しばらく沈黙が流れた。やがてマーティンが口を開いた。「株式の仲買かなにかの仕事をしているという話でしたが、確かではないんですね」

「ああ、あまり重要とも思えなかったんでね」

「ちょっと考えていたんですが、もしヴァニングが仲買人だとすれば——」

「それは——」スティーヴンは肩をすくめて、なにかを言いかけた。

「それはちがうわ」アンがすかさず口をはさんだ。「ヴァニングが仲買人だとしたら、ロンドン近郊には住んでないでしょ」

「ああ、仲買人の多くはブライトンに住んでいるからね」とマーティン。

「そのとおりだ。マーティン、あまりくだらない話題をもちだすのはやめてくれないか。気になるようなら、仲買人組合の名簿でも手に入れて、自分で調べてみたらどうだ」スティーヴンはいかにも腹立たしげである。

「まったくです、スティーヴ。愚かな発言でした。許してください」

「さてと」スティーヴンは妹のほうを向いた。「ヴァニングはどうだった？　職業はわかったか？　電話帳が役に立ったかな」

「さあ、それはどうかしら。電話帳にはこうあったわ」

アンはメモを手渡した。スティーヴンはそれを読みあげた。

ヴァニング、アルフレッド株式会社、果物卸売業、コヴェントガーデン、WC二
ヴァニング、アルフレッド・E、オソコッシ、ウォトリング・ウェイ、ストレッサム
ヴァニング、チャールズ・C、青果商人、ヴィクトリア・アヴェニュー四十二、SW十六
ヴァニング、K・S・T、法廷弁護士、ナイサイ・プレイアス街二、テンプル、EC四
ヴァニング、K・S・T、エクセター・マンション四十六、SW十一
ヴァニング夫人、グロヴナー・スクエア、W一
ヴァニング、ピーター、芸術家、ホーガース・スタジオ、キングフィシャー・ウォーク、SW
三
ヴァニング、トマス・B、青果商人、ブリック・ストリート八十五、N一
ヴァニング、ウォールドロン・アンド・スミス、勅許会計士、ゴシップ・レーン、EC三

「なかなかおもしろい」スティーヴンは感想を述べた。「アルフレッド・E——こいつがまちがいなくコヴェントガーデンの店の親方だな。これで彼の身内がいかに南北に手広く商いを営んでいるかがわかる。いや、ちょっと待てよ——これはきっと甥たちだな。アルフレッドは息子にはもっと偉くなってもらおうと、法曹界に送りだしたんだろう」

「芸術家はどうなの」アンが尋ねた。

「ああ、明らかに一族では変わり種だな。かごに一杯はいったオレンジを見るのに嫌気がさして、かわりに皿にのったオレンジを描くことにしたんだろう。だが、ヴァニング夫人というのはどうも

わからんな。グロヴナー・スクエアはオソコッシとぶつかっていると思うんだが、どうだろう。たぶん――」

「つまり、J・S・ヴァニングを見つける手助けになりそうなものはないわけですね」マーティンが重々しく言った。

「ひとつもな。このリストの人物をひとりずつ訪ねて、息子か兄弟にJ・Sという頭文字のつく人間はいないかと訊いてまわることもできるが、あまり能率的とは言えないな。パースンズの線から調べていったほうが早いだろう」

「同感です。すると今日一日の調査結果をまとめると、ダヴィットを容疑者リストから外し――僕は株式仲買人の件がまだひっかかりますが――ヴァニングとジョーンズについては、まだ調べを進める必要がありそうです」

「ああ、ジョーンズか！　すっかり忘れていた。まだ報告を聞いていないぞ」

マーティンはアンに話した内容を、詳細に至るまでくりかえした。ほどなく二人の男はそれぞれの意見を交換し、まるで専門家のように捜査方法を議論しあった。アンは二人のあいだで話に耳を傾けていたが、そんな男たちの様子はデヴォンシャーでのお茶のあとの場面を彷彿とさせた……『きみの意見はよくわかる。まずロング・ウッドで獲物を狩りたて、窪地に障害物を置いて、そこに銃を三梃用意しておくというのだろう』『あまり感心できんな。風は南から吹いている。だから獲物は柵を飛びこえて逃げてしまう』『昨年きみが忠告を聞いて、唐松の林を抜けていたら……』もしそんな小さな過去に心を乱されなかったら、もしそんな記憶が頭の片隅にこびりついていなかったら、アンは心安らかに眠れたことだろう。

第十二章　ハワード＝ブレンキンソップ夫人

八月二十七日（日曜日）

「どうやらあそこみたいだ」マーティンが言った。

アンは車の窓越しに目を凝らした。

屋敷は手頃な大きさで、四角い簡素な造りだった。道路からすこし奥まったところにあり、車寄せまで道が弧を描いている。これといった特徴はなく、イギリスの田舎ではよく見かける屋敷である。おそらく古風なバスルームが二つ、さらに裏庭のどこかに厩があって、すくなくとも三人分の狩りの設備が整っているだろう。しかしそのいかにも平凡な外見が、かえってにわか探偵の片割れをひるませた。古びた邸宅に漂う一種の落ちつきを感じとり、アンは怖じ気づいた。屋敷は長年――いや、何代にも渡って使われてきたにちがいない。狩りの季節に見かけない人間など、相手にもされないだろう。ロンドンから予告もなしに押しかけてきた客とあってはなおさらだ。ハムステッドの書斎で提案したときには、この取り決めがとても単純に思えたのを思いだし、アンは苦笑いを浮かべた。唯一の希望は、エルダスンの報告書に短く触れられていたハワード＝ブレンキンソップ夫人の性格である。明らかに変わり者らしいので、それが物事すべてに反映されていることを祈るばかりだった。

アンは黙っていたが、マーティンはいつもどおり婚約者の心中を察したようだ。

「腹を一杯にすれば、きっとやる気もわいてくるさ。村のパブに行ってみないか。そこを下ったところにありそうだ」

二人は〈ブラック・スワン〉亭にはいり、通りに面した席で昼食をとった。味はなかなかで、アンも食事を終えるころには、すこしは物事を楽観的に考える余裕が出てきた。真実を突きとめてみせるというほど積極的な気持ちにはなれなかったが。アンは食事を運んできたパブの女将に、二言三言話しかけてみたものの、聞くのにも話すのにも集中できなかった。隣の酒場からざわめきが聞こえ、通りの反対側で時折犬が吠えるほかは、村は安息日特有の静けさに包まれていた。マーティンは犬が吠えるのに興味をおぼえたらしい。窓に顔を近づけ、音をたててパイプを吸いながら外を眺めている。やがて彼はアンに声をかけた。

「あそこはあたってみる価値がありそうだ」

アンはマーティンの指が示す先を見た。通りをはさんだほぼ真向いに門があり、看板がかかっている。

ベントビー・ケンネル

血統書つきの子犬、多数

スコティッシュテリア・ケアンテリア・フォックステリア
お宅の愛犬、専門家が世話します

「子犬をきみにプレゼントするのもいいな。スコティッシュとケアンのどっちが好きだい」

「どっちも好きじゃないわ。もともと犬はあまり好きじゃないの」

「好きになるべきだ」マーティンはまじめくさって言った。「犬にはほかの動物にない味わいがある」そして静かにパイプを吹かしたのちにつけ加えた。「とにかく、いつでも犬は預けられる。だから安心していられるわけさ」

「いったいなんの話?」

「もちろんあのケンネルの話さ。あそこはあたってみるのに最適の場所だ。とにかく日曜に営業している店はほかになさそうだし。きっと女がやっているんだろう。ああいった仕事には女が多いからな。それに運がよければゴシップが聞けるかもしれない。きみがあの屋敷にのりこんで夫人と対決することになっても、僕は犬を見ながら待っていられる。なかなかいいアイデアじゃないか」

アンは最初に、ハワード゠ブレンキンソップ夫人に話を聞くのは女の役目だと言ってしまった。困ったことにマーティンはその言葉を尊重し、目的地まで運転手を務めるという楽しい役目を除いて、決して余計な手出しをしようとはしなかった。そのためマーティンが自分のかわりに作戦を考えてくれていると知り、アンは快い驚きをおぼえた。

「ハワード゠ブレンキンソップ夫人から情報を引きだすには、すこし時間がかかるかもしれないな」マーティンはいまだ窓の外を見つめながら、なにやら考え事をしているようだ。「ゆっくりできないのが残念だよ。もし時間に余裕があったら一泊して、明日一日かけてじっくり調査するところなのに。二人でここに泊まったら――」

マーティンは途中で言葉を切ると、ふりかえってアンを見つめた。その表情は一瞬のうちに、欲望と哀願に満ちたものになった。

「だめよ」アンがすかさず答えた。「マーティン、悪いけど泊まることはできないわ。第一、ここで貞操を失うつもりはないもの。歯ブラシももってきてないのよ――」

「実は、いざというときのために、トランクに二、三必要なものを用意してあるんだ。たまたま、その中に新しい歯ブラシもあるんだけどな」マーティンは涼しい顔をしている。

「あまり遅くならないうちに帰る、ってお母さまにも言ってきたし」

「それなら――」

「悪いけど、結婚証明書を手にするまで、身勝手なふるまいを許すつもりはないわ。マーティンったら、そんなことを考えるなんておかしな人ね」

「わかった、きみの言うとおりだ！」マーティンはそのような拒絶を善意に解釈するのには慣れていた。「そうとわかれば、さっさと勘定を済ませて調査にかかるとしよう」

二人が門をはいっていくと、よごれた作業用の上着にコーデュロイのズボン姿の長身の女が、ちょうど庭を横切って歩いてきた。口には煙草をくわえている。短く刈った黒髪は犬の世話には適しているだろう。女は手にもっていたバケツを置くと、二人に威嚇するような視線を投げた。

「こんにちは。犬を見たいんですが」マーティンが丁重に挨拶した。

若い女はうなずいた。

「そうですか。なにがお好みで？　ケアン、それともスコティッシュ？　ちょうど生まれたばかりの小犬がいますから見てやってください——お座り、シーラ！」女は足元でじゃれついている、いまにも生まれそうな腹をしたフォックステリアに向けて叫んだ。

「実はまだ検討している段階でしてね。まず見てみようということになったんですよ。そうだね、アニー」

それを聞いて、女の関心は一気に弱まったようだ。

「ああ、そうですか。それじゃあ、お気に召すのがいるかどうか見ていってください。さあ、こっちへどうぞ」

女は広い敷地を先に立って歩いた。人が近づくと、犬たちは狂ったように吠えたてた。

「実にいい場所ですね」マーティンが意見を述べた。「考えていたんですが——」

「まずまずです。水道が故障しやすいのが悩みの種ですが。さあ、ここにいるスコティッシュはどうでしょう。生後六ヵ月で伝染病《ジステンパー》の予防接種は済んでいます。雄は八ギニー、雌は七ギニー半です。雄親はクラフツ（ロンドンで開かれるドッグショー）で二度入賞していますし、雌親はチャンピオン・ワトモー・オブ・ウォーカリーの血を引いています。よろしければ血統書もお見せしますが」

「とてもかわいらしいわ」ようやくアンが口を開いた。そろそろなにか言わなくてはと思ったのだ。

「すばらしい子犬たちだ」マーティンはいかにも誠実味溢れる口調で賛同した。「ところで、この村には――」

「シーラが前回のお産で生んだ子犬で残っているのは、この二匹だけです。とても従順です。三ギニー半、あるいは二匹で六ギニーでけっこうです。お買い得ですよ」

「すばらしい。ところで、あそこの屋敷は――」

「これがさっき話した子犬です」若い女は無情にも話しつづけ、二人はまたもや、あたりさわりのない賛辞を述べねばならなかった。こんな場所でゴシップを集めようなんて、所詮無理だったのだ。檻の中にいる騒々しい犬を次々と見てまわるうち、アンにはこの一連の出来事が非現実的なものに思えてきた。だが、ようやくコース巡りも最終地点に達したようである。最後にひとつだけ残った檻の中に、一匹の赤毛のセッターがいた。明らかに元気を失っている様子である。アンは犬嫌いだったにもかかわらず、そのセッターを一目見たとたん、気の合った仲間に巡りあったような心持ちになった。

「なんて愛らしいの！」アンは思わず叫んだ。

「これはうちの犬じゃありません。預かっているだけです」ツアーガイドが冷淡に応じた。「胃炎を起こしていたんですが、徐々に快方に向かっています。ほら、まだ毛並みが悪いでしょう。二、三日で家に帰れるといいんですが」

「遠いんですか」アンはあくびをかみ殺しながら尋ねた。だが答えを聞くや、退屈は一瞬にして吹き飛んだ。

「いいえ。そこのお屋敷の犬なんです」

努めて興奮を抑えながら、アンが尋ねた。「ハワード＝ブレンキンソップ夫人の犬なんですか」

「ええ。夫人をご存じで？」

「ええ――つまり、いいえ――その――」

「そろそろ様子を見にこられる時間なんですが。いつも午後にお見えになるんですよ」

なんて運がいいんだろう！　アンは自分でなにを言っているのかもわからずに、あえぎながら叫んでいた。「本当に？　すばらしいわ！」

そう聞いて、相手は驚いたようだ。

「ええ――夫人はいい方です。この土地も夫人から借りているんです」

「もう一度スコティッシュを見てきたいわ」アンは自制心を働かせてそう言うと、入口近くにある犬小屋に引き返した。そこで獲物を待つことにしたのである。すでにマーティンはひとりで歩きまわっており、やがてそのからだの半分が柵の陰に隠れた。どうやら二匹のフォックステリアとの会話を楽しみはじめたらしい。アンはひそかにマーティンを呪い、今日ばかりは必要とあらば犬について人と語らう覚悟を決めた。

アンはついていた。スコティッシュのところに戻る途中で、ハワード＝ブレンキンソップ夫人らしき人物が姿を現わしたのである。夫人は見事に太った中年女で、踏みしめる土地にまで支配がおよんでいるようだった――事実そのとおりだったが。アンは夫人の顔を観察した。まったく飾り気がない。同じ形容詞がすべてにあてはまった。飾り気のないかかとの低い短靴。飾り気のない分厚いストッキングにツイードのスーツ。どれも理にかなってはいるが、流行のファッションとは無縁なものばかりである。さらに夫人は配慮に欠ける人物でもあるようだった。彼女はケンネルを訪ねるのに、臆病で年老いたダックスフントを伴ってきた。小型犬は明らかに過去の苦い経験から周囲を警戒し、主人のスカートの陰に隠れるようにしていたが、それでもシーラの残酷な攻撃からは逃れられなかった。力量に格段の差のある両者はすぐに争いをはじめ、それをなだめて引きはなすのに、しばしば会話は中断した。

「こんにちは、メアリー。ルーファスの様子を見にきたわ」ハワード＝ブレンキンソップ夫人はケンネルにはいってくるや声をかけた。「びくびくするんじゃないの、フリッツ！　シーラがあなたを傷つけるわけないんだから」

「こんにちは」若い女が応じた。「シーラ！　離れなさい！　すみません、ハワード＝ブレンキンソップ夫人、ご迷惑をかけて。ルーファスはとても――シーラ！　いいかげんにしなさい！」

「こっちにいらっしゃい、フリッツ！　シーラはおまえが恐がっているのを知っているのよ。だから――ごめんなさいね、メアリー。シーラをあっちへ連れていってもらえるかしら。フリッツを連れてくるべきじゃなかったわ。ただ日曜日のお散歩がまだだったものだから。そうよね、フリッツ？」

メアリーは不機嫌そうに雌犬の首をつかむと、家の中へとひきずっていった。恐怖から解放されたフリッツは、座ってからだを掻きはじめた。夫人はかがんでそれを叱りつけ、顔を上げた拍子にアンと視線が合った。

「あら、ごめんなさい。犬を見にいらしたんでしょ。すっかりお邪魔をしてしまったわね。ぜんぜん気づかなかったものだから」

リンカンシャーに会いにきた当人と対面を果たしたとたん、アンは言葉を失った。幸運にも、ハワード＝ブレンキンソップ夫人は若い女が面前で言葉を失うのに慣れているらしく、相手を安心させようと自ら進んでしゃべりはじめた。

「犬は好きなの？」夫人は赤毛のセッターのほうに歩きながら尋ねた。犬は主人の姿に気づいて、しきりに吠えている。「もちろんよね！　犬好きに悪人はいないわ」夫人はうしろからついてきているメアリーを肩越しにふりかえった。「メアリーはとてもいい子よ。地代を払えないときもあるけれど。だから私としてもできるかぎりのことをしてあげたいの。でも言われるままの額を払ってはだめよ。半ギニーくらいは値切らないと。私が言ったというのは内緒にしておいてちょうだいね。さあ、私のかわいいルーファス！　ご主人様が会いにきましたよ！　ご機嫌はいかがかしら」それからというもの夫人は子供っぽい愛情表現を連発した。とかく理知的な人間というものは、ペットと会話をもつ場合、そうした表現を用いる傾向にあるようだ。

マーティンがどこからともなく現われ、アンの腕をとった。彼はアンを引き寄せると、耳元でささやいた。「あれは誰だい？」

「ハワード＝ブレンキンソップ夫人よ」アンは驚きの表情で応じた。

マーティンは信じられないといったふうである。

「まさか！」

アンにはその言葉の意味がすぐには呑みこめず、ただマーティンの顔を凝視した。やがてその意味がわかると、今度は頭が混乱してきた。確かに目の前にいる女性は、エルダスンの報告書にあった人物像とはかけはなれていた。洗練された物腰や行儀作法を披露されなくても、夫人が良家の生まれであるのは明白である。ハムステッドでは愛嬌のある存在に映るかもしれないが、この村では周囲とは明らかに一線を画していた。この夫人を相手にホテルの従業員ともあろうものが、その社会的立場に触れて、〈淑女《レディ》らしからぬふるまいをする〉といった手厳しい批判ができようはずもない。

「なにかのまちがいよ」アンはつぶやいた。

「あれはホテルにいた人間じゃない。別人だ」マーティンの口調は確信に満ちている。

「旅に出ると、人が変わるってこともあるわ」アンが弱々しく反論した。

だがその直後、ハワード＝ブレンキンソップ夫人が自ら質問に答える形になった。夫人はルーフアスとの対話を終え、飛びつかれて泥のついたスカートをはらった。

「わかってるわ、メアリー。たかが犬のことでこんなに騒ぐなんて、まったく愚かな老人ね。でも、あなたもこの歳になって子供もなかったら、きっと犬を頼りに思うにちがいないわ」

きちんと息子のことを説明してもらわなくては！　アンは好奇心ではちきれそうになりながらも、それをどうやって満足させたものか途方に暮れていた。そうしている間にも、貴重な時間はどんどん経過していく。いまはメアリーと犬について雑談しているが、夫人がケンネルをあとにするのはもう時間の問題だった。だがアンは夫人と近づきになるきっかけすらつかめずにいた。

意外にも苦境から救ってくれたのはマーティンだった。アンに調査を一任すると明言したにもかかわらず、不可解な謎に好奇心を刺激され、黙っていられなくなったのだろう。マーティンはちょうどいいタイミングで、犬に関する知識を披露しつつ二人の会話にはいりこみ、たちまち歓迎された。あとから聞いたところによると、それははったりで、マーティンはペット雑誌の切り抜きをひとつもっていただけだった。ハワード＝ブレンキンソップ夫人は満面の笑みを浮かべ、マーティンとアンに名前を尋ねてきた。ディキンスンという名を聞くや、夫人はなにかを思いだしたようだった。

「ディキンスン！」と夫人はくりかえした。「どこかで聞いたような気がするわ。それもつい最近。ああ、そうだわ！」夫人はアンにいぶかしげな視線を注ぐと、腹蔵なく述べた。「最近では若い女性はあまり喪服を着なくなったわね」

「あれは私の父なんです」アンが応じた。

「やっぱりそうなのね！」夫人は同情をこめて舌を鳴らした。「それなら、いま犬を飼うのはとてもいいことよ。気持ちを紛らわせてくれるもの」

マーティンの計らいにより、それから十分後、二人は余計な出費をすることもなく、夫人の屋敷に向けて村通りを歩いていた。会話ははずみ、アンは屋敷の門に着くまでに、農業の不振や、変わり者の教区牧師、さらには亡くなったハワード＝ブレンキンソップ大佐の性癖まで知ることになった。けれども夫人はペンデルベリー・オールド・ホールに関しては一言も触れなかった。

二人はお茶に招待され、老朽化してはいるものの居心地のよい屋敷で、しばし時を過ごすことになった。内部はアンが想像していたとおりだったが、唯一ホイッスラーの見事なエッチング画のコレクションには目を見張った。どうしてそんなものがあるのか不思議だったが、非常に価値の高いものにちがいない。お茶のあとに庭を案内され、二人は猛暑を耐え抜いた花壇の縁取りを褒めたりもした。アンはそろそろ核心に触れる潮時だと感じた。

「ハワード＝ブレンキンソップ夫人、実はお尋ねしたいことがあるのですが」アンは思いきって切りだした。「ペンデルベリーに行かれたことはありませんか」

「えっ、いまなんて？　ペンベリーですって？　どこです、それは」

「ペンデルベリーです。つまり、ペンデルベリー・オールド・ホールです。かつては私の一族の持ち物だったんですが、いまではホテルになっています。そこで父が——亡くなったんです」

「まあ。でも、とんでもない！　どうしてそんなことをお訊きになるの？」

「おかしいと思われるかもしれませんが、こちらのご住所とお名前がホテルの宿泊客名簿にあったものですから」

「なんてこと！　私の名前が——それは確かなの？」

「もちろんです」

「信じられないわ！　私がそこにいたというのはいつ頃のこと？」

「今月のはじめです。息子さんと思われる若い男性と一緒に、二週間ほど滞在しています」

「若い男性ですって！」夫人の顔は紫色になった。一瞬アンは発作でも起こしたのかと思ったが、すぐに夫人は続けた。「今月のはじめに二週間も！　それは贅沢だわ！」

ハワード゠ブレンキンソップ夫人は頭をのけぞらせて爆笑した。

「なんて厚かましいのかしら」また口をきけるようになると、夫人は声を張りあげた。「まったく厚かましいにもほどがあるわ！　ああ、なんてこと！」夫人は大判の絹のハンカチで目を拭った。「牧師と仲違いしていなかったらよかったわ！　きっと身をのりだして話を聞いたでしょうに！」

夫人は飾り気のない上着のポケットにハンカチを押しこむと、深呼吸した。「すこし風が強くなってきたから中にはいりましょう。もう庭も十分ご覧になったでしょうし。帰る前にシェリーを一杯いかが？　もちろん話も聞かせてあげますよ」

「話してしまえば簡単なことなのよ」夫人はシェリーが運ばれてきたのちに言った。「もしあなた方があの人を知っていれば、これがどんなにおかしいかわかるでしょうに。私が牧師のことを後悔したのはそういうわけよ。黙ってはいられないでしょ。そう、私はコックを雇っていたの」

「まさか、コックがあなたの名前でペンデルベリーに泊まったというんじゃ――」アンが言った。

ハワード゠ブレンキンソップ夫人はうなずいた。

「ええ、そのとおり。種明かしをしてしまえば、実につまらない話でしょ。ああ、それにしても、あなた方がひと足遅かったのは残念だわ！　まったく、ハワード゠ブレンキンソップ夫人を名乗るなんて！　実際、私は頭にきているのよ。あの人がいまここにいなくてよかったわ。それにしても――」夫人はまた笑いだした。「なんて人かしら！　いちばん上等の服を着て――ほんとうは私のお下がりなんだけれど――ホテルを気取って歩いている姿が目に浮かぶようだわ。風格は大したものだったから。でもコックとしての腕は一流だったのよ」

夫人は去りし者の腕をたたえ、溜息をついた。

「ここを辞めたのはいつですか」アンが尋ねた。

「ほんの一週間程前よ。休暇から戻った直後だったわ。あれはまったく妙ななりゆきで――私の説明が悪いわね。最初から話すわ」

だがそうするかわりに、ハワード＝ブレンキンソップ夫人は二人の客の顔をしげしげと見た。

「ほんとうに妙だわ！　どうしてあなた方にこんな話をする必要があるのかしら。なんの関係もないかもしれないのに」

「そんなことをおっしゃらずに！　どうかお願いします。いろいろ事情があって、私たちにはとても重要なことなんです」アンが懇願した。

「僕らはホテルの名簿にあった記述を頼りに、はるばるロンドンからあなたに会いきたんです」

「えっ？　メアリーのところに犬を見にきたんじゃ――」

マーティンはかぶりを振った。

「あれは口実です。僕は犬になどくわしくありませんし、ここにいるアンなんかは見るのも嫌なんですよ」

夫人が眉をひそめたのを見て、アンは慌てて弁解した。「そんなことないわ、マーティン！　私がルーファスを一目で気に入ったのは知っているでしょ」

「なんだか頭が混乱してきたわ。いったいどういうことなの？」

「簡単に言えば、この件には多額の金がからんでいるんです」マーティンが説明した。

「お金ですって？　マーチ夫人のお金ではないのね」

「えっ、誰ですって？」

「マーチ夫人――私のコックよ。まだ名前を言っていなかったかしら」

「ほお！」マーティンが奇妙な声をあげた。

ハワード＝ブレンキンソップ夫人がいぶかしげな眼差しをマーティンに向けたため、アンは口をはさむ好機だと考えた。

「そのマーチ夫人についてくわしく話していただけませんか。厚かましいお願いかもしれませんが、どうか信じてください。私たちにはとても重要なことなんです。いま頼りにできる人はほかにいないんです」

ハワード＝ブレンキンソップ夫人はアンをつくづく眺めたのちに言った。「よかったらシェリーをどうぞ。二人とももう一杯飲んだほうがよさそうよ。そちらの事情はわからないけれど、もしマーチ夫人からお金を取りあげられれば、またコックとして戻ってくるかもしれないし、ともかく、なんらかの影響がおよぶはずだわ。さあ、なにを知りたいの？」

「すべてです」マーティンはそう応じると、シェリーを一気に飲み干した。

「そう。えーと――マーチ夫人は過去十年間、ここでコックをしていたわ。夫を亡くしてから、うちで働きはじめたの」

「あら、そうするとマーチというのは夫の姓なんですか」

「ええ。彼女の夫はこの土地の人で、大工をしていたの。このあたりにはマーチという姓が多いのよ」

「そうすると……」アンは落胆の色を浮かべた。

「結婚前の姓はご存じありませんか」マーティンが訊いた。

「おやおや！　あなた方は大昔の歴史を紐解くおつもり？　彼女の姓もマーチだったわ。いとこと結婚したのよ」

アンはほっと胸を撫でおろした。「どうぞ先を続けてください」

「マーチ夫人には息子がひとりいて、一緒に暮らしていたわ。それは溺愛していたんだけれど、あの子はすこし――なんていうか、知能が遅れていて。農場で雑用をやらせてみたりもしたけれど、あまり役に立たなかったわ。やっぱり医者の言うとおり、近親者同士の結婚はよくないのね。もちろん犬は別よ」

「その息子が二人の子供なのは確かですか」とマーティン。

「もちろんよ。なんて質問をするの！　あの夫婦はいつだって――とにかくフィリップはまちがいなくマーチ家の人間よ。面差しも父親によく似ていたし」

「でも、ほかにも息子がいたんじゃありませんか」マーティンは執拗に迫った。

「どうしてそんなことを知っているの？　わざわざロンドンからこの村の醜聞を掘りおこしにきたわけじゃないでしょう。実際、あれはこの村の醜聞ではないわ。マーチ家の人間は一切口外しなかったから、あの件は牧師しか知らないの。牧師は私がマーチ夫人を礼拝に連れていったとき、私にだけそっと耳打ちしてくれたんだけれど。そうよ、その子供は別の場所で生まれたの。そのときすでに彼女の両親はマークシャーへ移り住んでいたんだけれど、子供が生まれると、世間体が悪いからと、彼女を伯父夫婦のところへやってしまったわ。そんなことが村に広まれば、どんな目で見られるか想像がつくでしょう。そして、しばらくして自分よりはるかに歳が上のフレッド・マーチと結婚したのよ」

「その子供はどうなったんですか」アンが尋ねた。

「どこか別の場所で育てられたようよ。マーチ夫人から直接聞いたわけではないけれど。でも私がその息子のことを知っているのは承知していたようね。子供の父親はいくらか養育費を支払っていたようよ。感心なことにフレッドも——心の広い人だったから——すこし援助していたわ。彼女は時々会いに行っていたけれど、息子はだんだん荒れるようになって、ずいぶん気を揉んでいたわ。おかげで亡くなっても、悲しみに暮れずにすんだのだろうけれど」

アンは無意識のうちにくりかえしていた。「亡くなっても？」

「ええ。半年程前だったかしら。葬儀に出席するのに二日の休みをあげたもの。ちょうどディナー・パーティを予定していて、都合が悪かったのだけれど」

アンはやや思考が麻痺したような状態で、ハンドバッグに手を伸ばした。

「ありがとうございます。とても参考になりました」

「ちょっと待ってくれ、アン！」マーティンがとどめた。「マーチ夫人がどうしてここを辞めたのか、その理由をまだうかがっていません」

「あなたが口をはさまなかったら、とっくに話していたのよ」ハワード＝ブレンキンソップ夫人は責めるような口調になった。「遺産を相続したの。それもなんの前触れもなく——マーチ夫人はひと月分の給料を返すとまで言ってきたわ。この私によ！　まあ、それも無理ないかもしれないわね。あの人の説明はむずかしくてさっぱりわからなかったけれど、いまや私より裕福になったのだけは確かだもの」

「つまり遺産は思いがけないものだったんですね」マーティンが言った。

「思いがけないどころじゃないわ。コックが遺産を相続したのよ。あなた、考えてもご覧なさい！まるで鳩が豆鉄砲をくらったような顔をしていたわ。私もすこしショックだったけれど。マーチ夫人は同じ階級の女性に比べて、いくぶんかは暮らし向きがよかったはずよ。フレッドもいくらかお金を残していったし。それをよく自慢していたわ。でも、ほとんどは休暇に使っていたんじゃないかしら。毎年きまって二週間、フィリップを連れて出かけていたもの」

「ええ。あなたの名前で、数年に渡ってペンデルベリーに滞在していたわけです」とアン。

「もう嫌だわ！」ハワード＝ブレンキンソップ夫人の鼻息がふたたび荒くなった。「それを思いださせないでちょうだい！　そこへ行ってレディのまねごとをして過ごすのは、さぞや楽しかったことでしょうね。きっと——あら、思いだしたわ。そう、ペンデルベリーよ！　やっとわかったわ！すぐに話してくれればよかったのに。どうしてあなたの名前を覚えていたかわかったの。〈タイムズ〉にペンデルベリーのことが出ていたわ。短い記事で、それほど強い印象は残らなかったけれど。そのあとマーチ夫人が休暇から戻ってきて、弁護士から届いていた手紙で遺産相続のことを知って

――それは大騒ぎになったわ。そればかりか理解に苦しむ妙な話をしていたわ。それがペンデルベリーに関係のあることだった気がするんだけれど……」

「どうか思いだしてください」アンが促した。

「ちょっと待ってちょうだいね。もしあなたが十年も勤めていたコックに突然辞められたら、ほかのことを考える余裕などないと思うわ……ええ、思いだしたわ。なんでも古い友人が――別の表現だったかしら――その古い友人が同じホテルに泊まっていたんだけれど、あまりにもその男性の容貌が変わっていたんで最初は気づかなかったそうよ。その人はホテルで自殺し、マーチ夫人は葬儀に出席し、そして遺産を受け取ったというわけよ。教養のない人の話だから仕方ないけれど、とても混乱していてわかりにくかったわ。でも要点はそんなところね。もちろん当初は私も、自殺したのが遺産を残した当人だったとは思いもしなかったわ」

夫人はマーティンとアンに探るような視線を注いだが、二人とも表情を変えなかった。

「とにかく!」夫人はしびれを切らして叫んだ。「あなた方が遺言を無効にしようと考えているのか、ほかになにか目的があるのかはわからないけど、私にとってはマーチ夫人が戻ってきてくれれば、それに越したことはないわ。休暇中にどんな無礼なふるまいをしていたとしてもね」

それ以上とどまる理由もなかったので、二人は夫人の寛容さに対して礼を述べ、屋敷をあとにした。

「さて、とにかくこれでファニーアニーは片づいたな」マーティンが車に乗りこみながら言った。

「そうね。それにリチャードも。この分でいけば、思ったより早く容疑者にたどり着けるかもしれないわ」

「残るはパースンズ、ヴァニング、それにカーステアズ。スティーヴがブライトンで成果をあげていればいいんだが」

「カーステアズ夫妻はたぶん白よ。ところでマーティン、忘れないでちょうだい。まだジョーンズ夫妻が片づいていないのよ」

「ああ、そうだった！　でも、あの二人は単に人目を忍ぶ旅を――」

「もう、しつこいわね！」

第十三章　日曜日の海岸

八月二十七日（日曜日）

スティーヴンは週末をリゾート地で過ごす人々でごったがえすブライトン駅に降りたち、そのまま人の波にのって海岸通りへと向かった。海岸は陽気な人々で溢れ、悲鳴や笑い声にかき消されて波の音もほとんど聞こえない。博愛主義者にとっては心和む光景だろう。だがスティーヴンは巣作りするカツオドリの一群を連想し、わずかに吐き気を催した。群がるという愚かな習性に導かれ、理性に欠ける騒音をまき散らし、果てはゴミを残して去っていく。人間が落としていくのが新聞紙か煙草の空箱くらいだとしたら、よほど鳥のほうがましだった。とにかくあのグアノ（海鳥の糞。肥料になる）ですら役に立っているのだから……

　スティーヴンはたたずんで雲を見つめながら一度ならず思った――こんなところに突っ立ってなにをしているんだ。休暇を過ごす愚かな人間どもを眺めにきたわけじゃないだろう、と。それでも彼は四半時ほど海岸にとどまり、やがて重い腰を上げて歩きはじめた。できることならこんな気の進まないことはしたくない。他人のプライバシーを侵害するのはなんともないが、こんなやり方で調査をしていっていいのだろうか。かといって、いまさら方針を変更するわけにもいかない。カーステアズ夫妻が在宅していて、さらに話し好きであればやりやすいのだが。一晩足止めをくって、経費がかさむという事態だけは避けたい。

スティーヴンは歩きながら、ポケットにはいっている中世の真鍮製品に関する手引書を、落ちつかなげに手探りした。エルダスンの報告書に、カーステアズ夫妻はペンデルベリー教会に拓本を取りにいってホテルを発つのが遅れたとあった。それが夫妻に接近するひとつの糸口になるかもしれない。スティーヴンは風変わりな趣味に熱中していた同級生がいたのを思いだした。そんなものに興味を抱くには若すぎ、あまりに独特だったため、当然ながら周囲からは情けない奴と思われていた。たまたま少年の習作が貼りだされたことがあったが、どう見ても不鮮明な黒い影があるだけの細長い紙でしかなかった――それは少年が遠くの教会へ何度も自転車で通った苦労の結果だったのだが。スティーヴンが拓本に興味をもったのはその一度きりだった。彼を含む五、六人のあいだで若き古物蒐集家に対する激しい嫌悪感がわきあがり、とうとう蒐集用の道具を破壊し、作品のほとんどを破壊してしまったのだ。知識を身につけるチャンスを自ら放棄したおかげで、スティーヴンは今回列車の中で猛勉強するはめになった。もしカーステアズ夫妻が専門家なら、そんな付焼刃の知識はたちまち見抜かれてしまうだろう。

オーミデイル・クレッセントは立派な摂政時代風の屋敷が並ぶ通りだった。海岸からさほど遠くなかったが、行楽客で賑わう海岸とはまったく雰囲気が異なる。しかし優雅な錬鉄製の手すりのひとつに水着が干してあるのを目にしてスティーヴンは仰天した。ベルグレーヴ・スクエアに物干し綱を渡すのと同じくらい場違いに思えたからだ。十四番の幅の狭い玄関にはそんなものはなかったが、清潔さという面では近所の水準に達していなかった。窓ガラスは曇り、戸口の階段はすすけ、ドアのノッカーの状態からみて、真鍮製品に対する関心が現代の作品にまでおよんでいないのは明らかだった。

　スティーヴンが二、三度ベルを鳴らすと、だらしない身なりの、見るからに陰気なメイドが現われた。スティーヴンがカーステアズ氏の住まいかどうかを尋ねると、メイドは仏頂面で『そうです』と答えた。『ご在宅ですか』と尋ねると、『いいえ、旦那さまは教会にいます』という返事。ほかにどこに行くのだとでも言いたげな口調である。『いつ戻られますか？』メイドは判断しかねるようだったが、まもなく『昼食には戻らないと思います』と答えた。『ではカーステアズ夫人は？』『奥さまも教会です』そしてドアは容赦なく閉じられた。

　スティーヴンは自分の無能さを呪いながらクレッセントを歩きだした。今日が日曜だというのをすっかり忘れていた。日曜の朝に教会に出かける殊勝な人々もいるのだ。これではカーステアズが昼食から戻ってくるまで気長に待つしかない。だがスティーヴンは歩を進めるうちに、メイドの口調に不自然な点があったのに気づいた。『カーステアズ氏は教会にいます』とメイドは答えた。まるで株式仲買人のメイドが『スミス氏はオフィスにいます』と言うのと同じような口調だった。なにか意味があるのだろうか。カーステアズはスミスがオフィスにいるのと同じ理由で教会に行っているのか。それが仕事ということか？　エルダスンの報告書には彼が牧師だと示すような記述はなかったが、可能性がないとは言えない。

こんなとき腕利きの探偵ならどうするだろう。ちょうど公衆電話があったので、スティーヴンは試しに電話帳でカーステアズを引いてみた。それにはこう記されていた——〈カーステアズ、牧師。E・M・J〉思ったとおりだ！　とにかく牧師は比較的親しみやすい人種だ。話のきっかけさえつかめれば、あとはさほどむずかしくないだろう。だが、いずれにしても午後まで待たねばならない。なんて運が悪いんだ。

　スティーヴンがそのまま歩いていると、古めかしい石造りのゴシック様式のファサードが遠くに見えてきた。まさかあれがその教会だろうか。とにかく確かめてみる価値はありそうだ。礼拝のあとに礼拝室で敬虔な信者を装うのも悪くない。当てが外れたとしても、人々に混じって半時間ほど時間をつぶせばいい。スティーヴンは教会に足を踏みいれた。

　礼拝ははじまってしばらくたっていた。ちょうど聖書台の恰幅のいい初老の牧師が「これで第一日課を終わります」と朗々たる声で告げた。暗闇から聖堂番が現われ、聖歌を歌うために人々が立ちあがったときにスティーヴンを席に進ませた。信徒席の後方に座らされたため、彼はサープリス（聖職者の着る白衣）をまとった人物の顔を見ようと首を伸ばした。わきから腕をつかまれたのはそのときだった。とっさにふりむくと、そこには伯母のルーシーの顔があった。

「スティーヴン！　驚いたわ。こんなところで会うなんて！」ルーシーがささやいた。

　スティーヴンは微笑み、軽くうなずくと、聖堂番のくれた脂じみた祈禱書を急いで開いた。事態は複雑化の様相を呈してきた！　だが考えてみれば、ここでルーシーと顔を合わせても不思議はないのだ。葬儀のあとで話をした折、ジョージと一緒に数週間ブライトンに行くつもりだと言っていた。そうなると日曜の朝、教会でルーシーに出くわす確率はかなり高い。彼女は夫のジョージから解放されたいがために教会へ出かけているのかもしれないが。それにしてもここで会ったのがルーシーでよかった。だが、むろん伯母に会いにブライトンへ来たわけではない。目的はカーステアズだ。これではここへ来た理由を説明したり、世間話につきあったりして、また時間を無駄にすることになりそうだ。さらにジョージの耳にはいろうものなら、それこそ厄介だ。

「一緒にお昼をどう？」神を讃える歌《ドクソロジー》が終わったところで、ふたたびルーシーがささやいた。

スティーヴンは首を横に振った。

「すみません。それはちょっと」

「そんなこと言わないで！　カーステアズ牧師夫妻の相手をしなきゃならないのよ。手を貸してちょうだいな」それは目が覚めるような言葉だった。

「おお、神よ！」スティーヴンは思わず大きな声を発した。

伯母はとがめるような視線を送った。聖歌台から「さあ、はじめましょう」という声が響き、人々はふたたび席についた。

ひょんなところで妙な縁があるものだ。いろいろ作戦を考えた挙句が、すんなりと紹介されることになったとは。礼拝が終わると、スティーヴンは伯母に連れられてホテルに向かった。そこには早朝ゴルフが不首尾に終わったために、血の気の多くなったジョージの姿があった。賓客が到着するまでのあいだ、伯父が自らの不運とパートナーの欠点を次から次へと並べたててくれたおかげで、スティーヴンはかろうじてブライトンにいる理由を尋ねられずにすんだ。

カーステアズ牧師は肉付きのいい、むっつりとした中年男だった。ルーシーから聞いた話によると、彼は普通の牧師とはちがい、教区牧師が休暇で不在の場合のみ代理で礼拝を勤めているそうである。教会に情熱のすべてを傾けていたルーシーは、子供が自然の草花を摘むように牧師を蒐集していた。カーステアズ牧師もそのひとりだった。彼は二、三年前まで海外で布教活動に従事していたが、いまは引退してブライトンに住んでいた。あらゆる話題に精通していたものの、会話の内容は自己中心的で、話しぶりは大げさだった。うぬぼれが強い男であるのはまちがいない。カーステアズ牧師は夫人を伴っていたが、夫人の影は薄く、当初スティーヴンはその存在にすら気づかなかった。夫人は小柄で、くすんだ色のぱっとしない服を着ている。唇の薄い小さな口に、淡い色の瞳。しかし、どうやら夫人は夫に対して畏敬の念などすこしも抱いていないらしく、そうした姿勢はすぐに言動に現われた。

「以前、お会いしましたね」カーステアズ牧師は昼食の席につくなりスティーヴンに声をかけた。

スティーヴンはそんな栄誉に恵まれたことはないと否定した。

「とにかく、お見かけしたことがあります」

「そうでしょうか」

「夫は初対面の人にいつもこんなふうに言うんですよ」カーステアズ夫人がテーブルにいる全員に向けて言った。「実際、ひどい思い出があるんです。東部に住んでいたときは困ったものでした。なにせ土地の人の容貌が似通っていましたから。ですから、この人の言うことをいちいち気になさる必要はありませんよ、ディキンスンさん」

カーステアズ牧師は出鼻をくじかれ、むっとして口をつぐんだ。それでも平然と食事を口へ運んでいる勇敢な妻に、ルーシーは賞賛の目を向けた。

テーブルにコーヒーが運ばれるまでに、夫人は二度にわたって夫の伝道師時代の逸話をたしなめ、一度などはジョージが中国に関する考えを述べたとき、それをまっこうから否定した。こうして夫人は会話に多大なる影響をおよぼした。カーステアズ氏は妻にたしなめられてはぐうの音も出ないらしく、おまけにジョージですら夫人の無鉄砲さに辟易し、食事が終わる頃には黙りこんでしまった。そんな光景はスティーヴンにとっては実に愉快だったが、困ったことにこの分では実り多き午後になるとも思えなかった。だが昼食後、伯母がなにやら口実をもうけてカーステアズ夫人を部屋に招いたため、テーブルの雰囲気は一変した。伯父のジョージは心底ほっとした様子で喫煙室へと席を移した。煙草は男たちが優越感という心地よい幻想に浸るのに一役かってくれた。

「さっきの中国に関する話で納得できないのは――」ジョージは十分前にカーステアズ夫人から指摘された事柄を蒸しかえした。

「私はあなたのご意見に賛成です」カーステアズ牧師は強くうなずいた。

男性的な二人の男は互いに了解し、スティーヴンの存在を完全に無視して、道理について仲睦まじく語らいはじめた。やがて――

「リキュールはいかがですかな、カーステアズ牧師」

「えー、ああ――ご丁寧に。しかし、いまはけっこうです」牧師は聖職者用の襟《クレリカルカラー》に指をあてた。

「最近まではこれではなく平服だったんですが。ハハ！　実のところ、これを着るのは――」

「いいじゃありませんか。リキュールは毒じゃないんですから」

「はあ、まあそうですな……」

リキュールがはいると、カーステアズ氏の舌はより滑らかになった。「妻に会われるのは今日がはじめてと思いますが、ディキンスンさん」

「妻のことですが――」牧師はためらいがちに話しはじめた。「妻はあらゆる面で非凡な女でしてね」

「ええ」ジョージが煙草を口にくわえながら応じた。

「妻はロンドンで暮らしているんです。私たちは別居夫婦のようなもんですな、ハハ！」どういうわけか、本人はその事実をユーモアと受け取ってほしいようだった。「妻はロンドンでも自分の楽しみのためには時間を使わないんですよ。ハハ！」

「まったくですな」よほど鈍感な人間でないかぎり、ジョージの無作法さには気づくはずである。

ジョージの表情から、牧師の話を聞く態勢ができているのは明らかだった。だが伯父はなにも言わず、スティーヴンは自分がなにかを言う番だと感じた。

「すると、夫人はなにをされているんですか」スティーヴンが尋ねた。

「仕事をもっているんです」カーステアズ牧師は満足げに答えた。「仕事に夢中でしてね。もちろん私は寂しく思っています。女の手のはいっていない家など、本当の家とは呼べませんからな。しかし、このとおり私もまだ現役ですし、私の口から言うのもなんですが、これでもなんとかひとりでやっているんですよ」

スティーヴンはオーミデイル・クレッセントの荒れた屋敷を思いだしてぞっとした。

「私はもっと学問的な方面に関心がありましてね」牧師は続けた。「引退してから古物蒐集の趣味をはじめましてーーもちろん教会に関係があります。古い中世の真鍮製品なんですが、興味がおありですか」

カーステアズ牧師の質問はジョージに向けられていた。だがジョージは一服し終えて、椅子でうたた寝をはじめていた。

「僕はすこし興味がーー」スティーヴンはそう言いかけたが、ふたたびカーステアズ牧師がしゃべりだした。

「しかし妻は身も心も仕事に捧げています。それなりの報酬もありますし、とにかく実にすばらしい仕事でしてね！　専門職についていた夫を亡くした女性を救済する団体で、秘書をしているんです。略してS・R・D・W・P・M。すこし長ったらしいですか？　われわれは短くR・Dと呼んでいます。たぶんこのイニシャルだと、あなたは別のものを連想されるでしょうが。ハハ！」（スティーヴンはそう言われて、思わずほおが紅潮した自分に怒りをおぼえた（銀行で不渡り手形などにR.D.と略記する））「すばらしい団体ですが、運営が大変なようでしてね。悲しむべきことです！　先日の思いがけない授かり物がなかったらーー」

牧師はふいに言葉を切った。心地よい音楽が途切れたため、ジョージは目を開けて椅子に座りなおした。

「いったいうちの奴はなにをしているんだ」ジョージはこわばったからだを揺すりながら、不機嫌そうにスティーヴンに言った。「お茶の時間になる前に、出かけると言っておいたはずなのに」

「おや、もうこんな時間ですか。妻もなにをしているのやら」とカーステアズ牧師。

そこへ折よく夫人たちが現われた。スティーヴンは礼を失しない程度にその場を切りあげ、駅へと向かった。彼は来た道を戻りながら、あの長ったらしい団体の名称に聞きおぼえがあったのはなぜだろうかと考えた。ようやく謎が解けたのは、列車がヴィクトリア駅の手前にさしかかった頃だった。

スティーヴンは帰宅すると、さっそくアンにその日の出来事を報告した。それなりに成果のあった一日だった。

第十四章　月曜日のミッドチェスター

八月二十八日（月曜日）

マーティンとスティーヴンはミッドチェスターにあるグランドホテルのパーム・ラウンジでお茶を飲んでいた。もちろん双方にとって到底愉快とは言いがたい状況だった。グランドホテルは優雅なヴィクトリア女王の時代に建てられ、さらに戦後の好景気の波にのって改装が施されたが、ミッドチェスターにあるほかの建造物と同様に苦難の時代を迎えていた。装飾は色褪せてひび割れ、多忙なビジネスマンに疲れを癒してもらおうとデザインされた大きな部屋は、いまはがら空きだった。ラウンジには宿泊客とおぼしきビジネスマンが二人いるだけだった――その表情は暗く、ミッドチェスターにビジネスの可能性はないと話しているふうである。

「気の滅入る町ですね」マーティンが言った。

マーティンはミッドチェスターに着いてから、もう三度は似たようなせりふを口にしていた。二人は荒れ果てた工業地帯を車で抜け、その日の午後に町にはいった。今回スティーヴンはマーティンの相手をしている暇はなかった。彼はこの地方の商工人名録を調べていて、ちょうどウェイターに声をかけたところだった。

「コールビー・ムーアはどの辺だね」

「南に二マイルほど下った郊外にあります」ウェイターは答えた。「路面電車がそこまで行っています」

「そこが奴の住んでいるところなんですか」とマーティン。

「そうらしい。これには仕事先の住所は載っていなかった」

「コールビー・ムーアなら来るとき通ってきましたよ。路面電車の始発です。気づきませんでしたか、スティーヴ。庭と車庫のあるこぎれいな家が並んでいました。どうも僕は郊外に住んでいる男と対決するのは気が進みませんね。よそ者を敬遠するところがあるし、イギリス人の家は彼らの城だ、とか言うじゃありませんか。それはもちろん——」マーティンは重々しく続けた。「実際そうあるべきだからですが」

「ああ、そうだな。残念ながら探偵にとっては不適切な信条だが」

「でも、スティーヴ。まじめな話、本気でこの男の城にのりこんで対決するつもりなんですか」

「できることなら——」スティーヴンはいらだちの表情を浮かべて言った。「そんな陳腐な言いまわしを使ったり、しつこく何度もくりかえすのはやめてもらいたいな」

マーティンはメガネをはずして磨きながら、なにやら考えこんだ。

「自分に教養がないのはわかっています。それでも知りたいんですが、ほんとうに——僕がいま言ったことをするつもりなんですか」

「わからんね」スティーヴンは不機嫌そうに応じた。

「問題はそこですよ。僕ら二人ともなにをすべきか、どう対処したらいいのか、まったくわかっていないんです。僕らがこの気の滅入る町にやってきたのは——さっきも言いましたが——単にアニーに言われたからです。現時点でなにをすべきか、まったくわかっていないんです」

「そのせりふも一度聞いたがね」

「いいですか、スティーヴ、すこしは人の意見にも耳を貸すもんですよ。あなたは僕がなにか言うたびに——一度しか言ってなくても——なんだかんだと文句をつけます。つまり、あなたも僕をよそ者扱いしているんです——すみません、ほかにいい表現が見つからなくて。たぶん僕らはパーソンズと近づきになるまで、ミッドチェスターかコールビー・ムーアをうろつくことになるでしょう。何日もかかるかもしれません。もちろん昨日、僕らはベントビーで思いがけない幸運に恵まれましたし、あなたもブライトンからすばやく戻ってきました。まだつきは落ちてないと思うんですが、どうでしょう。ちょっとその本をこっちへ放ってもらえますか」

　スティーヴンは言われたとおりにした。

「パーソンズについては、ほかになにも見つからんさ。もっと別のことがわかるかと期待していたんだが」

　マーティンは頁を繰っていき、目当てのものを見つけると本を閉じた。

「ちょっと外の空気を吸ってきます」

「ああ、きっとおもしろいだろう。不景気とはいっても二、三の皮なめし工場は動いているだろうしな」スティーヴンがそっけなく答えた。

マーティンがいなくなると、スティーヴンはそれから半時間ばかり、地元の商工会議所が出版しているミッドチェスターのガイドブックを読んで時を過ごした。それは二年前の本だった——おそらく瀕死の町をそれ以上宣伝する勇気はなかったのだろう。だが、それでも貴重な情報源にはちがいなかった。スティーヴンがほぼ目を通し終えたところへ、マーティンが意気揚々とした様子で戻ってきた。

「有力な情報をつかみましたよ！」マーティンはすぐさま口を開いた。

「いったいどこへ行っていたんだ」

「保守党のクラブです——ヘイ・ストリートの。ちょうど市場の向かいにありました。ほら、パースンズがあそこからペンデルベリーに手紙を出していたでしょう」

「ああ」

「役立ちそうな情報をつかんできました。パースンズは保守党組合で世話人をしています」

スティーヴンにとって未来の義理の弟をやり込めるのはなによりの快感だった。そんな機会はめったにないだけに、なおさらだった。だがそんなことはおくびにも出さずに、スティーヴンはいたってさりげなく応じた。

「ああ、知っているとも。彼は市会議員でもある。すくなくとも二年前まではね」

スティーヴンの期待どおり、マーティンはがっくりと肩を落とした。

「どうして知ってるんですか」

「これに書いてある」スティーヴンはガイドブックを示した。「あちこち尋ねまわって人目につくより、はるかに効果的な方法だと思うがね」

「すみませんでした。でも一度も人には訊かなかったんですよ。とにかく、もう僕の情報は大したことありません。簡単に言ってしまえば——今夜、クラブで会合が開かれます。外に貼紙がしてあって、それにパースンズの名前がありました」

「それのどこが有力な情報なんだ」

「ああ、その会合が——いや、会合ではなく集会です——そう変わりないですが。保守党の候補者が開く集会で、誰でも出入り自由なんです。つまり僕らが行ってもかまわないわけです」

「そんな政治的な集会に顔を出してどうなるんだ」

「さあ、それは行ってみなきゃわかりません。そうでしょ。あなただって昨日教会へ行ってみたじゃないですか。そう退屈でもないと思いますよ——案外おもしろいかもしれません。それに僕自身、保守党員ですし。愛国心があるなら誰もがそうあるべきです。ああ、話がそれてしまいました。もしかしたらパースンズ本人が現われるかもしれません」

「それはありうるな」スティーヴンは認めた。「公の席で顔を会わせるのが得策かどうかはわからないが、とにかくこの神に見捨てられた町で夜を過ごす方法としては悪くないだろう。何時からはじまるんだ」

「八時です。ええ、遅い時間です。でもああいった連中は集会の前にハイティーに出かけることが多いので、クラブのある通りをあたってみる価値はありそうです」そしてマーティンは期待をこめて続けた。「このあたりの失業率からすると、熱気を帯びた集会になるんじゃないでしょうか」

もしマーティンが保守党クラブで武装した過激派との取っ組みあいを期待していたとしたら、おそらく落胆したことだろう。労働党員が酔っぱらう時間を取り戻したという意味において、ミッドチェスターは熱気を帯びていたが、おかげでその大多数が対抗勢力の言動に無関心になってしまっていた。もしサー・オズワルド・モーズレー（英国ネオファシスト運動の指導者）その人がミッドチェスターを訪れたとしても、あまり侮辱の言葉を浴びせられることもなく迎え入れられたにちがいない。保守党の集会はよく言えば紳士的、悪く言えば活気がなかった。出席者もすくなかったため、スティーヴンとマーティンは演壇のよく見える席についた。明らかに地元の保守党員は労働党員と同じくらい成功の見込みを低く見積もっていた。その証拠に、集会はまず欠席を詫びるお歴々のリストを読みあげることからはじまった。その場には懐疑派も数人顔を出していたが、暗い顔をした貧相な男たちは、何年にもおよぶ失業と、政治家が〈栄養失調〉という上品な言葉で覆いかくしてしまったものにより、反抗する本能さえ失っているようだ。彼らが演壇で語られる言葉を信じていないのは明らかだったが、演説を妨害するほどの熱意はなく、失業者への政府の対応に関して無謀ともいえる所見が述べられたときでさえ、忍び笑いを洩らした程度だった——それは本来は皮肉めいた笑いだったが、聞く者の耳にはもの悲しく響いた。習慣だからという以外、なぜ彼らがわざわざ政治集会に顔を出しているのかはわからなかったが、演説の内容に希望を抱くのはもちろんのこと、信じる可能性など無きに等しかった。

その一方で、演壇にいる人々は品がないほどに栄養が行き届いていた。議長は頭の禿げた丸々と太った男だった――万国共通の議長タイプである。候補者は見るからにやり手の、才気溢れる若者だった。この瀕死の選挙区で議席を確保することが、いかに重要かを訴える任務を与えられたのだ。そのほかは特徴のない独善的な顔つきをした男ばかりで、いかにも義務感から退屈に耐えているようだった。すぐにスティーヴンは目当ての人物をその中に見つけた。どんな集会でも世話人を言いあてるのに、必ずしも名探偵である必要はない。

スティーヴンは念のため、演説がはじまる前に隣の席にいる男に訊いてみた。「議長の左に座っている人が世話人ですか」

「ええ、パースンズ氏です。彼がいま話をしているのが政府の役人で、ターナー氏といいます。なかなか気さくな人ですよ」

「加減が悪いようですね」スティーヴンが言った。

「えっ、誰が？　ターナー氏ですか」

「パースンズ氏です」

「ああ、あの人ですか。ええ、確かに。なにか心配事でもあるような――しばらく前からあんなふうです。原因はわかりませんが、思うに……」

そのとき議長が立ちあがり、集会は予定より十分程遅れてはじまった。

スティーヴンはその晩はパースンズに関する情報を入手することに専念した。パースンズの具合が悪いのは明らかだった。その顔色は会場のうしろにいる失業者と同じくらい悪かったが、青白さの種類がちがっていた――仕事がないからではなく、仕事のしすぎからきているようだ。額とほおには深いしわが刻まれ、目の下には黒ずんだ斑点ができている。しかしとりわけ目についたのは、その落ちつきのなさだった。どうやら両手の動きを制御できないらしく、懐中時計の金の鎖をもてあそんだり、白髪まじりの薄い髪をかき乱したりなでつけたりしている。その間も視線は会場に漂い、床から天井まで移動しては、また床に戻るといった具合だった。要するにパースンズは世話人としてその場にいるだけで、演説にはほとんど注意を払っていないようだった。それでも候補者の演説のあとで、冷やかしまじりの的外れな質問がなされた際、パースンズは議長から候補者に対する感謝決議を提議するよう求められ、その力量をいかんなく発揮した。物腰は演説の達人らしく洗練されていて、弁舌もさわやかだった。だが、すくなくともひとりの観察者には、パースンズは短い演説をそつなくこなしたものの、実は気もそぞろだったように思われた。事実パースンズは椅子に腰を下ろしたとたん、ふたたびうわの空になった。

スティーヴンは隣の男が帰り支度をはじめたのに気づいて声をかけた。「いい演説でしたね」

「ええ。まんざら悪くない候補者ですな」

「パースンズ氏のことです」

「ああ、そうでしたか。ええ、確かに。しかしあの人にはそれだけの経験がありますから。長年この町で政治に携わってきましたからね。それでは、お先に」

男はそう言って帰っていったが、パースンズの仕事や社会的地位に関するスティーヴンの好奇心は、依然として満たされぬままだった。

一方でマーティンは演説のあいだずっと、一言も洩らすまいというふうに聞き入っていた。そして演説が終わると勢いよく拍手しながら、「よし、いいぞ！」とかけ声をかけ、意見を異にする聴衆から飛んでくる野次に嫌悪感を剝きだしにした。散会後、スティーヴンが帰ろうとしてマーティンの姿を探すと、彼は出入口で組合の申込書を配っている男と話しこんでいた。

「おい、マーティン。なにしてるんだ」スティーヴンは気短に声をかけた。

「ちょっと待ってください。いま行きます」マーティンはふりかえって答えた。左手に入会申込書二通と、政治に関する小冊子の束を抱えている。彼は残った右手で主催者と固い握手を交したのち、スティーヴンのもとに戻ってきた。「スティーヴ、すばらしい演説だったと思いませんか。労働党員ときたら、まったく不愉快な奴らです。聴衆に恵まれなくて残念ですよ」

「僕にはなんとも言えんな。あまりよく聞いていなかったんでね」

「それは惜しい」マーティンは応じた。二人は会場を出て表通りを歩きはじめていた。「よく聞いていれば、なにかしら為になったでしょうに。とにかく僕には学ぶところ大でした」

「どうやら忘れてしまったようだが、僕らは政治を学びにきたわけじゃない。だが今晩学ぶことがあったのは事実だ。きみが耳を傾けていたトーリー党員の演説よりは、はるかに役立つだろうよ」

「もちろんですとも」マーティンは啓発を求めるかのように顔を上げた。メガネがきらりと光る。「そんなにいろいろわかったんですか。隣の男に話しかけていたのは知っていますが、あれはちょっと危険じゃないですか。狙う獲物の友人だったりしたら、相手を警戒させるだけですからね」

「そんなことを恐れていたら、なにもできやしない」スティーヴンの口調は冷ややかだった。「とにかくこうした調査に危険はつきものだ。保守党の組合にはいったって無駄というものさ」

「パースンズがどんな仕事をしているかわかったんですか」

「いや、そこまでは――」

「ああ、それで思いだしました」ふいにマーティンがさえぎった。そして街灯の下で立ち止まると、腕に抱えていた資料のひとつを引っぱりだし、顔を近づけた。

「くそっ、なんて細かい文字なんだ――あった！　セントラル・ビルディングス、ウエストゲイト・ストリート」

「いったいなんの話だ」

「パースンズの職場の住所ですよ。ふつう申込書には世話人の住所が記載されるんです。いわば窓口みたいなもんですよ。職場ならその種の書類が届いてもさほど気になりませんからね。前にラグビー・クラブの世話人をしていたことがあるんでわかるんです。オフィスのタイピストに退屈な仕事を押しつけることもできますし。僕だって――」

「わかったから、もうホテルに戻ろうじゃないか」

「ちょっと待ってください。ウエストゲイト・ストリートはこの辺じゃないですか。来る途中にあったような気がするんです。せっかくですから、セントラル・ビルディングスとやらを見ていきましょうよ」

スティーヴンは面目を失って、抗議するどころではなかった。数分後、二人は通りの反対側に、すすで黒ずんだ背の高い建物の一群を発見した。明らかにそれがミッドチェスターのビジネス街だった。

「なかなか洒落た建物じゃないですか」マーティンが感想を述べた。「どんな会社がはいっているんでしょう」

二人は道路を横切り、表玄関に記されている名称を確認した。

「最上階にいるのは建築家、弁護士、それに税理士。それ以外はミッドチェスター・ガス会社です。パースンズがここに勤めているとしたら、なかなかのもんですね」

スティーヴンは集会でたまたま隣りあわせた男の言葉を思いだした。『なにか心配事でもあるような――しばらく前からあんなふうです。原因はわかりませんが……』

「考えられるな。組合であれだけの要職に就いていることから考えると、職場での地位も高いにちがいない」

「ふむ、とにかく今日はやるべきことはやった、という感じでしょうか」マーティンがホテルに戻る道すがら言った。「スティーヴ、あなたはパースンズをよく観察していましたが、どうです、手強そうな相手ですか」

スティーヴンはパースンズの神経質で不自然な態度を思いだした。「さあ、どうだろうか。今晩寝ながら考えるとするさ」

だが一日はまだ終わっていなかった。重要な発見はそれからだった。二人はホテルのラウンジで、就寝前にウイスキーソーダを一杯やっていた。マーティンは集会での演説の話を蒸しかえし、熱っぽく語りはじめた。スティーヴンはすっかり退屈していたが、相手を侮辱するようなまねはすまいと心に誓っていた。仮にマーティンが無礼なことを言っても、飲み代を払わせるつもりはない。だがマーティンの政治的見解に耳を傾けるのも限界に達し、スティーヴンは傍らにあった新聞に手を伸ばした。それは〈ミッドチェスター・イヴニング・スター〉だった。無意識に地方欄の頁を開き、株式の終値を確かめようとしたそのとき、隣の記事に目が釘付けになった。それを一読するや、スティーヴンは興奮した叫び声をあげてマーティンの名調子をさえぎった。

「どうかしましたか。スティーヴ、僕は育ちは悪いかもしれませんが、政治に関してはまじめに考えているんですよ。耳を傾けてくれさえすれば、きっと為になると思います。とかく最近は——」

「政治なんかどうでもいい！　ほら、これを見てみろ！」スティーヴンはマーティンの鼻先に夕刊を突きだした。

「なにかおもしろい記事でもありましたか。おや、スティーヴ、これは三日前の新聞じゃないですか」

「そんなことはどうでもいい」

「そうですか？　ああ、見つけたのはこれですね。〈ミッドチェスター・ガス会社の年次総会〉ふむ、また変わった時期に総会を開くもんですね。まあ、僕らの知ったことじゃありませんが」

「黙って先を読むんだ！」

「そんな、これを全部読むんですか。さえない内容に思えますが。すこし飛ばして読んでも……ほお、パースンズは副局長なんですね。これは発見です。ほかになにか彼に関して出ているんですか」

「いや。だが記事の一番下を見てくれ」

「えっ？　貸借対照表《バランスシート》じゃありませんか。僕は数字が苦手でしてね。まるでちんぷんかんぷんです。それに――おお、これは！　これは、すごい！　すみませんでした、スティーヴ。これぞ有力な情報です。それも確固たる！　あやうく見逃すところでした。確かに一番下にあります。〈ヴァニング、ウォールドロン・アンド・スミス、勅許会計士〉――これはまた思いがけないところで見つけたもんですね」

二人ともすこしのあいだ言葉を失った。

「中部地方《ミッドランド》の会社の副局長が、会社のパートナーともいえるロンドンの会計士に、マークシャーの静かなホテルで、それも年次総会の開かれる直前の日曜に会っていたわけだ。これはどういうことかな？」スティーヴンがかみしめるように言った。

「不正ですね」マーティンはすぐさま答えると、ウイスキーソーダをぐいと飲み干した。

「そうなると問題はひとつ――」スティーヴンが続けた。「いままでの情報をもとにパースンズを叩いてみるか、それともまずロンドンに戻って、ヴァニングが陰謀に加担していたか突きとめるのが先か――」

「ひとつだけ確かなことがあります」マーティンが応じた。「ヴァニングを捜そうとしても無駄です」

「なんだって」

「そんな人間は存在しません――すくなくともヴァニング、ウォールドロン・アンド・スミスというオフィスには」

「どうして知ってるんだ」

「組合の名簿を調べました。いつか僕がヴァニングは株式仲買人じゃないかと言ったことがあるでしょう。あなたは組合の名簿を調べればいいと言いました。僕はさっそくその助言に従ったんですが、ついでに会計士のを調べても損にはならないだろうと思いましてね。どっちにもヴァニングの名前はありませんでした。単独でなく、グループで調べたところ、現在のウォールドロンとスミスのパートナーは、コーエンというユダヤ系の男でした。ヴァニングはもう死んでいて、彼らは昔のよしみでドアに名前を残しているんじゃないでしょうか」

「なるほど。それならなぜ——いや、マーティン、すこし話がうますぎやしないか」

「とんでもない！　ほら、パースンズは友人の名前を、事前にホテル側には告げなかったじゃないですか。ああいった場合、ちょっと頭のいい人間なら偽名を使うはずです。でもパースンズは奴がどんな偽名を使っているか知らなかったんですよ。ヴァニングはずうずうしくも事務所の先輩の名前を使ったわけです。なかなかいい思いつきじゃないですか」

「そういう可能性もあるか」スティーヴンは煙草に火をつけると、すこし考え込んだのちに続けた。

「これまでの推理をまとめてみるとしよう」

「パースンズはガス会社の経理をごまかしてきたんです。誰かが感づいて、会計監査が行なわれたにちがいありません」

「ところがヴァニングは犯人を突きださずにいるわけだ」スティーヴンは相槌をうった。

「それをネタに恐喝しているんじゃないですか」

「もしそうなら、パースンズが熟睡できなくなったとしても無理はない」

「そうに決まってますよ！　事実を公にする前に、ヴァニングはいくら絞りとれるか確かめるために、ひそかにパースンズを呼びだしたんです」

「きわめて重要な点で折りあわぬまま、会見は物別れに終わったわけか。パースンズは長年使いこみをしてきたのかもしれないな」

「ええ。ゴシップ・レーンとはまたよく言ったもんですが、そこの蛭《ひる》に長年金を吸いとられてきたんでしょう。ありえる話です。とにかくパースンズがこれ以上続けられないと断るときがやってきたわけです。石から血をしぼろうとしても無駄ですからね」

「パースンズもそんな表現を使ったんじゃないだろうか」

「えっ？　あーいや、すいません。悪気はないんです。えーと、なんの話でしたっけ？　そう――二人の会見は物別れに終わりました。あの晩ヴァニングは――そう呼ぶしか仕方ないですが――先に部屋にひきあげています。やがてパースンズも、ヴァニングに対して殺意にも似た感情を抱きながら部屋にひきあげ、そのときヴァニングが泊まっているはずの部屋の前にティーポットが置かれているのを見たんです。スティーヴ、あなたが先日そう指摘したとき、笑ってすみませんでした。いま考えれば、そういう可能性も十分――」

「不眠症だったパースンズは当然睡眠薬をもっていたはずだ。状況からして、彼が自殺を考えていた可能性もありうる」

「そのとおり！　ぴったりつじつまが合うじゃないですか。パースンズは、自分のかわりにこの悪魔に一服盛ってやろうと考え、睡眠薬をティーポットに投げこんだにちがいありません。そして、もうこれでヴァニングから悩まされることはないと思いながら眠りについたんです」

「ところが翌朝――」

「そうですとも！　翌朝、死体が静かに起きあがって朝食をとり、先に帰ったと知って、たぶん顔面に一発食らったような気分だったでしょうね。スティーヴ、これが真相ですよ」

マーティンは大喜びの態で両手をこすりあわせた。

「とにかく可能性は強そうだな」スティーヴンが慎重に答えた。

「いや、これで決まりです！　それともなにか問題でも？」

「ああ、ひとつある。パースンズが一服盛ったという証拠がない」

「そうに決まってるじゃないですか。なにしろ親父さんがそれを飲んで亡くなったんですから」

「いや、それすら推測の域を出ない」

「そうでしょうか。パースンズでないとしたら誰がやったというんです？　ほかに誰かいますか」

「思い当たらないが」

「よし！　そうなれば、どうでしょう。その疑問は明日に持ち越しということにしませんか」

「そうだな。そうしたほうがよさそうだ。きみはどうだかわからんが、僕はもうくたくただ」

「同感です。まったく長い一日でした。でも成果はありました。ただ……」

「なんだ？」

「ただ――」マーティンはいかにも残念そうに言った。「もうすこし活気のある集会を期待していたもので」

第十五章　試みとその結果

八月二十九日（火曜日）

「そろそろ出かけましょうか」マーティンが声をかけた。

スティーヴンは無言でうなずいた。その顔は青ざめ、唇は真一文字に結ばれている。一方、マーティンは見るからに上機嫌だった。彼はホテルを出るなり、歩きながら楽しそうにおしゃべりをはじめた。ほどなく二人はウエストゲイト・ストリートへとやってきた。

「あの手の男には、すこしはったりをきかせても問題ないと思うんですが」とマーティン。

「ああ、同感だ」

「いま巻きこまれている厄介な状況からして、たぶんこっちが情報をつかんでいると知れば、すぐに降参してくるでしょう」

「おそらくな」

「供述書を書かせられればいいんですが。そうすれば保険会社の悪党どもをとっちめてやれるでしょう」

「そうだな」

「すんなり書くと思いますか」

「さあ」

「いいですね、スティーヴ、話はあなたにお任せします。どっちみち交渉はあなたのほうがうまいでしょうから。僕は聞き役にまわります。もちろん必要とあらば様子を見て発言しますが、基本的にはお任せします」

「わかったからすこし黙ってくれないか。静かに考えさせてくれ！」ふいにスティーヴンはかっとなって叫んだ。

マーティンはいつもどおり素直に謝罪した。かわりに口笛を吹きはじめたが、それもスティーヴンに、うるさい、と止められてしまった。

「すみません」またもマーティンは謝った。「でもスティーヴ、僕だってこれからなにが起こるか気が気じゃないんです。そうは見えないかもしれませんけれど。あなたは気が滅入って顔色も悪くなりますが、僕はすごく活気づいて、新聞広告に登場する俳優にでもなった気分になるんです。ほら、毎朝ビタミン剤かなにかを飲んでるような連中ですよ」

「ああ、わかるとも。新聞には一応目を通しているんでね」

それからというものスティーヴンは連れを黙らせるのはあきらめ、勝手に感情の昂ぶりを表現させておいた。

オフィスに着くと、スティーヴンはパースンズ氏に面会したい旨を伝えた。

「約束はおありですか」応対した事務員が尋ねた。

「はい」

スティーヴンとマーティンはあらかじめ作戦を練っていたが、まず電話で面会の約束をしたほうが賢明だろうという結論に達したのだった。昨夜の集会について若干質問したい点がある、というのが名目上の理由だったが、それですんなりと面会が許可された。

二人はタイプライターの音の騒々しい広いホールを抜け、小さな待合室に通された。やがて時間よりすこし遅れてパースンズが姿を現わした。保守党クラブのまぶしいランプの光の下では幽霊のようだった顔も、日光の下ではそれほどひどくなかった。

「おはようございます！　私にご用だそうですね」パースンズはすぐに口を開いた。

「ええ」スティーヴンはそう応じたものの、顔色はパースンズ氏と同じくらい悪かった。さらに、どう用件を切りだしたものか、言葉を探しあぐねているようだった。「あーその、おそらく僕の名はご存じないと思いますが――ディキンスン――スティーヴン・ディキンスンと申します」

「はい」パースンズ氏は礼儀正しく微笑んだ。その名前に心当たりがあったとしたら、よほどの役者にちがいなかった。

「実はお尋ねしたいことがありまして……」スティーヴンは糸口をつかめずに言葉を呑んだ。そのとき息を吸いこむマーティンの姿が目の端にはいり、慌てて続けた。「パースンズさん、あなたはペンデルベリー・オールド・ホールをご存じですね」

パースンズは眉を上げた。

「ペンデルベリー・オールド・ホール？」その声はおそらく普段より半音は高かったろう。「それはまたどうして？　ええ、確かに。泊まったことがあります」

「思ったとおりだ！」マーティンがふいに叫んだ。

パースンズは視線を転ずると、いくぶん驚いたような表情でマーティンを見つめた。突然会話に割りこまれて驚いたのはパースンズばかりではなかった。

「まったく――」とマーティンがまた口を開きかけたが、スティーヴンは先を続ける間を与えなかった。

「いま友人が言ったように――」彼はなめらかな口調ではじめた。「僕たちは最近あなたがペンデルベリーに滞在された理由に興味を抱いています。すこしお尋ねしたい点があるので――」

「ちょっと待ってください」パースンズは片手を上げてさえぎった。スティーヴンにはそれが完璧に理性ある行動に思えた。「私を尋問しようというのですか。その前にあなた方が警察関係者だという証拠を見せてください」

マーティンがなにか言いかけたが、またもやスティーヴンが早かった。

「いや、僕たちは個人的に捜査を行なっているのです――あるグループを代表して」

パースンズは微笑んだ。まちがいなく彼は微笑んだのである！

「それでは、私生活をそういった方にお話しするわけにはいきません」そう言いながら、彼はベルを押した。

すぐに警備員とおぼしき男がドアを開けた。

「ロバートスン、こちらの方々をお送りしてくれ」

「ちょっと待ってください！」マーティンが叫んだ。「どうして――」

「さあ、どうぞ。こちらへ」警備員が促した。いかにも屈強そうな大男だった。


もしスティーヴンがグランドホテルからセントラル・ビルディングスへの道すがら、マーティンの口数の多さに対して文句を言っていなかったら、帰り道でなにか彼にしゃべらせるきっかけを与えたところだろう。だがスティーヴンは自分から言葉を発する気にすらなれなかった。マーティンのほうも助け船は出さなかった。二人は敗北感をしみじみと味わいながら、ミッドチェスターのうすぎたない通りを黙々と歩いた。その日の朝、二人のあいだでようやく言葉が交されるようになったというのに、このままではパースンズの一件には一言も触れずにロンドンまで帰りかねなかった。


昼食時になり、二人はようやく多少なりとも正常な状態に戻った。いずれにしてもマーティンは一連のなりゆきを客観的に分析できるくらいにまで回復していた。

「スティーヴ」突然マーティンは口を開いた。「人は見かけだけでは判断できないもんですね。あれほど手強いとは思ってもみませんでした。それに……」

スティーヴンは無言である。

「パースンズをオフィスに訪ねたのはまちがいでした。まったく僕のせいです。コールビー・ムーアへ行くのは、どうも気が進まなかったもんですから。でも郊外の自宅にまで警備員はいないでしょうから、まずそっちを訪ねるべきでしたね」

スティーヴンは依然として沈黙を守り、マーティンの独白が続いた。

「だからといって、あの男が手に余るというのではありません。すくなくともなにか手がかりのようなものがあれば……それにしても、ヴァニングの名前をもちだす暇もなかったとは滑稽です」

「だとしても大差はなかったさ」スティーヴンが低くつぶやいた。

「たぶんね。でも、これだけは言えるんじゃないですか。もしパースンズに職業を訊かれたとき、ちょっとはったりをかまして、警察の人間だと答えていたらどうだったか——」

「きみならやったろう。だがそんなことをしたら、即刻刑務所行きだ」

「そうでしょうか。まあ、とにかくもう済んだことです。それにしても、はるばるここまでやってきた挙句、なんの手がかりも得られなかったなんて……」

マーティンの声は力なくとぎれた。もうなにも言う必要はなかった。

不幸に追撃ちをかけるように、ロンドンにあと二十マイルというところで、車のエンジンから白い煙があがり、耳障りな音をたてはじめた。いったん音はやんだが、ふたたび騒々しくなり、やがてエンジンは停止した。メカには素人のスティーヴンは、マーティンが自在スパナを手にエンジンをいじっているあいだ、車の中で辛抱強く待っていた。マーティンの説明では、古びたキャブレターの調子が悪くなっただけで、いとも簡単な修理だそうだ。すぐに終わりますよ、と彼は言った。どうやら要領を心得ているらしい。

だが結局、修理には一時間半近くかかり、それ以降は十五マイル前後のスピードしか出ないという有様になった。二人は完全につきに見放され、どうやらこれが最後の仕上げらしかった。お茶の時間までには帰る予定だったのが、ハムステッド・ハイ・ストリートにさしかかったころには、もう七時近くになっていた。ところがプレーン・ストリートに折れる手前で、車はふたたび急停止した。うたた寝をしていたスティーヴンは目を開け、あからさまに不平を洩らした。

「いったい今度はなんだ」

「あれを見てください!」マーティンはそう叫んで通りの反対側を指さした。

数人の売り子が新聞を売っている。その日は目玉となるニュースがないらしく、貼紙の内容もまちまちだった。最初のにはこうあった。

〈リビア軍、移動を開始〉

次には、

〈恋人同士、愛の巣でガス心中〉

そのまた先のすこし離れた場所に、黄色の紙に太字でこうあった。

〈中部地方でガス会社幹部自殺〉

スティーヴンがその意味に気づくより早く、マーティンは車を降り、路線バスを巧みによけながら道路を横切っていった。そして商店や家々の明かりがゆらめく中、新聞をもった手を大きく振りながら戻ってきた。彼は興奮してピンク色に染まった顔で運転席に乗りこむと、スティーヴンのひざに新聞を投げ、すぐに車を発進させた。

「奴です。まちがいありません」まるで死人を前に話をしているようなかすれ声だった。

スティーヴンはわれ知らず尋ねていた。「ひょっとして薬を飲んだのか?」

「いいえ、ピストル自殺です――オフィスで」

「なんてことだ」

ディキンスン家の屋敷が間近に迫ったとき、マーティンはまっすぐ前を見ながらつぶやいた。

「オフィスで名乗らなければよかったですね、スティーヴ」

「ああ」

「おかしなことに、今回の旅はなんの成果もなかったと考えていたところだったんです」

「そうか」

屋敷に着くとスティーヴンは車を降りたが、マーティンはそのまま運転席に残った。

「今夜はこのまま帰って、また明日早くに来ます」マーティンはラジエーターキャップの上のマスコットに視線を注ぎながら言った。「すこし疲れました。アニーにはよろしく伝えてください」

「わかった。おやすみ」スティーヴンは下を向いたまま答えた。「ああ、それから今日は運転をありがとう」

「いいんです。おやすみなさい」マーティンも視線を転じることはしなかった。

スティーヴンは玄関をはいると、すぐに新聞を広げた。夫人が居間から出迎えに現われたときも、まだそこに立っていた。

「スティーヴン、今日はどうだったの?」夫人が尋ねた。

だが彼は夢中で活字を追っていた。

〈故人には妻と三人の子供がいる。コールビー・ムーアにある屋敷の上品な客間で、パースンズ夫人が我社のインタビューに応じてくれた……〉

「どうかしたの、スティーヴン。顔色が悪いわ」

「いえ、大丈夫です、お母さん。すこし疲れただけです。まったく目まぐるしい一日でした。ところで、どこかにブランデーが残っていませんか」

第十六章　パーベリー・ガーデンズ

八月二十九日（火曜日）

兄と婚約者がミッドチェスターに出かけていった翌日、アンはもうじっとしていられなくなった。男たちの帰りを待つのはいいが、二日目ともなると話は別である。待つという緊張感もさることながら、心の奥底にこびりついたものがさらにアンをいらだたせていた。最初それは順調に動いている歯車にはさまった小さな米粒のようだった。その存在にはたまにしか気づかないが、ものを考えている最中にかすかな雑音をたてるのだ。アンは思考の流れを変え、その歯車を使わないことで障害物の存在を無視してきた。だがもう限界だ。もはや思考の働きにまで支障をきたしてきた。その悪性腫瘍は繁殖してあらゆる方向へ影響をおよぼし、それまでに培ってきた抵抗力までも鈍らせてしまう……

アンは荒れ地《ヒース》に出かけ、疲れるまで歩きまわった。はじめて犬を連れている人たちが羨ましいと感じた。喧嘩好きで激しやすい犬、反抗的に暴れる犬、ほかの犬に愛想のいい犬、いつもボールや棒を投げてもらいたがる犬。それぞれが名前を呼ばれたり、口笛を吹かれたり、怒鳴られたり、人間や道端にあるものから引き離されたりして、常に飼い主の監視下におかれている。ふとアンは生後六ヵ月で伝染病《ジステンパー》の予防接種も済んでいるというスコティッシュテリアを懐かしく思いだした。マーティンの言葉どおり、犬にはほかにない味わいがあるのかもしれない。

昼食後もまだ気持ちは落ちつかなかった。そのためアンはふたたび外出し、やがて歩き疲れたのでバスに乗ることにした。行き先はどこでもかまわない。ちょうど一台やってきたが、どういうわけか止まらずに行ってしまった。別に急いで乗る必要もない。結局アンは乗るまでに二台をやり過ごした。

バスは小刻みに揺れながら蒸し暑いロンドンへ向けて丘を下っていった。遠出する理由もないため、アンは六ペンスの最低額の切符を求めた。どこかでお茶を飲むか、映画でも観るか、それともすこし足を延ばしてルース・ダウニングに会いにいってもいい。バスは同一料金区間の終点にさしかかろうとしていた。そこがパーベリー・ガーデンズの向かいだと知ると、アンは心から驚いた。

彼女はバスを降り、道を渡った。ここまで来て素通りするわけにもいかないだろう。これは裏切り行為でもなんでもない。念のために確認するだけだ。マーティンならきっとわかってくれる。実際、アンは帰宅したらすべてを話すつもりでいた。きっと彼はおもしろがって聞くだろう。アンはそう自分自身に言い聞かせたが、すすけた煉瓦の建物が並ぶ一画へと歩を進めながら、両膝のかすかな震えを感じていた。

だが、なにを調べたらいいかもわからない。なんて滑稽だろう。それでも、あのマーティンの調査結果では納得がいかなかった。狭いホールにはいると、マーティンの報告どおり、十五号室にはエリザベス・ピーボディ夫人の名前があった。熱意はしぼんでいき、愚かな行為だと常識にたしなめられながらも、アンは三十四号室を確かめにいった。そこにまぎれもなくT・P・M・ジョーンズの名前を発見すると、安堵の念が一挙にわいてきた。アンは建物をあとにし、ふたたび陽光を浴びた。もはやピーボディ夫人が盲目で、ジョーンズ氏があご髯をたくわえているかどうか確かめる必要もなさそうだ。

しかしアンはそれで帰らずに、パーベリー・ガーデンズがその一辺をなしている広場へと足を向けた。広場の中心に生い茂るプラタナスの木陰に一台の乳母車が止まっている。赤ん坊が寝ているのだろう。その横の腰掛けに寄り目の乳母が座り、編み物をしている。アンは足を止めてその光景をぼんやりと見つめた。きっとフラットに住む誰かの赤ん坊だろう。この時期に海岸に連れていかないのは意外だが、そうする余裕がないのかもしれない。いや、それにしては妙だ。あの乳母車は見るからに高価なものだ。分割払い、そうにちがいない……いずれにしても、私だったらあんなことはしないだろう……まったくあの乳母ときたら！　あんな藪睨みの年寄りに世話されて、赤ん坊がいい影響を受けるはずがない。あの乳母が赤ん坊を抱きかかえる姿を想像しただけでぞっとする。もちろん本物の乳母は休暇中で、あれは臨時雇いだろうが……

観察はそれくらいにして、アンはまた歩きはじめた。だめね、思考が散漫になっているわ。余計なことを考えている暇はないはずよ。ここに赤ん坊を見にきたわけじゃないでしょ。調査をしに来たのよ。さあ、考えて。考えるのよ！　なにか思いつくまで、この殺風景な広場を歩きまわるつもりだから、覚悟しなさい！

パーベリー・ガーデンズ十五。アンはそう頭の中でくりかえした。無意識のうちに足の運びは鈍くなっていた。パーベリー・ガーデンズ十五——ジョーンズ夫妻がホテルに残した住所だ。ジョーンズ夫妻というのは真っ赤な嘘で、実は人目を忍ぶ旅をしていた恋人同士——そうマーティンは言った。しつこいくらいに。もし恋人と人目を忍んで旅していたら、本当の名前や住所を名簿に残したりしない、と。マーティンはそう断言した。もしベントビーで彼と一晩過ごしていたら、いったいどんな名前と住所を書いただろうか。

アンの奔放な想像力はまたすこし横道にそれたが、道義心がそれに歯止めをかけた。おまえはヒースにいる犬たちと同じくらい御しがたい、と道義心が想像力にきびしく注意した。想像力がおとなしく本筋に戻ったとき、アンは広場を一周していた。

だが、もし偽の住所を即座に書かねばならないとしたら、なんらかの形で自分に関わりあるものになるのではなかろうか。マーティンはそう言った。いやちがう、私が言ったのだ。マーティンはそ知らぬ顔をしていたが、実はそうした恋愛の手管に長けているのだろう。とにかくマーティンは否定しなかった。架空の住所をでっちあげるとしたら、なにか意味のあるものになるにちがいない。いくら無意識——潜在意識？——が働いているとはいえ。この二つがどうちがうかはよくわからないが、なにかしら関係はあるのだろう。その意識のどちらかが働いて、あるひとつの住所をでっちあげたのだ。けれども今回の場合、住所は実在している。単に自分の住所でなければいいと思ったのか、さもなければその住所にしたなんらかの理由があるのだろうか。

マーティンと三日前に話したのはそんなところだ。そしていま、パーベリー・ガーデンズにいる。

さて、これからどうすればいいだろう。鍵は、パーベリー・ガーデンズ十五。手がかりのない暗号のようだ。ペンデルベリー・オールド・ホールの宿泊客名簿に住所を記入したとき、偽のジョーンズ氏の頭の中になにが浮かんだのだろう。ちょっと待て。二人がフロントに立っている姿を想像してみよう——目の前には開かれた名簿、フロント係がとりすました顔で見守っている……だめだ！　知りもしない人間を思い浮かべるのはむずかしい。だが、ともかく感触だけはつかめた。さあ、ここからが問題だ……

そうだ！　アンは寄り目の乳母の近くでふたたび足を止めた。エルダスンの報告書には、名簿に記入しているあいだ女がクスクス笑っていたとあった。そうか！　つまり住所はジョークだったのだ。ハッハッハ！　さあ、みんなで笑おう。パーベリー——なかなか愉快。ガーデンズ——まさに滑稽。十五——もう爆笑！　そこの乳母さん、あなたもこれを聞けば編み針を落とすんじゃないかしら。

アンの想像力はまたもやベントビーの〈ブラック・スワン〉亭に戻った。今回は道義心はなんの動きもみせなかった。アンは独特の臭いがする狭いホールにいる自分を想像した。マーティンのうしろに立って、彼の書いている名前と住所を見てクスクス笑っている。アンは気分が悪くなりそうだったが、どうにか踏みとどまって想像力を働かせた。どんな住所だったら笑いがこみあげてくるだろう。ジョークはなんらかの意味があってこそ成立する。くだらないジョークを楽しんだとすれば、二つの可能性が考えられるのではなかろうか。第一に、誰かの住所を書いたという可能性——つまり、おそらくは立派なその人物が、二人の秘密の旅行になんらかの形で関わっていたため、ことのほか滑稽に思えたというわけだ。第二の可能性として、虚勢を張ってごく身近な人物を選び、危険にさらされる自分たちを想像して快感のようなものをおぼえた、というのはどうだろう。やや心理的かもしれないが。

滑りだしは好調だ、とアンは三周目にさしかかりながら思った。この辺ですこしまとめてみよう。(a)二人は盲目のピーボディ夫人を知っていて、ホテルの名簿に夫人のフラットの住所を書くのが最高のジョークだと考えた。もしこの仮説が正しいとしたら、もうお手上げだ。ピーボディ夫人の私生活を暴いて、夫人の知り合いの誰がそんな悪ふざけをしたかを調べるなんて、素人にはとても無理だ。(b)身近に実在する人物の住所を書いた点がジョークだった。パーベリー、ガーデンズ、十五。三つの要素から成っている。さらに気のきいたジョークにするには、二つをそのまま残し、残るひとつを変える必要があるだろう。たとえばパーベリー・プレイスとか、テラスとか、ストリートというわけだ。あるいは、なんとかガーデンズ十五。それから、パーベリー・ガーデンズいくついくつ、という具合に。

いったいどの部分を変えたのだろうか、なんの変哲もない三つの要素のうち、どれを選んだのだろう。いろいろ思い悩んだあげく、アンはまず〈パーベリー〉という部分に目をつけた。だが実際ロンドンにはいろんな名前の〈ガーデンズ〉が存在し、どれが本物かを特定するのはむずかしい。さらに名称はもっとも重要な部分で、それを変えればまったく別物になってしまい、同時にジョークとしても意味をなさなくなってしまうだろう。たとえば、実際の住所が〈デイルズフォード・ガーデンズ十五〉のところを、〈パーベリー・ガーデンズ十五〉と言い換えたら、ことさら血のめぐりが悪い人間でなくても、すぐにはピンとこないだろう。まずは可能性をひとつに絞るとしよう。アンは理屈ではなく、手間がすくないという理由で、パーベリーなになに十五、という可能性を選んだ。パーベリーのうしろにくる通りの呼び名はロンドンだけならそう多くないはずだ。アンはパーベリー・ガーデンズには百十ものフラットが存在すると知っていたため、まずはいちばん楽な方法をとることにしたのである。そこで三周目を途中で切りあげ、広場に来る途中にあった郵便局へと急いだ。

アンが電話帳を見せてほしいと頼むと、窓口の女はいかにも気分を害したようだった。そのような要求は郵便局では異例だった。確かに無神経な申し出にはちがいあるまい。それでも窓口の女は、その種のものは公立図書館にあるはずだと答えた。さらにアンが道順を尋ねると、女はいきなり早口になった。「そこの坂道を下って右に曲がった左手です」その早さからして、禁断の木の実を求める人々を、いかに多く彼女が導いてきたかがわかった。

五分後、アンは公立図書館で電話帳を開いていた。自分の推理が誤りだったと気づくのに、ものの一分とかからなかった。パーベリー・ガーデンズはロンドン近郊まで範囲を広げても、唯一のパーベリーだった。ひとつだけよく似たパルベリー・ストリートという場所があったが、調べを進めたところ、アイルズオブドッグズに位置すると判明した。もしかしたらジョーンズ夫妻とやらはアイルズオブドッグズ出身かもしれない。さてと！　まったく電話帳は役に立つ。アンの頭は疲れて朦朧《もうろう》としていた。要するに正しい答えは、パーベリー・ガーデンズいくつ、というわけだ。フラットの現在あるいは過去の住人に、自称M・ジョーンズ氏か、あるいはジョーンズ夫人がいるのだろうか——まずジョーンズ夫人の可能性が高いと思うが。これといった理由はないが、男が手を加えたのは自分のではなく女の住所だという気がする。そうにちがいない。女の直感だ。そうすると、あとは百十あるフラットを調べればいいわけだ。やった！

アンは電話帳に並んでいるフラットの住人の名前を、ゆっくりと念入りにたどっていった。だがこれといってピンとくる名前はなく、捜している人物がその中にいると断定できる根拠もなかった。それでもアンは厳然たる面持ちで調べを続けた。まもなく終わりというところで——正確には八十七号室だったが——メガネをかけた猫背の若い男が近づいてきて、沈んだ声で告げた。「閉館の時間です」

アンは渋々あきらめて、そそくさと図書館をあとにした。郵便局の飾り窓にある時計が六時を指している。そんなにも長く図書館にいたとは。お茶を飲む暇もなかったが、もう疲れてそれどころではない。とにかくアンの足は表面上はひとりでに、刑務所の運動場にいる囚人のごとき忍耐と執念で、ふたたびパーベリー・ガーデンズへと引き返した。

十五という数字——今度はこの数字を考えてみよう。どうしてたくさんある数字の中から十五を選んだのか。元の数字が五だからか、それとも二十五だからか。そうなると、百五まで五の倍数をたどっていけばいいのか。百十五が存在しないのは残念だが、今度ばかりはまちがいないだろう。さあ、数字を考えるんだ。三十はどうだろう。アンは重々しく首を横に振った。なぜか三十にはイメージがわかなかった。もちろん数字でいろんなことができる。足したり引いたり、割ったり、入れ換えたり……入れ換え、それだ！　アンは足を止め、垣根越しにさっきまで乳母車のあった場所をじっと見つめながら、まるで理屈に合わなかったが、これにまちがいない、と思った。そして次の瞬間、ジョーンズ夫妻とやらの住所に関する謎は完全に解けたと確信した。

アンは目に見えないトランペット奏者の吹奏する勝利の行進曲に送られながら、五十一号室のある建物の入口へと向かった。目指すフラットが最上階にあり、エレベーターがないとわかると、行進曲はすこし威勢を失い、アンが最上階にたどりつくはるか手前ですっかりやんでしまった。階段を昇る前に確かめたところ、五十一号室の住人の名前は、ミス・フランシス・フォザギルだった。フラットのドアにも同じ名前のよごれた名刺がついていた。ドア自体は落ちついた緑色で、かつては粋だったにちがいないが、いまではボヘミアンブーツで勢いよく蹴飛ばすのか、下のほうのペンキが剝がれている。名刺のちょうど下にベルがあった。なんともけたたましい音だ。ドアのすぐ内側で鳴りひびき、死人をも起こしかねない。アンは三度鳴らしてみたが、誰も現われる気配はなかった。

下りは登りよりもこたえた。山小屋から眼下の谷まで、森の中を小道が曲がりくねりながら続いている――アンはそんなアルプスの光景を連想した。ようやく一階にたどり着き、戸外に出て空気を胸一杯に吸った。一瞬、陽光で目が眩んだ。そのときアンはフランジパーヌの香水の強い香りに気づき、口紅とシルバーフォックスがぼんやりと視界にはいった。すぐに甲高い声がした。

「あら！　もしかして、ディキンスンさんじゃありませんか」

アンは人の顔を記憶するのが得意だったが、今回ばかりは二、三度まばたきしても思いだせなかった。だが女の鼻の傾き加減と、妙に骨張った笑みに見おぼえがあり、ほどなくそれが誰だか思いだした。ミス・フォザギル――実際、女に名前を訊いたことはなかったが、それにまちがいない。ミス・フォザギル――どこかのデパートで、靴を買う手伝いを何度かしてくれた売り子だ。なかなか思いだせなかったのも当然で、目の前の派手な服を着た厚化粧の女と、デパートにいる物静かな売り子とではまったく印象がちがう。そうだ、思いだした。あれはピーター・ハーカーの靴売場だ。

「まあ、ディキンスンさん！　こんなところでお会いするなんて！」ミス・フォザギルは声を弾ませた。

「友人を訪ねてきたんですが、どうも出かけているらしくて」アンの声は憔悴していた。

「わざわざ遠くから訪ねてきたときにかぎってそんなもんです。まったくしゃくにさわりますよね。気分直しに、うちでお茶でもいかがですか」

「ご親切に。でもけっこうです」

「そんな、ぜひお寄りください。さあ、遠慮なさらずに。とてもお疲れのようじゃありませんか。私はかまいませんから。家に帰ったら、いつもお茶を一杯飲むんです。きっと生き返りますよ。やかんをかけて、お湯が沸くのを待つだけですから。さあどうぞ、こっちです」

これは断われそうもない。案の定、アンはまたもや階段を昇るはめになり――その間、ミス・フォザギルは長く急な階段を詫びつづけた――やがて剝げかかった緑のドアを通って、フラットの中へと案内された。

「あの階段には、私もほとほと愛想が尽きているんです」散らかった狭い部屋を占領している古ぼけた長椅子にアンが倒れこむように腰を下ろすと、ミス・フォザギルはクスクスと笑った。「ちょっと失礼してお茶をいれてきます。どうぞくつろいでいてください。靴も脱いだらいかがですか」アンの足元に専門家の目が走った。

ミス・フォザギルは小さなキッチンに消え、ほどなくトレーを手に戻ってきた。

「きちんとおもてなしできなくてすみません」フォザギルはクスクスと笑った。「どうもコーディネートが苦手で。カップが割れるときにかぎって、ウールワースへ飛びこむくらいの時間しかないんですもの。砂糖はいかがですか、ディキンスンさん」

アンはありがたくお茶を飲んだ。ピーター・ハーカーの最高の銘柄には程遠かったが、熱い紅茶は生気を与えてくれた。だがアンは押しつけられた最後の一切れとおぼしきケーキは断った。

「遠慮なさらないで」フォザギルはあきらめなかった。「私は欲しくありませんから。本当です。お茶のときはなにも食べないんです。それに、ほら、残り物には福がある、って言うじゃありませんか。結婚前にずいぶん縁起をかついでいた女友達がいましてね。でも、ディキンスンさんはそんなことを気にする必要はありませんわね。あら、つい失礼なことを」

「いいんです。いつ発表してもいいことですから」アンは相手を安心させた。

「どうぞお幸せに。きっとそうなられますよ。お客さまの誰かが――お得意さまという意味ですが――ご結婚なさるときは、従業員はみんな興味津々なんです。私どもはジョンスン氏と一緒においでのところを何度もお見かけしていますし。とてもいい方ですね」

「ありがとう」アンは礼を述べた。「そろそろ失礼しなければ。ご馳走さまでした」

「そんな、とんでもない。また店のほうでお待ちしています。秋の新作も入荷しましたので、ぜひお寄りくださいきっとお気に召す品が見つかると思います。どうぞお気をつけて」

「ごきげんよう」

アンはその日だけは倹約を忘れてタクシーで帰ることにした。ミス・フォザギルのフラットで一息入れたにもかかわらず、かつてないほどの疲労感におそわれていた。だが疲れていたのは身体ではなく精神だった。アンはタクシーの後部座席にもたれてなにも考えないようにしたが、メーターの上がる音がそうさせてもくれなかった。しかしメーターの数字とは裏腹に、アンの思考は完全に停滞していた。結局なにも立証できなかった。なにも、なにひとつとして！　数字のアイデアはいい思いつきだと思ったのに。あそこでフォザギルに会ったのは単なる偶然——かもしれない。そうでないとは言いきれない！

彼女のことは好きだ。理由はわからないが、好きなのは確かだ。悪趣味に着飾りすぎるが、やさしい性質をしている。哀れな私を介抱してくれたというわけか。同僚にそう言いふらすかもしれない。なんてことだ。だが、どうして憎めないんだろう。ああ、これからどこに靴を買いにいったものか。

その間も、まったく別の考えがアンの念頭から離れなかった。しかし、それを確かめるのは気が進まなかった。

第十七章　デッドマン氏、胸中を語る

八月三十日（水曜日）

〈ジェルクス・ジェルクス・デッドマン・アンド・ジェルクス〉のオフィスにも変化があった。事務員らはそれが日常業務であっても重要任務を帯びているかのような顔つきで、ひっきりなしに出入りしている。タイプライターが速いテンポで音をたて、社内でのゴシップは要点のみ手短かに交されたた。それもこれも事務所の大黒柱であるデッドマンが休暇から戻り、意欲的に仕事をはじめたためである。彼は自分が不在のあいだに緩んでからまった糸のすべてを、その有能な手でたぐりよせた。

デッドマンは昼までにデスクにたまった仕事をすっかり片づけ、さらに交替で休暇にはいった年少のジェルクスがありがたいことに中途半端のまま残していった、さして重要でない仕事のいくつかを整理した。時計が正午を打つと、彼は手紙の口述をやめてタイピストを下がらせ、デスクにあるボタンを押した。

デッドマンは応じた事務員に訊いた。「ディキンスン氏は見えたかね」

「はい、ちょうどいまお見えになりました。ミス・ディキンスンと、もうひとり――ジョンスン氏という紳士もご一緒です」

「ほお。私はディキンスン氏に会いたかっただけなんだが。仕方ない、通してやってくれ」

スティーヴン、アン、それにマーティンの三人はデッドマンの部屋へと通された。デッドマンは背の低いこぢんまりとした中年男で、喧嘩好きなあごをもち、黒髪を短く刈っている。彼は部屋にはいってきた三人にぎこちなく頭を下げると、勢いよく椅子に腰掛け、すぐさま要点にはいった。

「弁護士がこんなふうに顧客をお呼びするのは、きわめて稀なことです」デッドマンの視線はスティーヴンに注がれていた。「正確にはあなたは私の顧客ではありませんが、遺産相続人のひとりですし、私も事のなりゆきを把握しておきたいと思いまして。私が休暇で留守にしていたあいだに、どうやら雲行きが怪しくなりはじめたようですね」

「とんでもない。独自に調査した結果、かなりのことがわかりました」スティーヴンは固い表情で答えた。

「現在の状況ですが」デッドマンはスティーヴンの発言を無視して続けた。「保険会社の申し出に対する決定を下すのに、あと四日しかありません。期限は日曜に切れます。ジェルクスからそう報告を受けました。しかし日曜は休廷日で、月曜の執務時間が終わるまで期限を延長して当然と思ったので、保険会社にかけあって承諾させました。ですから月曜のうちになんらかの手を打たねば、保険訴訟ということになります」

「申し出は拒否します」スティーヴンが答えた。

「よろしい。ではこちら側の主張は？」

「父は殺害されたのです」

「わかりました。で、犯人の目星は？」

「おそらく——いま僕たちが調べている内容からお話ししたほうがいいでしょう」

「そう願います」

「まず、私立探偵から報告書を受けとり——」

「いまお持ちですか」

「ええ」

スティーヴンはデスク越しにエルダスンの報告書を、がっしりとした毛深い手に渡した。デッドマンは書類に目を通すのに三十秒とかからなかった。それからふたたび椅子の背にもたれ、考えこむようにうなずいた。

「これにある全員を容疑者と考えたわけですか」

「そうです」

「このうちの誰かを事件と結びつけることはできましたか」

「ええ」

「よろしい。誰ですか」

「パースンズです」

「話してください」

スティーヴンは時折マーティンの助けを借りながら、パースンズとヴァニングの話をした。デッドマン弁護士は終始静かに耳を傾けていた。彼は話の最後のほうで目を閉じたが、机を神経質そうに叩く仕草が、眠ってはいないことを証明していた。スティーヴンが話し終えると、デッドマンはふたたび目を開けた。「それで全部ですか」

「はい」

デッドマンはしばらくのあいだ沈黙し、やがてエルダスンの報告書をふたたび手に取ると、それに一瞥をくれた。

「この中にほかに怪しい人物はいないのですか」

「何人かいます」

「誰ですか」

「まず、カーステアズ氏とその妻です。いえ、カーステアズ夫人とその夫、と言うべきかもしれません。夫人のほうが怪しいからです。夫の職業は牧師です。教区はもっていませんが」スティーヴンはブライトンでの出来事を話し、さらに続けた。「夫妻の暮らし向きはあまりよくなさそうです。夫人は〈専門職の夫をもっていた未亡人を救済する団体〉というボランティア組織で、秘書として働いています。さらに奇妙な偶然なんですが、その団体に――」

「お父上の死によって、あなたの伯父であるアーサー氏の遺産が渡るわけですね。遺言の内容は存じています。それで？」

「それで――」スティーヴンは続けた。デッドマンの冷ややかな視線を感じながら、自分の推理に説得力を持たせるのはいささかむずかしかった。「その団体が金に困って――すくなくとも過去に困っていたのは事実です。ですからカーステアズ夫人は危うい立場にあったと言えます。秘書という仕事柄、遺言の内容も知っていたのではないでしょうか。そうであれば、団体のために多額の金を手に入れるという強い動機をもっていたことになります」

「なるほど。ほかに容疑者は？」

「ハワード＝ブレンキンソップ家の二人です。これは実に奇妙で、さらに――実に不愉快な話です。まず、彼らの名前はハワード＝ブレンキンソップなどではなく、マーチです。マーチ夫人とその息子です」

「それはお父上が十二年ばかり毎週送金していたフランシス・マーチですか」

「というと、ご存じなんですね」スティーヴンは驚いた様子で言った。

「もちろん。すべての支払いはこの事務所を通して行なわれていましたから。今朝お父上の書類を整理していて、たまたま領収証を見つけました。なんの変哲もないものです。われわれの顧客には往々にしてあることです。すると、これに記されている息子というのが、お父上の庶子というわけですか」

「いいえ。それが問題なんです。その息子はすでに死亡しています」

「ほお、誰からお聞きになったんですか」

「聞いてきたのは妹とジョンスン君です。二人から話を聞かれたほうがいいでしょう」

「そう願います」

デッドマンは残る二人のほうに向きなおった。アンは沈黙を守り、マーティンがベントビーの屋敷でのなりゆきを語った。

「なるほど」デッドマンはマーティンが報告を終えると、ふたたびそう短く応じただけで、それ以上はなんの意見も述べなかった。「リストにはまだ四人の名前がありますが、ほかに可能性のありそうな人物はいないのですか」

「まだいます」スティーヴンが応じた。「ヴァニングについてはすでにお話ししたとおりです。マレットはスコットランド・ヤードの警部で、ちょうど休暇中でした。ダヴィットは株式仲買の仕事に関係している文学青年で、完全に白。そしてジョーンズ夫妻は——」

「人目を忍ぶ恋人同士」そう言ったのはアンだった。彼女はデッドマンの部屋に来てはじめて口を開いた。「直接ジョーンズ夫人と話をしてきましたので、まちがいありません」

デッドマンはびっくりしてアンを見た。マーティンとスティーヴンも同様だった。驚いているのは自分だけではなさそうだ、とデッドマンは考え、一瞬ニヤリとした。

「すばらしい」デッドマンはそう言って、スティーヴンのほうに向きなおった。「ダヴィットについてですが、本人に会ったのですね」

「いいえ。しかし女家主からくわしい話を聞きました」

「それも悪くはありませんが、家主に秘密のある借家人もいるんじゃありませんか。私の若い時分には大家とのあいだに秘密などありませんでしたが。するとさっきの話は、あなたが調査から導きだした結論というわけですね」

「そうです」

「そうすると――」デッドマンは笑みを浮かべながらおもむろに口を開いた。その喧嘩好きなあごはより挑戦的に見えた。「私に言えることはただひとつ。保険会社の申し出をお受けなさい」

　スティーヴンはしばらく言葉もなかった。

「本気でそんなことを――」

「申し出を受けるのです！」デッドマンは声高にくりかえした。「そして自分たちは幸運だと思いなさい。欲はかかず、身の程をわきまえるべきです」

　あまりのぶしつけな発言に訪問客たちが唖然としているあいだに、デッドマンは椅子をうしろに押し、両手の指を組み合わせて足を組んだ。もし同僚や部下がその場にいたら、それは腹を割って話しだす合図だとすぐに解釈しただろう。さらにその解釈がまちがったことは一度もなかった。

「あなた方は亡くなられたディキンスン氏が殺害されたと証明しようとなさった。確かにそうかもしれません。毎年、思いのほかたくさんの人が殺害されていますからね。ともかく私の見るかぎり、ディキンスン氏は自殺するようなタイプではありませんでした――すくなくとも生命保険をかけた最初の年は。保険にはとてもくわしい方でした。正直なところ、あなた方の調査結果には失望しました。あなた方のすべきことは証拠集めでしょう。裁判所を納得させられるような、ディキンスン氏が自殺したという可能性よりも、殺害されたという可能性が十分に高いことを示すような証拠です。いまの報告を聞いたかぎりでは、殺害の可能性もありうるといった程度で、裁判所を納得させることなど不可能です」

デッドマンはひと呼吸おいた。マーティンがなにか言おうと口を開きかけたが、デッドマンのほうが早かった。

「いまの調査結果を私がどう受け取ったかをお話ししましょう。どうやらあなた方は、パースンズが自分を恐喝していたヴァニングと呼ばれている男の殺害を計画し、誤ってディキンスン氏を毒殺してしまったという結論に達したようですな。確かにそうかもしれません。ここだけの話、私はひとりの常識人として、いまの報告にあったように、パースンズがお父上を殺害した可能性は高いと思います。ですが専門家の鑑定もなければ、直接本人から話も聞いていない。あなた方はパースンズのところに押しかけ、気の毒にも自殺に追いやった。そして彼の死により、ディキンスン氏殺害を証明するチャンスまでも失ってしまった。現時点で、ヴァニングが一ペニーでも受け取っていたと証明できると思いますか。もちろんパースンズの死によって、横領の事実はすべて明るみに出るでしょう。恐喝者や、その殺害計画など存在しなくても、自殺には十分すぎるほどの動機です。いま置かれている状況がわかりますか。私にはわかります。私は十五年ものあいだ、このオフィスにもちこまれる訴訟のすべてを担当してきました。いま自分がなにを言っているかも承知しています。あなた方は死人を殺人罪で訴えようとしているんですよ。死者の記憶に泥を塗るような行為です。しかし、やらねばならないのはそれだけではありません。恐喝をしていた別の男も訴えるわけです。それも、あちらはぴんぴんしていて防御のかまえは万全。それに比べてあなた方には主張するなんの証拠もない。法廷にもちこめば笑われるだけです。私がディキンスン家の財産管理を任された弁護士である以上、そんなことはさせられません。せめてパースンズが生きていれば、横領罪で係争中になにか策を講じられたでしょう。細心の注意をもって対処すれば、会社側と交渉し、満足のいく結果が得られたかもしれません。ですがこの状況では――敗北は目に見えています」

デッドマンは自分の言葉を強調するように、片手でデスクを叩いた。

「次にカーステアズ夫妻です。この二人が――あるいは夫人だけが、偶然ホテルでディキンスン氏に会い、夫人が秘書をしている慈善団体の利益のために殺害を計画したというわけですな。よろしいですか、これだけは言えます――このS・R・D・W・P・Mは、きちんとした弁護士が顧客の遺言作成に携わる際、名前を挙げるような団体ではありません。アーサー氏の目的がなんだったかは私にもわかりません。氏の遺言はこのオフィスで作成されてはおりませんので。しばらく前に偶然、その団体の銀行口座を見る機会がありましたが、どうも嫌な気分でした。公からの寄付金の約三十パーセントが専門職の夫をもっていた未亡人とやらにあてられ、残りはフルタイムで働いているスタッフ――つまりカーステアズ夫人のような人間の懐にはいる仕組みになっていました。しかし夫人が人々の慈悲心につけこんで甘い汁を吸っていたとしても、殺人犯だという証拠にはなりません。あの団体が金がなくて困っていたのは確かです。そういった懸念は常にあるものですよ。もちろんアーサー氏の遺産は棚ぼたです。しかし、あなたが例のとっぴな推理を証明しようとして話を聞いたのはひとりだけ――それも夫であるカーステアズ氏だけです。それにもし、このいわゆる慈善団体が本当に切迫した状況にあったら、相続権を売ることもできたはずです。むろん全額ではなく、ある程度のまとまった額をね。金を工面する方法としては、殺人よりずっと安全です。いずれにしても考え方があまりに短絡的です。

「とりわけ耳を疑ったのは——」デッドマンの弁舌の勢いは衰える気配がなかった。「マーチ夫人の扱いです。こんな理想的な容疑者はいないじゃありませんか。お父上に過去に捨てられた女！その女がお父上の死により多額の遺産を手にしたのです。こうは考えてみなかったのですか——ホテルでお父上が部屋に招き入れそうな人物は、彼女以外には誰もいない、と」

「でもマーチ夫人はディキンスン氏のことを、亡くなるまで知らなかったんですよ！」マーティンが抗議した。

「そう夫人は雇い主に話をした。いや、夫人がそう言ったと雇い主が証言したわけでしょう。そんな又聞きの証言を鵜呑みにするとは！　事実そうかもしれません。それが嘘だと言っているのではありません。私は保険会社に保険金を吐きだささせるにはどうしたものかと、説得に使えそうな事実はないかと捜しているのです。もしあなた方が保険会社に出向いて、こう言ったとします——『そちらはこの訴訟に関して故人が自殺したと主張しておられますが、われわれは故人を殺害するチャンスがあり、そうするだけの強い動機を持った女性がホテルにいたと証明できます。さあ、どうなさいますか』と。仮にそう言ったとしても、会社側はびくともしないでしょう」

「それでも試してみるだけの価値はあると思います」スティーヴンがさえぎった。

そこへアンが口を開いた。「でもデッドマンさん、私はハワード＝ブレンキンソップ夫人の言葉を信じています。あなただって明らかに潔白な人を非難するようなことはなさらないでしょう」

弁護士はアンの言葉を無視し、スティーヴンに向けて答えた。

「もちろん、試してみるのは自由です。しかし先方が月曜日以降にあなたの話に耳を貸すと思いますか。それに忘れないでください。あちらの申し出について話しあいをする期限が過ぎてしまったら、すべて終わりです。あとはいちかばちかの過酷な訴訟が待っているだけです」

「明日、保険会社の人間に会ってみます」スティーヴンが言った。「いえ、今日にでもさっそく」

「ええ、どんな答えが返ってくるか、やってみるのもいいでしょう。おそらく――『本当ですか。そのマーチ夫人というのは誰ですか。われわれの手元にもホテルの宿泊客リストがありますが、そんな名前は見当たりません』くらいでしょうか。それにどう答えますか。『ああ、それがマーチ夫人です。ハワード＝ブレンキンソップ夫人がそう話してくれました』とでも？　彼らは言うでしょう。『そうですか、ではマーチ夫人に会わせてもらえますか』あなたは仕方なくこう答えます。『もうマーチ夫人はその住所にはいません。現在どこにいるかは不明ですが、おそらく外国だと思います』すると会社側の人間は一様にあなたを見下し、『それでは話になりません。期限は月曜です』と言い放っておしまいです。あなたが私の忠告を無視してまで、そんな危険を冒したいというのなら、それもけっこうです。

「ちなみに」デッドマンは思いつきを最後につけ加えた。「マーチ夫人の長男が本当に死亡しているか確認しましたか。まだですね。そうだと思いました。この腕のいい料理人は、二、三日の休みをもらうために、息子の死をでっちあげたとも考えられます。息子はまだ生きているかもしれませんん。ペンデルベリー・オールド・ホールでボーイをしているかもしれませんよ。可能性はいくらだって考えられます。つまるところ――」デッドマンはやや不機嫌そうにしめくくった。「残念ながら、あなた方の調査は穴だらけだと言わざるをえません。私からの忠告はさっき述べたとおりです」

デッドマンは演説を終えると、スティーヴンにエルダスンの報告書を返した。それと同時に、この件に対する興味は一気に失せたようだ。そのため、しばらくして三人が帰ろうと立ちあがったとき、デッドマンはまだ彼らがそこにいたと知って、心底驚いた様子だった。最後にアンが挨拶をした。スティーヴンは不機嫌な顔をし、まるで椅子に根が生えたかにみえた。マーティンのほうは相変わらずなにを考えているのかわからなかった。

「デッドマンさん、私たちの話におつきあいくださり、ありがとうございました」アンの声には心からの謝意がこめられていた。「おかげですべてがはっきりしました。また方針が決まり次第、ご連絡します」

アンがドアに向かうと、男たちはおとなしくあとに従った。デッドマンはアンが部屋を出ていく際、気紛れにごく軽く会釈をした。そしてすぐにすさまじい勢いで別件の手紙の口述をはじめた。デッドマンはふと、スティーヴンがパースンズについて話をしているとき、新たな疑問が浮かんできたのを思いだした。二つのことを同時に考えられる能力により、彼は毎日人の倍以上の仕事をこなしていた。だが、なぜ自分はオフィスで人気がないのか、といった疑問が浮かんだことはなかった。いかにデッドマンといえども、三つのことを同時に考えるのはむずかしいらしい。

第十八章　警部、胃痛に苦しむ

八月三十一日（木曜日）

　マレット警部はスティーヴン・ディキンスンとの会見を忘れていたわけではない。立場上、忘れていたと認めるのはさしつかえがあった。だがしばらくのあいだ、ペンデルベリー・オールド・ホールでの一件をふりかえってみる機会がなかったのは事実である。ふたたび思いだしたのはまったくの偶然からだった。しかしその偶然は重要な意味をはらんでいた。それはきわめてめずらしい記録的な事件と位置づけられるだろう。マレット本人は慌てふためいたにちがいないが。

　その日の朝、よりによってマレットが激しい胃痛におそわれたのである。あまりに馴染みのない感覚だったので、マレット自身、どうしたのだろうと頭をひねったほどだった。そして長い時間をかけて空しく原因を追求してみた。だが最近消化した大量の食事をひとつひとつ思い返してみても、しかるべき解答は見つからなかった。マレットにとっては、どれもいつもとなんら変わらぬメニューだった。彼は庁内でも有名な大食漢で、単調かつ豊富な食事を好んでいた。昨日は緊急事態がもちあがったせいで比較的質素な昼食をとり、午前二時まで夕食を延期しなくてはならなかったが、そんなことは特別めずらしくもなかった。そして七時半には吐き気もなく、いつもどおりに朝食をすませた。だが、このいまいましい現実を認めないわけにはいかなかった。マレットは薬品製造業者の利益に貢献する消化不良の人間よろしく、実に情けない状態に陥っていた。

十時半をまわるころには、もう立っていられなくなっていた。もはや仕事どころではない。どうしたらこの耐えがたい痛みを止められるだろう。病気に縁のないマレットは、そうした場合の処置については無知といってよかった。そこでまず本能的に誰かに助けを求めることにした。すぐマレットの脳裏に浮かんだのは、ウィークス巡査部長の顔だった。ウィークスの胃痛はマレットの食欲と同じくらいスコットランド・ヤードでは有名で、彼は季節やその時々の症状に合わせて性質が変わるという奇跡の錠剤のはいった小箱を、どこに行くにも携帯していた。そしていつも内緒話でも打ちあけるように、「私がやっていけるのは、これのおかげなんですよ」と言っていた。マレットはよく無知から生じる残酷さでウィークスを笑ったものである。マレットは自尊心を抑え、あまりの痛みにからだをくの字に曲げながら隣の部屋に向かった。

マレットがウィークス巡査部長の傍らにいたちょうどそのとき、偶然ミッドチェスター警察から電話がはいった。もしウィークスに助けを求めるのが、すこしでも早かったり遅かったりしていたら、その場で電話を聞くことはなかったろう。実際、電話が二分でも早くかかってきていたら、マレットは自分のことで精一杯で、周囲にまで気がまわらなかったにちがいない。だがこの非常時に、例の奇跡の錠剤のひとつが有効期限をはるかに過ぎているという事実が発覚した。しかし、ラベルに記されているような即効性こそなかったものの、しばらくするとマレットは断末魔の苦しみから解放され、周囲の状況を把握できるまでになっていた。

電話は市外からのものらしかったが、当初は興味をそそられる内容ではなかった。ウィークス巡査部長の返事は「はい」ばかりで、それが何度か続いたのちは、「了解」と言うまでしばらく間があった。ウィークスは自分が当世風であるのを自負しているところがあった。電話を受けながら、彼は自ら考案した文字を使ってノートに速記していたが、しばらくして象形文字を書く手を止めた。

「ちょっと待ってください。名前をもう一度お願いできますか」

電話の相手は快く応じたらしく、ウィークスは今度は普通のスペルで綴りながら、声に出して確認した。「スティーヴン・ディキンスンにマーティン・ジョンスン。ええ、どうも。人相はわかりました。なにか情報がはいり次第ご連絡します。はい……はい……了解……それでは失礼します」

ウィークス巡査部長は受話器を置くと、にやにやしながら警部のほうに視線を転じた。

「気分はいかがです？　こんなに小さいのに、すごい効き目でしょう。中に木炭が含まれていて、それが効くんだそうです。三十分ばかり安静にしていれば、すっかり元気になりますよ。お約束します。もちろん警部のようにからだが大きい方だと、すこし余計に時間がかかるかもしれませんが。念のためもう一錠さしあげましょう。昼食のあとでご必要かもしれませんし」そう言って巡査部長は疑わしげな目つきになった。「もちろん、昼食を取るおつもりなら、ですが」

「ああ、おかげで助かった。もうすっかりよくなったようだ。そうだな、昼食については考えておこう。ところでいまの電話はなんだったんだ」

「ミッドチェスターのパースンズの一件はご存じですね。検死審問での証人捜しです。どうやら検死官が気を揉んでいるようで」ウィークスが応じた。

「ひとりはディキンスンというんだろう」

「はい。スティーヴン・ディキンスン。ロンドン在住。なにかお心当たりでも？」

「まあな。人相を教えてくれ」

警部が中部地方の検死審問に興味を示すなんてどういう風の吹きまわしだろう。そうウィークスはいぶかりながらも、速記した内容を読みあげた。描写は漠然としているが、なかなかどうして核心をついている。

「もうひとりの名前はマーティン・ジョンスンです」ウィークス巡査部長は続けた。

「そっちは初耳だな。だがスティーヴン・ディキンスンは知っている。これはおもしろそうだ。あのディキンスンがミッドチェスターで自殺したパースンズと、いったいどう関係しているんだ」

「地元警察もそれを知りたがっています。この二人はミッドチェスターに二日間滞在しています。つい二日前のことです。彼らは滞在二日目に、電話でパースンズとの面会の約束をとりつけています。二人は名乗りませんでしたが、宿泊していたホテルの電話を使っていたので、そこから身元が割れました。よろしいですか？」

「ああ、続けてくれ」

「パースンズという男はガス会社の幹部で、ミッドチェスターでは名士でした。彼は約束どおり面会に応じましたが、二人の客は五分程で帰ったそうです。それから一時間後、パースンズが頭部を撃ち抜いて死んでいるのがオフィスで発見されました。遺書が残っていて、長年に渡って会社の金を横領していた事実が記されていたそうです」

「いや、まったく実に興味深い」

「そうですか？　とにかく検死官がこの二人を捜してほしいそうです。警部がひとりだけでもご存じでよかった。なにしろ人捜しは骨が折れますからね」

「スティーヴン・ディキンスンの住所はハムステッド、プレーン・ストリート六十七だ」

「助かります。あちらの本署に知らせれば召喚状を送るでしょう」

「そうだ、ちょっとディキンスンに会いにいってみるか。私の思いちがいという可能性もあるしな」

「警部がわざわざ？」ウィークスは驚きをあらわにした。

「ああ。案外パースンズの一件は重要かもしれん。審問はいつ開かれるんだ」

「来週の木曜に延期されました」

「それなら時間は十分にある。もし私の知っているディキンスンでまちがいないとわかったら連絡しよう。ジョンスンについても調べてみる。ミッドチェスター警察に連絡するのはそれまで待ってくれ。ああ、それから薬をありがとう」

困惑しきった表情のウィークス巡査部長を残して、マレット警部は自室にひきあげた。

マレットはデスクに戻ると、約二週間前にスティーヴンと異例の会見をもって以来、ずっと眠っていた〈ディキンスン〉というファイルを取りだした。それには書類が一通おさめられていた――マレットがスティーヴンと話をした直後、マークシャー警察宛にしたためた手紙の返事である。中でも興味深かったのは、ディキンスン氏が死亡した晩のホテルの宿泊客リストだった。それぞれの到着と出発の時間も記されている。マレットは受け取ったときよりもはるかに入念に調べはじめた。ほどなく太い人差し指がパースンズの名前をとらえた。

「これだな。そういうことか。どうやらあのお坊ちゃんは父親を殺した可能性のある全員を洗うことにしたらしい。それでパースンズに会いにいったわけだ。罪の意識を抱えていたパースンズは横領を嗅ぎつけられたと早合点し、自殺を図ったにちがいない。あの若いディキンスンが法廷ですべてを証言することになったら、自分の置かれた奇妙な立場に気づくことになるだろうな。マーティン・ジョンスンも同じだ。知らない名前だが、家族の友人かなにかだろう」

　普段ならマレットはこの時点で手際よく考えをまとめていたところだが、今日ばかりは胃痛の影響からか、それとも別の理由からか、依然として疑問を払拭できずにいた。彼は宿泊客のリストを見つめたまま、おぼろげな記憶を頼りに、ホテルで見かけた顔と名前を一致させようとした。

「パースンズは横領の事実が発覚したと思いこんで自殺した。本当にそれだけだろうか」マレットはつぶやいた。「そう遺書に書き残しているし、確かにもっともな理由だ。あの若者はなにかに気づいたのかもしれない——父親の死と関わりのあるなにかに。まあ、直接会って話を聞けばはっきりするだろう。いずれにしても漠然としたことにちがいあるまい。さもなければ二週間近くも放っておかずに、真っ先に訪ねていったろうからな。パースンズが死んだおかげで真相を究明するのが一段とむずかしくなったわけだ。なんらかの形で証拠が残っていれば別だが。ミッドチェスター警察に問い合わせてみる価値はありそうだな……」

いまになってマレットは急にレナード・ディキンスンの死に興味をもちはじめた。スティーヴンから話を聞けば、さらに興味をそそられるにちがいない。マレット自身にも理由はわからなかったが、かつては押しかけてきたスティーヴンの話に耳を傾けるのさえ億劫だったのが、いまやすっかり乗り気になっていた。

「さてと」マレットは椅子にもたれて目を閉じた。またもやディキンスン老人の顔と陰鬱な声が記憶によみがえってきた。証拠はどれも争う余地のないものばかりだったため、検死審問はきわめて短時間で終わった。記憶をたどってみても、これといった新事実は浮かんでこなかったが、今回はすこし視点を変えてみた。

「いや、それでも……やはりあの息子の推理には欠陥がある。欠陥という表現が適切でないなら、限界と言うべきか。あの老人があの場所で、ああいった方法で殺害されたとしたら、自ずと二、三の点が明らかになる」警部は頭の中で事件の経過をたどった。「もし私がディキンスンの一件を担当していたら、とにかくこの線で行くだろう。これでずいぶん絞りこめるにちがいない。しかし、この一件はマークシャー警察の担当だ」その口から溜息が洩れた。

それからマレットはある離れ業を披露したが、それは本人が自慢するのももっともな芸当だった。彼はペンを取りあげ、記憶だけを頼りに、十二日前にスティーヴンと交した会話の内容を書きだしていったのである。参考になるメモもない上に、いま抱えているたくさんの事件に——そのほとんどが緊急を要するものだったが——思考を妨げられもしたが、やがて完成に漕ぎつけた。それはスティーヴンとの会見からしばらく時が経過しているとは思えないほど完璧なものだった。

マレットは満足げな面持ちで結果を眺めた。そして重要と思われる箇所に印をしていった。それからふたたびマークシャー警察から送られてきたタイプ打ちの報告書を手に取ると、口髭の端を考え深げに引っぱりながら双方を見比べた。胃痛もすっかりおさまり、どうやらいつものマレットに戻ったようだ。

「これは証拠はないが、仮説としては成立するな。まるで道理にあわない仮説だが。とにかくあの若者の推理が正しいと仮定してみよう。仮定するだけだ……調べてみる価値はありそうだな……そう、調べてみるべきだ」

マレットは宿泊客のリストをポケットにしまうと、代わりにいま完成したばかりの手書きの文書をファイルに入れ、ひきだしに戻した。

マレットはウィークス巡査部長に、スティーヴン・ディキンスンに関しては自分で調べると請けあったにもかかわらず、日常業務を離れる許可を副総監からもらうのに少々手間取った。だが過去に何度かわがままを聞いてもらったときには、たいてい結果がそれを正当化してくれたため、上官の信頼も厚かった。そのため今回も午後から捜査に出かけるのを許され、脈があるようなら捜査の続行もできることになった。

自ら現場の捜査にあたれることになり、マレットの心は沸きたった。彼は満面の笑みを浮かべながら部屋に向かった。ウィークス巡査部長はそんなマレットと廊下ですれちがい、その表情を見て、これは自分のやった薬の効能にちがいないと考えた。

「すごい効き目でしょう、警部」ウィークスが声をかけた。

「えっ」マレットはうわの空である。

「胃痛ですよ。もうすっかりいいようですね」

「胃痛？　ああ、あれか。そうだ、そういえば刺すような痛みだったな。もう大丈夫だ。あんまり忙しかったもんで、すっかり忘れていたよ。さあ、急がないと。昼食に出かけるんでね」

そんな感謝の仕方はあんまりだ。ウィークス巡査部長はがっくりと肩を落とした。

第十九章　スティーヴンの決断

八月三十一日（木曜日）

「いいですか」マーティンが口を開いた。「あの弁護士はこの件について確信していました。奴は実に抜目のない男です。状況もすぐに把握したようですし」

スティーヴンは唸り声をあげた。

「昨日の昼から何度同じことを言えば気がすむんだ」

「納得するまで話しあうのは当然じゃないの」アンが割ってはいった。「昨日からなにも進展していないのよ。とにかく私の心は決まっているわ。いいかげん、もう遠まわしに言いあうのはやめましょうよ」

「ともかく期限が延びてよかった。月曜までなら丸々三日あります。もちろん日曜を計算に入れればですが」

「ずいぶん計算が得意らしいな」スティーヴンが応じた。

「つっかかるのはやめて」アンが鋭く言った。「お母さまの意見も聞きたいわ。私たち同様、関係者のひとりなのだから。私たちの意見をどう思う？　これまでの調査ははっきり言って無駄骨だったわ。そうとわかっていながらデッドマンさんの忠告を無視するのは愚かじゃないかしら」

ディキンスン夫人は主に聞き役にまわり、午前中にくり広げられた議論には、ほとんど口をはさまなかった。そのため意見を求められても、あまり気が進まない様子だった。

「アン」ようやく夫人はやわらかな低い声を発した。「私の意見はもうずいぶん前に話したはずよ。私は以前は貧しかったから、またその暮らしに逆戻りしてもどうということはないわ。でもあなたやスティーヴンにとっては――特にスティーヴンには――あまり望ましいことではないでしょう。だから、あなたたちに判断を任せたの。いま考えなければならないのは、ある程度の額をすぐ手にするか、それとも多額のお金を将来手にすることに賭けてみるかということでしょ。もし私に決定権があれば、どっちを選ぶかは明らかよ。なにしろ私はギャンブルは好きではないから。でも、これはあなたたちが考えて決めることよ」

「ちょっと待ってください、ディキンスン夫人。あなたとスティーヴは二人とも遺産相続人ですよね」マーティンが口をはさんだ。

「そうよ」

「僕の記憶が確かなら、保険会社に支払請求をするのは遺産相続人です。今回の場合、決断しなければならないのは僕らではなく、あなた方のほうです」

「もし遺産相続人が合意に至らなかったらどうなるんだ」とスティーヴン。

「そこまではわかりません。デッドマンにでも訊いてみてください」

「そんなことにはならないと思うわ。もう言ったでしょ。私は決断を下すつもりはないわ。もうひとりの遺産相続人の判断に従うつもりよ」

「これで決まりだ！」スティーヴンは決然として叫んだ。

「いいえ、だめよ！」アンが即座に否定した。「いい、スティーヴン。私は弁護士がなんて言おうと気にしないけれど、私たちみんな関係者なのよ。ちゃんと話を聞いてちょうだい！」

「もう話しあいは十分すぎるほどしてきたと思うがね」

「まだ終わってないわ」アンはそう言いながら母親に視線を送った。

ディキンスン夫人はその意味をくみとり、椅子から立ちあがった。「アン、もう私から言うことはなにもないわ。それに昼食前にやってしまいたいこともあるし。結論はあとで聞かせてちょうだい。どんな結論であっても反対はしないわ」

夫人は部屋を出ていった。ドアが静かに閉まると、マーティンは無意識にパイプを取りだした。しかしアンがすぐに険しい目つきでスティーヴンを睨みつけたために、おちおちパイプに煙草をつめてもいられなかった。アンは部屋の中央に立ってテーブルに片手をついた。その指はかすかに震え、顔面は蒼白である。

「いいかげんにして！」アンは低く叫んだ。「もうやめるべきなのよ！　スティーヴン、聞いてる？　もうやめるべきなのよ！」

「なんだ、急にくそまじめに」スティーヴンが冷淡に応じた。

「く、く、くそまじめですって？　冗談じゃないわ。これがどんなに悲惨な状況かわからないの？　まだ救われるチャンスが残っているというのに、それでも主義を変えようとしないわけ？」

「二万五千ポンドだぞ。そう簡単にあきらめられるか」

「お金なんて――そんなもの！」アンは苦々しげに叫ぶと、床を蹴った。「それしか頭にないのね！」

「そんなものか。そう言いたければ、それでもけっこう。だが、おまえはどうなんだ。親父は自殺なんかするはずないって言い張っていたのは誰だ。親父の思い出を整理して真相を究明したい、なんて殊勝なことを言ってたじゃないか。忘れたのか？　それを――」

「なんとでも言ってちょうだい。もちろん私にも責任はあるわ。あのときはこんな結果になるとは思ってもみなかったもの。だけど、いまならはっきり言える。この辺で手を引くべきよ。まったく、探偵のまねごとまでして！　滑稽もいいところだわ。容疑者にもあたったし、証拠も検討したわ。もう十分首を突っこんだでしょ。その結果をすこし冷静になって考えてみたらどう？」

「あまり成果がなかったのは認める」

「あまり成果がなかったですって？　人をひとり死なせているのよ。それを成果がなかったなんてよくも言えたものね。スティーヴン、よく聞いてちょうだい。手遅れにならないうちにこの件から手を引かないと、いつか本当に恐ろしいことが起こるわよ。本気よ。脅しじゃないわ」

　アンはふいにマーティンに助けを求めた。

「私の言おうとしていることはわかるでしょ、マーティン。それがどんなに重要なことかも。お願いだから、スティーヴンに分別をわきまえるように言ってちょうだい！」

「答えるのはちょっと待ってくれ、マーティン」妹の嘆願をさえぎった口調は鋭く、スティーヴンが神経を張りつめているのが手に取るようにわかった。「きみがどんな仕事をしているかは知らないが、聞きたいことがある。アンと結婚するのに、いまあるきみの財産に、保険会社からのアンの取り分を加えたくはないのか」

マーティンはパイプを二度深く吸ってから答えた。

「いいえ、僕にはどうでもいいことです」

「よろしい、そうなると——」

「私はかまわないわ」アンが声を張りあげた。「こんなことを続けるくらいなら、結婚なんてしないほうがましよ!」

長い沈黙が流れ、やがてマーティンがふたたび発言した。

「僕もアニーに同感です」

「つまり——」スティーヴンが質問しかけた。

「もう傷つけあうのは十分じゃありませんか。それに僕たちはいずれは結婚できると思います。アニーの気が変わらなければね」

アンはそれには答えず、ただ兄の顔を凝視していた。スティーヴンの目は誰も見ていなかった。そのまま彼はしばらく無言でまっすぐ前を見つめていたが、やがておもむろに口を開いた。「わかった。これでは折れるしかなさそうだな」

「本気なのね」アンの顔に安堵の色が走った。

「もちろん本気さ。いまさら気休めを言ってどうなる」スティーヴンはいらだたしげな口調で応じた。

「保険会社の申し出を受けると、デッドマンに伝えてくれるわね」

「ああ、いいとも。まだ疑っているなら、いますぐにでもな」

　電話はいま三人が話をしている書斎にあった。スティーヴンは立ちあがって部屋を横切り、受話器に手を伸ばした。ちょうどそこへ電話が鳴った。

「くそっ！」スティーヴンはいまいましそうに叫ぶと、仕方なく受話器を取った。「はい。ええ、僕です。どなたですか。ああ、わかりました。ええ、待ちます。ああ、ディキンスンだ。えっ？　いや、今日は見ていないが……今日はまだ見ていないと言ったんだ。それがなにか……なんだって？　そんなことはありえない！　言ってる意味はわかるが……とにかく一時的な反落だろう。ああ、きみもそう思うか。もちろん事の重大さは承知している。ああ、わかっているとも。だが、いま現在その……片づけなければならないことがあってね。そっちでなんとか……」

　会話は延々続くかに思われた。いろんな言葉が何度も登場した。〈証券取引所〉がそのひとつだった。〈繰り延べ〉や〈精算〉もたびたび登場し、〈証拠金《マージン》〉、〈選択権《オプション》〉も一度ならず聞こえてきた。ようやく話が終わり、スティーヴンは受話器を下ろした。ふりかえった顔は真っ青だった。

「そういうことだ」スティーヴンはつぶやいた。

「なにがあったの」

「大したことじゃない。破産しただけだ。完全に無一文さ。もし——」彼は歯を食いしばった。

「もし近いうちに大金が手にはいらなければな」

「災難ですね」マーティンが低く応じた。

「ああ、そうだ。そして誰かさんにとっても、これは災難になるだろう。まちがいなく！」

「なにを言っているの」アンが鋭く訊いた。

「このショーを続けようというのさ」

「スティーヴン、それはできないわ！　もう決めたことでしょ。さっき約束を――」

「それがどうした！　言ってる意味がわからないのか。もらう権利のある金を要求してなにが悪い。破産はご免だ。わかったか。もう誰がなんと言おうと、この決定を変えるつもりはない。話は終わりだ！」

「スティーヴン――だめよ――だめ！」ふいにアンの自制心が崩れた。彼女はわっと泣きだし、ドアに向かった。マーティンが引きとめようとしたが、アンはそれをふりきって書斎から飛びだしていった。

アンがいなくなると、二人の男はしばらく無言のまま互いの目を見つめた。やがてマーティンが口を開いた。「今日の昼食は遠慮したほうがよさそうですね」

「そうだな」

「お茶の時間が終わったころ、また寄らせてもらいます――アンをドライブに誘いに。すこしは気分転換になるかもしれませんから」

「ああ、そうしてくれ」

結果として、スティーヴンは母親と二人きりで昼食をとることになった。アンは二階の自室にこもったきり出てこなかった。マレット警部が午後にディキンスン家を訪れたときも、アンは姿を見せなかった。だが、そのほうがよかったかもしれない。

マレット警部は終始にこやかだった。書斎の大きな肘掛け椅子に座っている姿は、日溜まりで満足げにのどを鳴らしている巨大な猫を連想させた。けれども気楽な猫とはちがい、マレットは突然の来訪をすぐさま詫びた。

「急にお邪魔してすみません、ディキンスンさん。しかしこれも仕事でして。状況から見て、私が適任と思ったものですから。ミッドチェスターで起こった一件に関わることなんですが、あなたは月曜の夜、あの町におられましたね」

「はい」

「だと思いました。ジョンスンという方と一緒でしたね」

「ええ、妹の婚約者です」

「ほお、妹さんの婚約者ですか」マレット警部はその事実になぜか興味を抱いたようである。「妹さんの婚約者ですか」と警部はくりかえした。「そうでしたか。これで説明がつきます」

「なんの説明でしょう」スティーヴンはいくぶん挑発的に尋ねた。

「どうしてジョンスンさんがこの一件に関わっていたかという説明ですよ。思うに、あなた方がミッドチェスターを訪れたのは、あなたがヤードに訪ねてこられたときに話しておられた調査とやらに関係しているんでしょう？」

「そのとおりです。警部がいらしたのもその件で？」

「いやいや。想像しておられるようなことではありませんよ。ご存じでしょうが、あなたとジョンスンさんが火曜の午前中にミッドチェスターを去られた直後、あの不幸な出来事が起きました。捜査の過程で、あなた方の存在が浮かびあがってきたものですから」

スティーヴンは椅子に座りなおし、姿勢を正した。

「まさかマーティンと僕が殺したとでも――」

「いやいや！」マレットは低く笑いながら応じた。「状況はそれほど深刻ではありませんよ。ただ故人が死を選ぶ直前、お二人に会っているのは確かです。検死官はそれが謎を解明する糸口になるのではないかと考えているようです」

「そうですか」

「故人に面会を申し込んだのが、ロンドンに住むディキンスンという男だと連絡がはいりましてね。あなたが該当者かどうか、私が確かめるのが最も手っとり早いと思ったもので。さて、あとはミッドチェスター警察に知らせてやれば、もう私の仕事は終わりです。近いうちに召喚状が届いて、証人として出廷してもらうことになるでしょう。検死審問は一週間先に延びたと聞きました」

「そうですか」スティーヴンはくりかえした。「それは断るわけにはいかないんでしょうね」

「ええ、残念ながら。確かにお勧めできるような場所ではありませんが、今回あなたは微妙な立場におられますから、法的な処置を講じられる可能性があります」

「よくわかりました」スティーヴンはそう応じると一息いれ、ふたたび続けた。「ところで、どうして僕がミッドチェスターに出向いた理由がわかったんですか」

「ああ、種明かしをしてしまえば簡単です。先日あなたがヤードに訪ねてこられたあと、マークシャー警察にいる友人に頼んで、お父上が亡くなられた晩のホテルの宿泊客リストを送ってもらったんです。その中にパースンズの名前がありました」

「それでこの事件に興味をもたれたわけですね」

「そんなところです。まだ事件と呼べるほどのものではありませんが」

　スティーヴンは考え込むようにあごをさすっていたが、ほどなく口を開いた。「パースンズの件に関しては実に愚かでした。昨日第三者から指摘されるまで、まるで事の重要性に気づかなかったんです。考えれば考えるほど、パースンズに関する推理はまちがっていなかったという確信がわいてきます。警察はいまからでも、僕が信じている事実――つまりパースンズが父を殺害した犯人だと証明するために、力を貸してはくれませんか」

「それはですね」マレットはゆっくりと答えた。「警察が公式に犯罪だと認めていない場合や、特に今回のように被疑者がすでに死亡している場合、われわれにできることはほとんどありません。しかし事情が事情ですから非公式ということで……いまこの場で私がパースンズに関するあなたの推理をうかがってもかまいませんが」

　スティーヴンはふたたびミッドチェスターでの出来事と、マーティンと二人で導きだした結論について語った。マレット警部は真剣に耳を傾けていたが、話が終わると静かにうなずいた。「なるほど。ディキンスンさん、あなたの推理は興味深い。いや、実に興味深い。そう、独創的ともいえますな。確かに、ミッドチェスターとロンドンの双方で、慎重に調査をする必要がありそうです。なにか新事実が出てきたら、もちろんお知らせしましょう」

「せめてもうすこし時間があったら！　月曜までに決断しなければならないことがありましてね」

スティーヴンが嘆いた。

「それまでになにかつかめるかもしれません。いざとなったら警察はすばやく動きますから」マレットは励ましの言葉を述べた。

肘掛け椅子に座っているマレットは、まるでスフィンクスのように揺るぎない存在に映った。

「もう時間がないということでしたが、もうすこし早くパースンズを調べていたらよかったですな。おそらく宿泊客リストを上から順々に調べていったんでしょう。パースンズの名がうしろのほうだったのが災いしました」

「パースンズとヴァニングは怪しいとは思えなかったので、あとまわしにしたんです」

「なるほど。調査にかかる前に、リストに名前のある全員をふるいにかけたわけですな」

「ええ」

「それで成果は？」

スティーヴンは躊躇した。デッドマンの辛辣な言葉が記憶によみがえってきた。マーティンと行なった例の穴だらけの調査について、スティーヴンが専門家に話したがらなかったとしても無理はない。

「これといった成果はありませんでした」しばらくしてスティーヴンは答えた。「もし途中でなにかわかっていれば、パースンズなど気にもとめませんよ」

「しかし、まったく成果がなかったわけではないでしょう」

「うちの二件については調査を続行する価値があると思ったんですが、専門家にお話しできるような内容ではありません」

マレットは肩をすくめた。

「ディキンスンさん、仮にそうだとしても、あなたはいま公式だろうが非公式だろうが警察の助けを必要としているのでしょう。誰かに疑いを抱いておられるのなら、それを話すのがいまのあなたの務めではないですか」

その言葉に勇気づけられ、スティーヴンはカーステアズ夫妻とマーチ夫人に対する疑念を、力の及ぶかぎり語った。スティーヴンが昨日デッドマンから受けたような仕打ちを恐れていたとしても、すぐに安堵したことだろう。マレットはその表情から心中を察することはできなかったものの、礼儀正しく思いやりのある態度で話に耳を傾けていた。

「まったくこのとおり、へまばかりでして」スティーヴンはそう締めくくった。

「いや、とんでもない。なかなか大したもんじゃありませんか。実に綿密な調査です。いまのお話を参考に、私も手を尽くしてみましょう。ただ、不思議でならないことがひとつあるんですが――」

「なんでしょう」

「最初に私がお話ししたときには、とても興味を示しておられたので。つまり、私がホテルでお父上と話をしているときに、お父上が知り合いらしき男を見かけた、というあれですよ。その点はもう考慮なさったので？」

「いや……」

「どうでしょう、お父上があのリストにある中の誰かを見知っていたという可能性はありますか」

「それはないと思います」

「もちろん、なんの意味もないかもしれません。ただ、最初にそのことをお話ししたとき、ずいぶん重視しておられたようなので」

「いま指摘されるまで、すっかり失念していました」

「物忘れは誰にでもあるものです」マレット警部はそう応じたが、どうやら自分はそんなものとは無縁だと自負しているようなふしがあった。「ですが、こればかりは手落ちだった気がしますな。余計なお世話かもしれませんが、すこし時間を割いて穴を埋めておいたほうがいいでしょう――まだ調べる必要性があるとお考えなら」

　スティーヴンは考え込みながらうなずいた。「ええ、そうします」

　マレットは時計に目をやり、立ちあがった。

「実に興味深いお話でした。率直に申し上げて、どうもこの一件は私にも釈然としないところがあります――もちろん非公式にですが。どれくらいお力になれるかはわかりませんが、まずはパースンズと、ヴァニングと名乗った男から調べてみましょう。話は変わりますが、私立探偵を雇ってみようと思ったことはありませんか。一般的にはあまり感心しない連中ですが、ひとりだけ信頼できる男がいます――しらふの場合にかぎりますが」

「まさかエルダスンでは？」

「ええ、そうです。しかし私が紹介したというのは、くれぐれもご内密に」

「もうエルダスンのところへは行きました。ホテルでの調査を依頼し、僕たちはずっと彼の報告書をもとに調査を進めてきたんです」

「ほお、そうでしたか。あの男がペンデルベリーに出向いて調査をね」

「ええ」

「ちょっとその報告書を見せてもらえませんか。もしかしたら、なにか捜査のヒントでも見つかるかもしれません」

スティーヴンから報告書を渡されると、マレット警部はざっと目を通した。デッドマンほどぞんざいではなかったものの、早いことに変わりはなかった。報告書をスティーヴンに返そうとした瞬間、マレットの顔に痛みから生じる痙攣が走った。

「どうかしましたか」

「いや、大丈夫です。ちょっと胃が痛むだけで。なにか悪いものを食べたのかもしれません」そうマレットが弱々しく答えたのを受けて、一瞬スティーヴンは驚きからか、顔を赤らめたように見えた。

「顔色がよくありません。医者に行ったほうがいいのではありませんか」

「そうしましょう。大したことはないと思いますが、なにせこういったことには慣れないもので。近くにいい医者をご存じですか」

「うちの主治医がすぐ近くにいます。腕は確かです」そしてスティーヴンは名前と住所を教えた。

「どうも。帰りに寄ってみます。それでは失礼」

マレットは握手を求めながら、ふと思いだしたようにつけ加えた。「すっかり忘れていましたが、ジョンスンさんにも召喚状を送りますので、住所を教えてもらえませんか」

スティーヴンは快く応じた。

「ジョンスンさんに会われたら、その旨よろしくお伝えください」

「ええ。ちょうど五時頃に来ることになっていますから」

「それはよかった。では失礼します」

マレット警部は屋敷をあとにすると、まっすぐ教えてもらった住所に向かった。


五時をすこしまわった頃、玄関先にマーティンの小型車の騒々しい音が聞こえてきた。ちょうどスティーヴンと夫人は客間でお茶を飲み終えようとしていた。

「アンは外出できそうにないの。すっかり気が動転していて、さっきやっと寝かしつけたのよ」デイキンスン夫人が申し訳なさそうに言った。

「そうですか。たぶん疲れたんでしょう。目が覚めたら、僕が来たことを伝えてもらえますか。いえ、お茶はけっこうです。もう失礼しますので」

スティーヴンはマーティンを玄関先まで送っていき、ミッドチェスターからの来るべき召喚について語った。マーティンは短く「災難です」と答えた。

「アニーはひどく取り乱しているみたいですね」マーティンはすこしして続けた。

「ああ。どうしてだか、本当の理由を知っているかい」

「あなたは知らないんですか」

「僕よりもきみのほうが、ある意味でアンを知っているかもしれないからな」

「アニーは一種敏感なところがありますから」マーティンは曖昧に応じた。

「今回の件では、アンが敏感になる必要などないんだが」

「そうでしょうか。いまからでも遅くありません。ギャンブルはあきらめてもらえませんか」

「それはできない」スティーヴンはきっぱりと否定した。「もしできたとしても、しないだろう──現時点ではな」

「どういう意味です?」

「状況が変わったということだ」

「そうですか。幸運を祈っています」マーティンは玄関のドアを開けた。

「マーティン、いずれにしてもきみの協力が必要だ」スティーヴンはマーティンのあとについて外へ出た。

「僕の?　でも僕はアニーの味方ですよ」

「それは承知の上だ。だがこの一件がすっかり片づけば、アンの心も癒えるんじゃないか?」

「そうかもしれません――ある意味では」

「とにかく力を借りたい。すくなくともきみの車が必要だ。ただ運転してくれるだけでいい。明朝また来てくれないか。きみの手を借りるのはこれが最後だ。約束する」

「いいでしょう。十時でどうですか」

「わかった。では、また明日、十時に！」

「また明日」

スティーヴンは家の中に戻り、マーティンは車に乗りこんだ。通りの反対側に、みすぼらしいなりをした物売りがひとり立っていた。マーティンはなにげなく目をやった。見かけない顔だ。男は売り物の靴紐とカラーボタンをのせた盆を手にもっている。だが男の着ているベストには、披露できないのが残念なほど精密かつ複雑な代物が隠されていた。

「正面、それに横顔。これでよし」物売りは通りに誰もいなくなると、低くつぶやいた。

男はオートバイを置いてきた近くの警察署に足を返しながら考えた――この指のひと押しで、永遠かつ不変のものが瞬時に手にはいる。絞首台の落とし戸のレバーを引くのと同じだ。

男は警察官にしては想像力に富んでいた。

第二十章　ふたたびペンデルベリーへ

九月一日（金曜日）

「アニーの具合はどうですか」翌朝プレーン・ストリートにやってきたマーティンは、すぐにそう尋ねた。

「よくなっているようだ」スティーヴンは短く答えた。「朝食はベッドでとった。さあ、僕らは出発しようじゃないか」

「スティーヴ、僕をアニーに会わせたくないんですか」マーティンは分厚いメガネ越しに、相手に怪訝そうな眼差しを向けた。

「きみにはあきれるな、マーティン。昨日のくりかえしをしたいのか？　きみが望んでも、僕はご免こうむる」

マーティンは未来の義理の兄の「きみにはあきれる」という言葉に反感を抱いたとしても、表情には出さなかった。彼はただ目をぱちくりさせただけで、こう答えた。

「僕とあなたが二人で出かけるのを、アニーが快く思うはずがありませんからね」

「きっと喜んで送りだすさ」

「やっぱり来るべきじゃなかったかもしれません」マーティンが不愉快そうに洩らした。

「いや、これでよかったんだ」スティーヴンの口調はいつになく威厳に満ちていたため、マーティンは自分でも驚いたことに、素直に服従した。

「どこへ行くんですか」マーティンは車に乗ってから尋ねた。

「ああ、まずはヘメル・ヘムステッドに向かってくれ。道順はおいおい説明する」

マーティンはうなずき、それから三十マイル程走るまで、二人は一言も言葉を交さなかった。それからも時折スティーヴンが道を教える以外、余計な会話は一切なかった。

「そろそろ行き先を教えてくれてもいいんじゃないですか」やがてマーティンが口火を切った。

「道に見覚えはないかい、マーティン」

「ロンドン近郊の幹線道路はだいたい頭にはいっているつもりですが、特別くわしいわけでもないので。この道を最後に通ったのは、親父さんの葬儀の日でした」

「ああ、そのとおり、ペンデルベリーの方角だ。ちょうど近くを通るから寄っていこうじゃないか」

「墓地にですか」

「いや、ホテルさ。きみさえ嫌でなければ」スティーヴンは、マーティンが怖じ気づいてハンドル操作を誤ったりしないよう願った。

「どうして僕が嫌がらなきゃならないんです」

「まったくだ。殺人事件の捜査をしているんだから、事件現場を見にいくのは当然だ。暑いのか、マーティン?」

「いいえ。どうして?」

「すこし汗をかいているような気がしたんでね。要するに、手がかりを捜してあちこち出向いたというのに、誰も現場であるホテルに行こうとはしなかった。おかしな話じゃないか」

「行く必要がなかったからでしょう。エルダスンを雇って、代わりに行かせたわけですから」

「そのとおり。僕たちが最初にこの一件について話をする機会をもったとき、きみは頑として調査に行くのを拒んだが、あのとき妙だと思ったよ」

「誰だってあんなことを調べに、ひとりで出かけるのは嫌でしょう」

「きみは行けない理由をこう述べた。(頼むから溝に突っこまないでくれよ、マーティン。慎重に運転してくれ) 葬儀に出席していたからホテルの人間に面が割れているにちがいない、とね」

「そのとおりです。ちゃんとした理由じゃありませんか」

「葬儀には親類が大勢出席していたから、顔を覚えられる危険性はすくなかったはずだ。とにかく十分な理由とはいえない」

「そう思うならどうぞ」

「ほかにもつい最近思いついたことがあるんだ、マーティン。きみとアンがリンカンシャーに行ったときのことだ。確かハワード=ブレンキンソップ夫人に会うのはアンの役目だと主張し、きみはただアンを車で送っていっただけだったな」

「なにが言いたいんですか。僕もアンと一緒にハワード＝ブレンキンソップ夫人に会って、シェリーをご馳走になったのは知っているはずです」

「話をするときも、ちゃんと前を向いていてくれないか、マーティン。危ないじゃないか。こっちを向いてしゃべらなくても声は十分聞こえる。確かにきみはハワード＝ブレンキンソップ夫人と話をした。だが、それは夫人がホテルに宿泊していた当人ではないとわかってからだろう。マーティン、きみは実に抜目がない、一瞬のうちに別人だと見抜いたんだからな」

「そうマーティン、マーティンと呼ばないでくれませんか。神経にさわるので」

「それはすまなかったな、マーティン。それに僕は名前のもつ重要性にも気づいた。ところで、Mというのはなにを意味していると思うかい」

「M？」

「ああ、M・ジョーンズのMだ。宿泊客名簿にあったろう」

「僕が知るわけないじゃないですか」

「いや、知っているんじゃないかと思ったもんでね。きみがもし人目を忍んで旅をしていたとしたらどうだ」スティーヴンの頭の中に次から次へといろんな考えが浮かんできた。「なかなかいい偽名だと思わないか。これだったらスーツケースのイニシャルを変える必要もない」

「いったいどういう——」

「ちょっと話を聞いてくれ、マーティン。きみは鈍くなんかない。本当は、いつも油断ならない奴だと思っていたんだ。たとえば、ミッドチェスターでのきみは恐ろしいくらい抜目がなかった。パースンズに会うのが安全かどうか確かめるために、あの集会に顔を出すという思いつきなんか――」

「安全？」

「ああ、忘れるところだった。スーツケースのことを話していたんだったな。もしスーツケースに〈M・J〉というイニシャルがあったら、たとえばトマス・スミスという名前でチェックインはできないだろう。荷物を部屋まで運ぶポーターが疑いをもつだろうからな。だから、Jはその晩だけジョーンズに変え、Mはそう……マイケルか、マシューか、メルキセデクか……本当にペンデルベリーに寄ってもいいのか、マーティン？」

「いいかげんにしてください！　どうしてそんなことを訊くんですか」

「さあな。ただ、きみが誰かに顔を覚えられているのを恐れているような気がしたもんでね――もちろん葬儀できみを見かけた誰かだが。そうだ、もし人目を忍んで旅をしている最中に顔を覚えられたりしたら厄介だろうな。そうじゃないか、マーティン」

マーティンは無言で、ただアクセルを踏む足に力をこめた。車はぐんぐん速度を上げ、風が勢いよくフロントガラスにぶつかって唸っている。そのためスティーヴンは声を張りあげた。

「もちろん誰がきみの顔を覚えているかにもよるがね。結婚を望んでいる男にとって、未来の義理の父親とあんな場所で鉢合わせするほど運の悪いことはないだろう。日頃からよく思われてなかったとすればなおさらだ」

スティーヴンはマーティンが自分の言葉を聞き逃さないよう耳元に口を近づけた。それまでのスティーヴンの声色は皮肉たっぷりだったが、ふいに容赦のないものに変わった。「おまえはアンが欲しかった。あんな場所で未来の父親に姿を見られたら、アンを手に入れるチャンスを永久に失ってしまう。それにおまえは金も欲しかった。遺産がごっそりはいると思ったんだろう。とにかく親父が生きているかぎり、家族の一員として暮らしていくのは地獄だ。だから勝負に出たんだ。この殺人鬼め！　親父のように僕を片づけられると思ったら大まちがいだ。ちゃんと準備はしてきた。ポケットに銃がはいっている。もし言うことがきけないというなら——マーティン！」ほんの一瞬、前方に視線を移したスティーヴンは思わず叫んだ。「おい、気をつけろ！」けれどもマーティンはもはや聞く耳をもたなかった。顔を火照らせ、なにやら口ごもり、見開いた目は分厚いメガネを通してさらにグロテスクに拡大されている。マーティンはその顔を自分を非難した男のほうに向けた。道路は鋭く左へカーブし、車は大きく揺れて対向車線にはいった。ちょうどペンデルベリーの丘の東側にある急な下り坂を、大型トラックが走ってきた。トラックは避ける間もなく側面に突っこみ、小型車は横転して鋼鉄とガラスの残骸と化した。

マーティンの車がハムステッドを出発したのとほぼ時を同じくして、マレットの乗った車もスコットランド・ヤードを出発した。けれども郊外に出るにはロンドンの中心部を抜ける必要があったため、車を飛ばしたにもかかわらず、現場に到着したときには事故発生からすでに二十分が経過していた。巡査が蒼い顔をしたトラックの運転手から事情聴取をしており、救急車が道端に止まっている。マレットが車から降りると、ちょうど救急隊員がぐったりした二人を担架に乗せはじめた。

ひとりはかすかに唸り声をあげ、包帯の巻かれた頭を左右に揺すっている。残るひとりはぴくりとも動かなかった。マレット警部はその様子を静かに見守った。その表情にあるのは哀れみでも恐怖でもなく、軽い驚きのみだった。警部は救急車の運転手になにやら声をかけたのち、ふたたび車に戻った。

「さて、われわれはペンデルベリー・オールド・ホールへ向かうとしよう」警部は運転手に向けて言った。

「ここにいても出る幕はなさそうですね、警部」

「ああ。まったく不運な事故だ。だが——これで仕事がやりやすくなるかもしれん」

ホテルに到着すると、マレット警部は支配人を呼んだ。支配人ははじめ非協力的な態度を示したが、マレットの無言の圧力の前ではすぐに従順になった。支配人は渡された写真に興味深そうに見入ったものの、おぼつかなげに首を振った。

「そんな気もしますが、断言はできません。従業員が記憶しているかもしれません。ミス・カーターに訊いてみましょうか」

「もう一度本人に会ったらわかりますか」

「はい。その点は自信があります。写真と生きた顔とでは、また印象が異なりますから」

「では一緒に車で来てください。そうすればミス・カーターをわずらわせる必要もないでしょう。生きた顔というのはどうだかわかりませんが」マレットは嘲弄的にそうつけ加えた。

予感は的中した。病院での彼らの行き先は病棟ではなく、霊安室だった。係員がひとりつきそっていたが、日常的に死と向きあっている人種特有の明るさがあった。はじめ陽気に口笛を吹いていた係員は、マレットらが足音の反響する廊下を歩いていくと、ぴたりと口笛をやめた。

「あんな事故が起きるなんて、まったく世も末です！　この遺体は損傷がひどい。めちゃくちゃです。こうなっちゃ人間おしまいですな。もうひとりの男は頭部に数ヶ所外傷を負っただけですみました。どうです、あまり気持ちのいいもんじゃないでしょう。さてと、あなた方は運がいい！　顔はなんとか無事です。あとは見られたもんじゃありません」

係員が遺体の顔にかけてあった布を取ると、支配人は首を伸ばしてのぞきこんだ。マレットは自分の言動が影響を及ぼさないようにという配慮からか、うしろに離れて立っていた。まもなく二人は無言で霊安室をあとにした。廊下に出るとマレットが促した。「それで？」

「まちがいありません」そう支配人は答えた。

これでよし、とマレットは安堵の溜息をついた。

「ご協力感謝します。ではホテルまで送りましょう」

「この一件はまだ片づかないんですか。ビジネスに影響があるものですから」ホテルに到着すると支配人が言った。

「もう二度とご迷惑はかけません」断固とした口調である。

「それを聞いて安心しました。ところで警部、昼食にご招待したいのですが」

「いや、遠慮します」マレットは即座に答えた。

第二十一章　マレットの説明

九月四日（月曜日）

マレットがディキンスン老人を巡る一連の事件の報告書にとりかかろうとした矢先に、内線が鳴った。

「デッドマン氏が緊急の用件でお会いしたいそうです」

警部は溜息をついた。〈ディキンスン〉というファイルはいまや書類でふくれあがり、だらしなく大口を開けていた。そのため一刻も早くけりをつけてしまいたかった。いまは誰にも邪魔されたくない。

「また明日出直すように言ってくれ。今日は人と会っている暇はないんでね」

すこし間があったのち、ふたたび声がした。「どうしても今日お会いする必要があるとおっしゃっています。明日では手遅れだそうです。とても押しの強い方で」そして小声でこう続いた。「きちんとした方です、警部」

「わかった。通してやってくれ」マレットは渋々応じた。

まもなくデッドマンが部屋に飛び込むようにしてはいってきた。そして前置きで時間を無駄にしたりせず、すぐさま要点を切りだした。

「私もあなた同様多忙な身です、警部。これが私の顧客の利益に関わるきわめて重大な用件でなければ、こんなふうに押しかけてきたりはしません。われわれの事務所は亡くなったレナード・ディキンスン氏の財産を管理しています。故人は生命保険に加入していて――」

「ええ、デッドマンさん。事情はよく存じています」マレットは低く応じた。

「本当ですか？　それはよかった。これで事情を説明する手間が省けます。早い話が、自殺ということで保険会社から支払いを受けるには、今日中にこちら側の回答を示す必要があるのです。警部がこの件を捜査なさっているのは存じています。そこで警部の口からはっきり言っていただきたいのです――殺人か自殺か――どっちです」

「殺人です。まちがいありません」マレットの口調はいたって穏やかだった。

「すばらしい！　心から感謝します。訴訟になった場合、また改めてご連絡いたしますので」デッドマンは勢いよく椅子から立ちあがると、大股でドアに向かった。

「おやおや！」マレットは驚きの声を発した。「くわしい話はお聞きにならないんですか。誰があなたの顧客を殺害したか知りたくはないので？」

「もちろん知りたいですとも。しかし、それはいずれわかることです。私は弁護士であって警察官ではありません。それにさっき下で、あなたは多忙な方だと釘を刺されてきましたし」

「ええ、確かに。ですが、保険会社に行く前に事実関係を把握しておかれたほうがいいと思います。

確認しておきたい法的問題もありますし」

「法的問題？」デッドマンはふたたび椅子に座りながら、相手の言葉をくりかえした。

「ええ。ところで亡くなったレナード・ディキンスン氏はどう遺産を分配したのですか」

「二分の一は未亡人に。未亡人が亡くなったら、その遺産は子供たちに均等に分配されます。そして残る二分の一は子供たちだけで分配されます」

「遺産には保険金も含まれているんでしょうな」

「もちろん——大半がそうです」

「デッドマンさん、殺人犯がその犠牲者の遺言から名前を削除されるという法律はありませんね」

デッドマンはぽかんと口を開けたまま警部を見つめた。そのきびきびとした事務的な物腰は何処かへ消え失せたようである。

「警部」デッドマンはようやく声を発した。「誰が私の顧客を殺害したのですか」

「息子のスティーヴンです」

「そんなばかな！」デッドマンは額をハンカチで拭った。「そんなばかな！」彼はくりかえした。

「いや、しかし——本気でおっしゃってるんですか、警部」

「むろん本気ですとも」

「いや、ありえません。スティーヴンだなんて！　あくまで——最後まであきらめなかったのはスティーヴン本人ですよ」

「父親は殺害された、とね。まさしくそうです。私の経験でもこんな事例ははじめてです。なにしろ殺人犯が殺人の目的を果たすために、殺人が行なわれたと立証せねばならない立場にあったわけですからな」

デッドマンは懐中時計に目をやり、それをポケットに戻すと、椅子の背にもたれて足を組んだ。

「くわしく話していただけませんか」デッドマンの口調はきわめて丁重だった。

マレットは快く応じた。もし彼に弱点があるとしたら、人に説明するのが好きという点だった。ずっとひとりきりで捜査をしてきたせいか、マレットはこの機会を心から喜んだ。報告書を書くのにはいつもうんざりしていたが、口頭で説明するのは大歓迎だった。

「スティーヴン・ディキンスンはいつも株で危ない橋を渡っていました。そして――ご存じと思いますが――いつも多額の負債をかかえていました。スティーヴンも多くのギャンブラーの例に漏れず無節操でした。ただ妙なことに女性関係だけは例外だったようです。くわしく調べている時間はありませんでしたが、その方面に関しては堅物だったようです。ご存じのように彼はうぬぼれが強く、自分勝手な男でした。殺人者というのは往々にしてそういうものです。とりわけ彼は父親を嫌い、軽蔑していました。私もあの老人に会いましたが、確かに同じ屋根の下に暮らすとなると、きわめて厄介な存在だろうとは思いますが」

デッドマンは大きくうなずいた。

「この夏、スティーヴンは財政的にきわめて切迫した状況に陥り、そのときに父親を殺害するという計画を思いついたものと推測されます」マレット警部が続けた。「もちろん彼はアーサー・ディキンスン氏の死後、父親が保険にはいったことも、医者の勧めで習慣的に薬を飲んでいたことも知っていました」

「で、具体的にはどう？」デッドマンが尋ねた。

「まず、先日私が訪ねたあの家の主治医の話では、しばらく前に父親の名で、粉薬を試してみたいという趣旨の手紙が送られてきたそうです。主治医は言われたとおりに処方しましたが、まもなく、粉薬はからだに合わなかったので錠剤に戻したい、という手紙が届きました。もちろんどちらも偽物です。こうしてスティーヴンはまんまと薬を手に入れました。

「そして彼は父親が年に一度の徒歩旅行に出かけるのを待ちました。自宅で殺害しなかったのにはなんらかの理由があったのでしょう。感情的なものがからんでいたのかもしれません。とにかく実行に移すのは、習慣に従って行動する父親が、必ず旅の終わりに立ち寄るペンデルベリー・オールド・ホールと決めました。しかし、いつ父親がホテルに現われるかがわからないという点が問題でした。さらにアリバイも用意しておく必要がありました。

「そこでこうしたのです。まず休暇をとって妹とスイスに出かけることにしておき、それを直前になって、急用ができたとか言い訳をでっちあげるわけです。ちょうど週末にかかっていたので、どんなふうに部屋がキャンセルされたか、ホテル側から証言をとるのに少々手間取りました。そうしてスティーヴンはペンデルベリーに向かい、父親が現われるまでホテルに滞在したのです――スチュアート・ダヴィットという名前で。同じイニシャルなので、荷物に〈S・D〉とあっても怪しまれる心配はありません」

「イニシャルといえば、あのリストをご覧に――」デッドマンが言いかけた。

「ああ、ちょうどその話をしようと思っていたんですよ」マレットはそう応じてから続けた。「あのリストにあったホーク・ストリートの住所は私も調べてみました。確かに下宿屋で、つい先日までスティーヴンが投機をする仲介をしていた株式仲買人が住んでいました。スティーヴンはその男と親しくしていましたが、男は最近、自分も株に手を出していたのがばれて解雇されています。さて、スティーヴンはホテルで父親がいつも泊まる部屋の隣を予約しました。おそらく父親が愛するペンデルベリーでいかに過ごすか、その詳細に至るまで、うんざりするほど知り尽くしていたんでしょう。そしてホテルの宿泊客に姿を見られないよう部屋に閉じこもる言い訳をして、時節の到来を待ったのです。

「やがてうまい具合にディキンスン氏がホテルにやってきました。そして、いつもどおりお茶を部屋に運ぶよう命じ、いつもどおりメイドはトレーを部屋の前の廊下に置いていきました。スティーヴンはただ隣の部屋からこっそり顔を出し、用意していた粉薬をティーポットに入れるだけでよかったのです。主治医によれば、粉薬はすぐに溶け、味もほとんどないそうです。やがてディキンスン氏はドアを開けてトレーを取りこみ、そのお茶でいつもどおり薬を飲み、ベッドにはいり、そのまま永遠の眠りにつきました。スティーヴンはその夜のうちにあらゆる手配を済ませると、翌朝早くにホテルを引きあげてロンドンへ向かう急行列車に乗り、八時発の飛行機でチューリッヒに向かい、その日の午後にクロスターズにいる妹と合流したのです。妹にはいつもどおり船と列車を使ってきたと話したはずです。そしてすぐさま妹と登山に出発し、ホテルの従業員も顔を出すであろう検死審問と葬儀が終わるまで、世間から隔絶した山奥にいたわけです。親切にもスイスの当局が二人を案内したガイドを捜してくれました。

「さて、すべて思惑どおりに事が運べば、ディキンスン氏は睡眠薬の飲みすぎで死亡しているのを発見され、理解ある検死官がなんの疑いもなく不慮の事故と判断するはずでした。ところが予想外の出来事が三つ起こりました――まず第一に、枕元に置かれていたものが証拠として詳細に取りあげられた点。第二に、故人が薬の瓶が空になったために新しい瓶を開けたという点。そして第三に、亡くなる前の晩に私に意味ありげな話をしたという点です。自分の犯した犯罪の報酬を受け取るつもりでいたあの息子が、自殺と評決が下ることがいかに致命的か、すぐに気づいたかどうかはわかりません。とにかく手遅れにならないうちに気づいたことだけは確かです。おかげで彼はのっぴきならない状況に陥りました」マレットは含み笑いになった。「ええ、まさしくのっぴきならない状況ですよ！　殺人という危険を犯したばかりだというのに、今度は誰かが殺人を犯したと証明しなくてはならなくなったわけですからな。

「スティーヴン・ディキンスンは生涯最大のギャンブルをする覚悟を決めると、行動を起こす前にまず私に会いにやってきました。そのときは彼が自殺の反証を挙げるための情報を集めにきたとばかり思っていましたが、本来の目的は私の反応を見ることにあったようです。私が彼の推理になんの疑いも抱かなければ、その線で調査を進めても安全と考えられますからね。確かにいい思いつきでした。事実、あの一件はしばらく頭から離れていました。ところがつい先日、ミッドチェスターで男が自殺した一件にスティーヴンが関わっていると知り、ふたたび記憶の一部始終がよみがえってきたのです。お恥ずかしい話ですが、それまではディキンスン氏が殺害された可能性や、もしそうだとしたら犯人は誰かといった問題をきちんと考えてみもしませんでした。

「きっとあなたがお調べになったら、この一件があまりにも単純なのに驚かれるでしょう」マレット警部は肩をすくめた。「ただひとつ、動機の問題がありました。とはいえ——デッドマンさん、あなたも気づかれたと思いますが——犯人は被害者の生活習慣に精通していたと考えざるをえませんでした。考えてもみてください。犯人はディキンスン氏があのホテルのあの部屋に滞在し、いつも決まった薬を決まった方法で飲み、そのうえメイドがお茶を廊下に置いていくことまで知っていたわけです。そんなにもくわしい人間が家族以外にいるでしょうか」

「確かにその点は私もひっかかりました」とデッドマンが応じた。「だからこそ、犯人が相手をまちがえ、ディキンスン氏が巻き添えを食ったという説に賛同したのです」

「それどころか、もしヴァニングが——本名はパーキスというけちなゆすり屋ですが——もし奴が予定どおりあの部屋に泊まっていたら、ディキンスン氏のかわりに死んでいたかもしれません。さて、あとはもうご存じのとおりです。スティーヴンは私に面会してから二週間ばかり、自分の罪を無実の人間になすりつけるために、これまた無実の妹とその婚約者を巻きこんで、必死に走りまわりました。彼らは探偵の報告書をもとに、ホテルの宿泊客全員の身元を洗いました——もちろん架空のダヴィット氏を除いて」

「きっとダヴィットについてはあらかじめ準備していたんでしょう。女主人から話を聞いてきたというあれは、まったくのでっちあげだったわけですね」

「そのとおり。もちろん自分の身代わりを捜すなんて絶望的な試みに思えたでしょうが、あろうことか二度も成功しかけました。最初はパースンズです」

「私もパースンズの一件に関しては、うまくやれば保険会社からかなりの額を引きだせるだろうと言ったんです」デッドマンはそう言いながら怒りが込みあげてきたようだ。「スティーヴンとあのジョンスンはまったく罪なことをしでかしたものです！　ああ、すみません、警部、話の邪魔をしてしまって。どうぞ先を続けてください」

「そして二度目ですが――」とマレットははじめたが、笑いをこらえようとするあまり口髭の先がピクピク震えていた。「あやうくパースンズの一件よりひどい結果になるところでした。あなたからパースンズの有罪はもはや立証不可能と言われ、スティーヴンも降参する気でいたのではないでしょうか。ところが最後の投機が失敗して破産したという知らせを受け、無謀ともいえる行為に出たのです。その点に関しては私もすくなからず責任を感じています。最後の手段として、彼はマーティン・ジョンスンに罪をかぶせようとしました。あのジョンスンには実は秘密があったのです。彼は殺人犯ではありませんが、殺人のあった晩、偶然あのホテルに居合わせ、あやうくディキンスン氏の目に止まるところでした。私はちょうどディキンスン氏と話をしていたのですが、その直後にいきなり娘の話をはじめたので、おや、と思ったんですよ。ジョンスンが娘の婚約者だと知って、ようやくその意味に気づきました」

「ああ、なるほど！」デッドマンが声をあげた。「ジョーンズですね！」

「そのとおり。ここでもポイントはイニシャルです」

「しかし問題はそればかりではありますまい。私のオフィスでジョーンズの名前が出たとき、ミス・ディキンスンの表情が変わったのを覚えています」

「婚約者が別の若い女とペンデルベリーにいたことを知っていたと？」

「まちがいありません。もしかしたら、ほかにもいろいろ知っているかもしれません」

「なんと気の毒に。私が先日訪ねてその点に触れるまで、スティーヴンはすっかり忘れていたようです。私は彼の反応を見たかっただけなのですが、正直なところ、まさかあんな悲惨な結果になろうとは思いもしませんでした」

「わからないのはそこです。なぜディキンスンはジョンスンの罪を暴こうとしたんでしょう――激しく否定されるのは目に見えているのに。それに、ジョンスンに車を運転させてペンデルベリーに向かった目的はなんだったんですか」

「その点に関しては推測の域を出ませんが、おそらくジョンスンを殺そうとしたんでしょう」

「まさか！」デッドマンが声を張りあげた。

「いえ、ひとつの殺人は別の殺人を生むものです。あの事故のあと、彼の上着のポケットから銃が見つかりました。おそらくジョンスンが自責の念から自殺をしたように見せかけるつもりだったのでしょう。ペンデルベリーに連れだしたのは話に信憑性をもたせるためです。ジョンスンを問いつめたら白状した、とあとからどうとでも言えますからね。そうなると反証を挙げるのは実にむずかしい。彼はジョンスンを激しく責めたにちがいありません。あの常軌を逸した運転がその証拠です。回復したら、ジョンスン本人が話してくれるでしょう。ところで彼はどんな具合です？」

「順調に回復しています。しかし事故までの半時間程の記憶がないようです。まあ、そのほうがいいかもしれませんが」

「そうですな。私もあれほどめちゃめちゃになった車は見たことがありません。あの事故で生き残ったただけでも奇跡です。いくらトラックが突っこんだのが助手席側だったとはいえ」

「それにしても、どうして警部が事故現場に？」

「ペンデルベリー・オールド・ホールへ向かう途中でした。前日の午後に隠し撮りしたスティーヴン・ディキンスンの顔写真を、ホテルの従業員に確認してもらおうと思いまして。結局、顔は遺体で確認してもらったんですが、結果は満足のいくものでした」

　二人の男のあいだに沈黙が流れ、ほどなくデッドマンが立ちあがった。

「ありがとうございました。私はこの足で保険会社に行き、保険金の全額支払いを請求するとします。おそらくスティーヴンの取り分についても問題ないでしょう。それも遺産の一部と見なされ、母親と妹とで分配されるはずです。あとは夫人が永久に真相を知らずにすむことを祈るばかりです。では失礼します」

　デッドマンが出ていくと、マレットはふたたび報告書にとりかかった。それから一時間余り、部屋には紙にペンを進めるかすかな乾いた音だけが流れた。やがてそれは止み、報告書は完成した。最後にマレットは〈ディキンスン〉というファイルをひきだしに戻した。

　母親のたっての希望で、スティーヴンはペンデルベリー教会墓地の、父親の墓の隣に埋葬された。葬儀には一族が残らず顔をそろえた。ただジョージの毒舌はいつもより控え目だった。それは――

ルーシーは承知していたが——保険会社から無事に保険金がおりることになり、弟の家族から金を無心される心配がなくなったからだった。

解説　シリル・ヘアー――リーガル本格の孤峰

佳多山大地

前口上

先頃公開された『海の上のピアニスト』（一九九九年）という映画を御覧になったでしょうか？大西洋の上で生まれ、生涯一度も船を下りなかったピアニストを描いたもので、『ニュー・シネマ・パラダイス』（八八年）のジュゼッペ・トルナトーレ監督がメガホンを取っています。ヨーロッパ大陸とアメリカを結ぶ航路をひたすら往復する豪華客船ヴァージニアン号。その船内には生バンドが演奏する豪奢なダンスホールがあります。船がいざアメリカへ着こうとする時、ダンスホールのピアノの上に、生まれて間もない男の赤ん坊が捨てられているのが発見されます。檸《レ》檬《モン》を詰める木箱の中に、そっと寝かされて。どうやら貧しい移民の夫婦が、新天地を前にして生まれ落ちた子を持て余してしまったようです。赤ん坊を見つけた心優しき黒人機関士は、その子を拾って船底で育てることを決心し、いささか長い名前を彼に与えます。〝ダニー・ブードマン・T・

D・レモン・ナインティーン・ハンドレッド〃と。ダニー・ブードマンは自分の名前を、T・D・レモンは拾われたときの寝所《ねどこ》であった木箱の刻印から、そしてナインティーン・ハンドレッドとはまさに赤ん坊が一九〇〇年という節目の年に生を享けた子どもだったからです。

海に浮かぶ船上で生まれ、一度も陸に降り立たなかったピアニストの伝説――。乗客にとって船旅は人生の断片ですが、ナインティーン・ハンドレッドにとっては船こそが人生です。ピアノを弾きながら、数え切れない乗客の〈人生〉が通り過ぎてゆくのを見送ることは、どれほど孤独で、心を磨り減らすことでしょう。しかし彼は、それに勝る強靭な独立不屈の精神に支えられて、海の上で四十六年の生涯を閉じるのです。主演のティム・ロスの演技、巨匠エンニオ・モリコーネの音楽も素晴らしく、映画史に残る佳品が生まれたと思います。

ところで、探偵小説作家にも幾人かの〃一九〇〇年生まれ《ナインティーン・ハンドレッド》〃がいます。『サンタクロース殺人事件』(三四年)のピエール・ヴェリィ、『魔の淵』(四四年)のヘイク・タルボット、『首つり判事』(四八年)のブルース・ハミルトン、『ライノクス殺人事件』(三〇年)や『Xに対する逮捕状』(三八年)のフィリップ・マクドナルド等々。

しかし、やはり探偵小説史上のミスター・ナインティーン・ハンドレッドには、本書『自殺じゃない!』の作者シリル・ヘアーを強く推したいところです。その理由は、また後で述べることとして、西暦二〇〇〇年、ヘアー生誕百周年にあたる年に、新たに未訳の長篇が読めることは彼の作品を愛好する者にとって大変な欣快です。

1

シリル・ヘアーは世紀の変わり目に、英国サリー州ミックルハムに生まれました。アルフレッド・アリグザンダー・ゴードン・クラークという厳《いかめ》しい本名からも想像される通り、一家はアッパー・ミドルの名家でした。オックスフォード大学を卒業したヘアーは、一門の期待通り法曹界に進出します。第二次世界大戦中の数年間は公訴局長官室に勤務したこともあり、ここでの経験は後に『ただひと突きの……』（四六年）を執筆する際に活かされることになります。

法律家としてのヘアーのキャリアは、出身地であるサリー州裁判所判事に就任するまでに至りましたが、一九五八年、在職のままこの世を去りました。九つの長篇と、三〇本を越える短篇、また被疑者と名探偵の性格描写について示唆に富む評論を残しています。

一九二九年、アメリカのニューヨーク株式市場は未曾有の大暴落に見舞われました。いわゆる世界恐慌の引き金が引かれてしまったのです。アメリカ資本によって第一次大戦の惨禍から復興しつつあったヨーロッパですが、アメリカが自国の資本を引き揚げたことで恐慌が飛び火、イギリスも極度の産業不振に陥り、不況の黒い霧が全土を覆います。

ヘアーが処女長篇『Tenant for Death』を発表する一九三七年は、保守党のネヴィル・チェンバレン内閣が成立した年ですが、かの首相は『法の悲劇』（四二年）の冒頭で顔をのぞかせています。戦時にも拘わらず、巡回裁判の出立時にラッパによる送迎の儀式が行われることに拘泥する高等法院王座部判事の卑小さが、「首相チェンバレーンがゴッデスバーグとミュンヘンに飛んで、国民に代って弁じてくれたのだが、その結果は無にひとしかった。ヒトラーは耳をかそうともしないのだ。ラッパ手は（第二次大戦に）征かねばならなかった。考えるだけでも、心痛のかぎりである」（宇野利泰訳）と揶揄されています。当時、すでに法律家としてのキャリアを積み上げつつある身としては、出世の道を閉ざす勢いの舌鋒と言えましょう。

ヘアーは第二長篇『Death Is No Sportsman』（三八年）に続いて本書『自殺じゃない！』を三九年に上梓しますが、同年、ドイツ軍によるポーランド進攻を契機にイギリスが参戦するに至り、彼自身の執筆ペースも目に見えて落ちることになります。戦中に発表された『法の悲劇』を読まれた方には瞭然ですが、本書と比べると作品全体から受ける印象はずいぶんと隔絶したものがあります。

本書はヘアー作品中随一のパズラーです。古きよきカントリーハウス物を思わせるしっとりとした書き出しから、一転して素人探偵トリオによるいきあたりばったりの犯人捜し、そしてとびきりのどんでん返しと、これほどエンターテインメントに徹した作品にはなかなかお目にかかれません。

しかし、戦時下に執筆刊行された『法の悲劇』では、もちろんユーモアの精神は忘れずとも、作品の基調をなしている沈鬱な雰囲気は、春の訪れを容易に信じない者の枯死したような世界観から滲み出したものです。終盤、ついに時機を得て噴出する犯人の殺意は、剣呑な狂気が溢れだすのをギリギリまで飼い馴らしていたものでした。

この一種異様な筆致で紡がれる傑作長篇が達成されたのには、『ただひと突きの……』でも描かれているように、ドイツ軍による戦略爆撃を凝《じ》っと息を殺してやり過ごした経験が反映されているようです。もしも一九四〇年七月からのイギリス空襲がなければ、ヘアーはフーダニットとサプライズ・エンディングに長けた黄昏の黄金時代作家として以後の著作リストは趣を異にするものになっていたかもしれません。『法の悲劇』以降、それまでシリーズ探偵を務めていた陽気な巨漢マレット警部が脇に回り、出世街道を外れ鬱屈した弁護士ペティグルーがその任に着くことからも、ここでヘアーの探偵小説に対するアプローチに変化があったと見るべきでしょう。

2

シリル・ヘアーは秀抜な評論「推理小説の古典的形式」(中田耕治編『推理小説をどう読むか』所収)のなかで、事件が解明される段の要点を次のように整理しています。「手段、機会、動機。この三つは古典的なトリオである。もちろん殺人犯は、最後にはこの三つのものをすべて備えていることが明らかにされなければならない」(関口功訳)。

もちろん、これは目新しい指摘ではありませんが、いかにも法律家らしい意見です。物語の結末で犯人が暴露されると、次には当然——作中では描かれずとも——裁判を経て有罪の判決が下されることになります。従って、探偵に希《のぞ》まれる解明の論拠とは「罪科を立証する陪審員席に坐っている十二人の人たちをも、満足させるほど、強力なものでなければならない」のです。ヘアーは世に傑作と呼ばれる探偵小説のなかでも、犯人の自白や都合のよい自殺が仕立てられているものが目につき、訴訟手続きが看過されていると弱点を指摘します。

ヘアーの作風で特徴的なのは、〈謎〉と〈解明〉の物語を支える骨子に法律の力学が援用されていることでしょう。あるいは本書がそうであるように、保険会社との契約条項が副次的に絡んでくることもあります。ヘアーは「手段」――つまり、ハウダニットについてはさほど重きを置かない作家で、法律が規定する時効の問題（「機会」）と、遺産相続をめぐる「動機」の問題とを終局において収斂させ、そこから意外な犯人像が浮かび上がることに意を注いでいます。このような、『法の悲劇』においてヘアーが確立させた様式を、筆者は〝リーガル本格〟と呼ぶことにします。ただし、ヘアーが読者に挑むフーダニットは、イギリスの法律絡みのホワイダニットと一体となって理解されるものだけに、このあたりがヘアーの作風はアンフェアだという一部の評価に繋がっているのでしょう。

確かに、裁判で妥当な刑が言い渡されるまでを射程に入れるため、因《よ》って立つ法律に「機会」と「動機」を求めた設定は両刃の剣といえます。ただ、ここでぜひ考慮すべきなのは、ヘアーが探偵小説を次のように捉えていることです。

大昔から殺人は犯されてきたし、その犯人たちは発見され罰せられてきた。だが探偵作家たちが書いているような方法では、決してないのである。たまたま私の職業柄、私はたいていの作家たちがめぐりあう以上に、いくども実際の殺人を体験してきた。そして正直に言って、ほんの少しでも探偵小説に似ている例が一つでもあったかどうか、あるいは探偵小説を書くうえでヒントをあたえてくれさえした例が一つでもあったかどうか、私は思いだすことができない。（中略）探偵小説は探偵小説として――つまり、まったくの想像世界のまったくの絵そらごととして読まなければならない。そして、同時に言わせていただきたい。それで少しもかまわないのだ、と。

もちろん、探偵小説を「逃避文学の一つの型」であるとし、「大文字Lではじまる文学ではない」というヘアーの評言は自嘲的に過ぎるようです。それにしても、一方では探偵小説の結末に地に足のついた〝犯罪立証〟の必要性を強調し、他方、探偵小説は「絵そらごと」であると、ひとつの寓話として読まれるべきだという主張は相容れないもののように思えます。しかし、この一見矛盾する方法論が表裏一体となるところにこそ、ヘアーが描こうとした理想の探偵小説があるはずなのです。それは、どのようなものなのでしょうか?

『法の悲劇』に続いて、戦後のヘアーは『ただひと突きの……』という凡作を挟み、『風が吹く時』(四九年)、『英国風の殺人』(五一年)と独自の地歩を固める佳品を発表します。どちらの作品も、貴族階級の、しかも血統に関する法律をめぐって錯綜する事件を描いたリーガル本格です。

この両作品については、日本人には馴染みの薄い制度の重箱の隅をつつくものとして、スノッブで間口の狭い作風という誤解を与えそうです。『こんなのイギリス人じゃないと解んない!』という非難の声がありますが、むしろこれは、イギリス人読者にとっても決定的なアドバンテージがあるものとはとても思えません(日本で言えば、漫画の『ナニワ金融道』ではないですが)。イギリス人にとっても、犯人の「動機」はかなり特殊な限定された事例です。『自殺じゃない!』にもその萌芽は見えますが、戦後この時期のヘアー作品は、一八七〇年代以降、没落をはじめる貴族階級を寓話化したものとして読むことができます。先細りしつつも温存される貴族階級の特権と、誇るべき血統をめぐる些細な規定が二重写しに仕組まれ、強烈なアイロニーとして読者の前に立ち現れてくるのです。

3

では、いよいよ本書『自殺じゃない！』について解説してゆきたいと思います。まずは、簡単にストーリーのさわりを追ってみることにしましょう。季節は暑い盛り、イギリスの閑静な田舎町ペンデルベリーから物語は始まります。

休暇中のマレット警部は、館の佇《たたず》まいに惹かれ〈ペンデルベリー・オールド・ホール・ホテル〉に足を踏み入れます。そのホテルには、思い出を食《は》んで生きている老いた客人がいました。このホテルは旅の終点なのです——そんな感傷を残して、老人は重い足取りで部屋に戻ってゆきます。翌朝、警察の到着でかの老人の死を報らされたマレットは、旧知の州警察官に頼まれ現場検証に立ち会います。どうやら老人は睡眠薬を多量に服用したらしく、枕元で見つかった遺書めいた書き付けからも死出の旅路への覚悟が窺えました。

検死審問の結果、自殺として処理された老人の死。けれども、彼の息子スティーヴンと娘アン、さらにアンの恋人であるマーティン・ジョンスンは〝自殺じゃない！〟と異議を申し立てます。老人が自らに掛けていた二万五千ポンドもの保険金は、当人の死が自殺と認定されるかぎり遺族に満額が支払われない契約なのです。警察から相手にされない三人の急造探偵は、幻の殺人犯を求めて捜査を開始しますが……。

前《さき》にふれたように、本書もまた支配階級を諷刺した寓話として読むことができます。ディキンスン家の人々をざっとさらってみましょう。そもそも遺産相続がややこしくなったのは、老人の長兄アーサーの不可解な遺言のためでした。老人と気の合わない次兄はジョージ、末の妹はメアリーです。老人の息子はスティーヴン、妹はアン、二人の異母兄にあたる私生児は〈あなたの傷ついた息子、リチャード〉です（さらに言えば、老人の妻の兄はエドワード、その連れ合いは〈厄介もの〉のエリザベス）。これだけ揃えば、大してイギリス史に詳しくない筆者にも、国王の名が濫用されていることに気づかされます。

三人のアマチュア捜査班は、私立探偵ジャス・エルダスンの報告を元に、老人が亡くなった夜の宿泊客を追跡調査します。しかし、出張先で判明する事柄は、詰まるところ一族の醜聞に回収されてしまうのです。**【警告！　この後、本書の真相についてふれます。解説から先に読まれている読者は「＊」で括られた部分を読み飛ばしてください】**

＊

ディキンスン家の長兄アーサーは、レナードに対してずいぶんと不遇な遺産配分をしました。レナードが生きているうちは元金五万ポンドから生じる利子を取り分とし、彼が死ねばその分け前の半分はとある慈善団体に、もう半分はレナードの非嫡出子を産んだ女性のところへと行くことになっています。

素人探偵たちが調査したところ、レナードが亡くなった夜には偶然にも、老人の死によって利益を得る面々が件《くだん》のホテルに勢揃いしていたのです。老人の元恋人アニー・マーチが偽名で泊まっていたり、「いまいましい慈善団体」で秘書をしている女性がこれも偶然に宿泊していました（しかも、かの秘書と引き合わせてくれるのは、またも偶然に調査先で出くわした親類です）。さらにはアンの恋人マーティンも、やはり遊び相手とのアバンチュールで偶々宿泊していたのです（アンは恋人の浮気相手が、デパートの馴染みの売り子であったことに気づきます）。極めつけは、これは偶然ではなく、老人の息子スティーヴンが明確な殺意をもって偽名で宿泊していたことでしょう。

つまり、この作品は恐ろしくローカル・カーニバルなのです。石を投げれば縁者に当たる自己完結した〝お家騒動〟。しかも真相は、息子が父親に一服盛った尊属殺人であり、終局に哀れ事故死したスティーヴンは、父の墓の隣に「一族が残らず顔をそろえた」なか埋葬されることになります。物語の最後の一節は、ホーム・パーティの座興の余韻を残しつつ、すべて世は事もなし——。とある名家の悲喜劇を皮肉なハッピー・エンドで締めくくっています。

＊

作品の冒頭、「ジョージ王朝様式の上品な館」は、外見はなんとか体面を保ちながらも、改装されたホテルとしての内実《サービス》はいかんせんお粗末であることが描かれます。アッパー・クラスに対するヘアーの痛烈なあてこすりは、すでに予告されているのです。名家の血統と遺産をめぐる閉塞した「動機」（『英国風の殺人』では真の動機はさらにもう一ひねりされています）は、法律や保険契約の瑣末な規定（「機会」）と不幸な結婚を遂げているのです。

ほとんど追随者の見当たらないヘアーのリーガル本格スタイルは、かつて七つの海を股にかけた帝国の落日を、強靭な諧謔精神で諷する寓話でもあるのです。その矛先は支配階級だけにとどまらず、『英国風の殺人』における〈主筋の子を生んだ労働者階級の娘〉の描き方にも顕著なように、広くイギリス社会全体に向けられています。

結び

ジュゼッペ・トルナトーレ監督は、アレッサンドロ・バリッコの原作「ノヴェチェント（一九〇〇年の意）」について、こんなことを言っています。

原作の素晴らしさは、観客がずっと魅了され続ける点だ。それは若くても年を取っていてもどんな人にとっても寓話なんだよ。

この主人公は、一つの大陸から次の大陸へと、決して陸に足をつけることなく果てしない旅を続けることで、存在そのものの不安定さを象徴しているのに他ならないと思える。

ナインティーン・ハンドレッドは、海の上に浮かぶ船を住処とし、移民する多くの人々の人生を垣間見てきました。強引な譬えではありますが、ヨーロッパ大陸から名誉の孤立を自負する〝島国〟イギリスも、国自体ひとつの客船のようなものと言えないでしょうか（島そのものが船という有名な人形劇を連想してしまいます）。イギリスはアングロ・サクソンの一民族国家と誤解されがちですが、紀元前はケルト系ブリトン人の国であり、アングロ・サクソンが島を征服した後も、北欧のデーン人に島の半分近い地域を支配されたり、ノルマン人の貴族階級によって統治されたりもしました。イギリスの歴史は、さまざまな民族による征討と融和の歴史であるわけです。

親の顔を知らず、国籍も知れないナインティーン・ハンドレッドは、法律的にはこの世に存在しない人間です。しかしそれは、逆説的にはどの場所にも存在しうる他者であるとも言えます。『英国風の殺人』で登場する探偵役、ウェンセスラス・ボトウィンク博士（ユダヤ系ハンガリー人？）もまた、イギリス人にとって〝ナインティーン・ハンドレッド〟の一人なのです。「私という人間の中には様々な要素があることになります」というボトウィンクは、イギリスの閉塞した階級社会を批判的に映し出す鏡でもあります（この意味で、彼が歴史学者として昔日の栄えある貴族の文献を繙いているのは皮肉な仕儀です）。そして、探偵小説という様式を通じて、苦悩するイギリス社会を諷刺しつづけたリーガル本格の孤峰、独立不屈のシリル・ヘアーこそ、探偵小説史上のミスター・ナインティーン・ハンドレッドとして独自の地位を占める作家といえるでしょう。

最後に、拙稿のなかでも何度か引用したヘアーの評論から、その末尾の言葉を引いて結びとさせてください。「探偵小説は人を楽しませるために書かれているのだ。それは、読者がそこにある楽しみと知的な興奮に誘われて入ってゆく、純然たる想像の世界を提供しているのである。ハムレットの登場人物たちのように、われわれは『ただたわむれるだけのこと、たわむれのなかに毒はあっても、世界を騒がす罪はないのだ』」。

（二〇〇〇・二・九）

世界探偵小説全集32

自《じ》殺《さつ》じゃない！

二〇〇〇年三月三〇日初版第一刷発行

著者——シリル・ヘアー
訳者——富塚由美
発行者——佐藤今朝夫
発行所——株式会社国書刊行会
東京都板橋区志村一—一三—一五　電話〇三—五九七〇—七四二一
印刷所——株式会社キャップス＋株式会社エーヴィスシステムズ
製本所——大口製本印刷株式会社
装丁——坂川栄治＋藤田知子（坂川事務所）
装画——影山徹
編集——藤原編集室
ISBN——4-336-04162-8
●——落丁・乱丁本はおとりかえします

訳者紹介

富塚由美（とみづかゆみ）

群馬県生まれ。日本大学大学院文学研究科修了。翻訳家。訳書に、メイスン「薔薇荘にて」、キング「空のオベリスト」（以上、国書刊行会）、「ドイル傑作選Ｉ」（翔泳社、共訳）などがある。

世界探偵小説全集

*31. ジャンピング・ジェニイ　アントニイ・バークリー

32. 自殺じゃない！　シリル・ヘアー

*33. 弁護士、絶体絶命　C・W・グラフトン

*34. 警察官よ、汝を守れ！　ヘンリー・ウエイド

35. 国会議事堂の死体　スタンリー・ハイランド

ミステリーの本棚

*1. 完全無欠な四悪人　G・K・チェスタトン

*2. トレント乗り出す　E・C・ベントリー

*3. 箱ちがい　R・L・スティーヴンスン

*4. 銀の仮面　ヒュー・ウォルポール

*5. 怪盗ゴダールの冒険　F・I・アンダースン

*6. 悪党どものお楽しみ　パーシヴァル・ワイルド

＊＝未刊・タイトルは仮題です

世界探偵小説全集

16. ハムレット復讐せよ　マイクル・イネス
17. ランプリイ家の殺人　ナイオ・マーシュ
18. ジョン・ブラウンの死体　E・C・R・ロラック
19. 甘い毒　ルーパート・ペニー
20. 薪小屋の秘密　アントニイ・ギルバート
21. 空のオベリスト　C・デイリー・キング
22. チベットから来た男　クライド・B・クレイスン
23. おしゃべり雀の殺人　ダーウィン・L・ティーレット
24. 赤い右手　ジョン・タウンズリー・ロジャーズ
25. 悪魔を呼び起こせ　デレック・スミス
26. 九人と死で十人だ　カーター・ディクスン
*27. サイロの死体　ロナルド・A・ノックス
*28. ソルトマーシュの殺人　グラディス・ミッチェル
*29. 白鳥の歌　エドマンド・クリスピン
*30. 救いの死　ミルワード・ケネディ

*＝未刊・タイトルは仮題です

世界探偵小説全集

1. 薔薇荘にて　A・E・W・メイスン
2. 第二の銃声　アントニイ・バークリー
3. Xに対する逮捕状　フィリップ・マクドナルド
4. 一角獣殺人事件　カーター・ディクスン
5. 愛は血を流して横たわる　エドマンド・クリスピン
6. 英国風の殺人　シリル・ヘアー
7. 見えない凶器　ジョン・ロード
8. ロープとリングの事件　レオ・ブルース
9. 天井の足跡　クレイトン・ロースン
10. 眠りをむさぼりすぎた男　クレイグ・ライス
11. 死が二人をわかつまで　ジョン・ディクスン・カー
12. 地下室の殺人　アントニイ・バークリー
13. 推定相続人　ヘンリー・ウエイド
14. 編集室の床に落ちた顔　キャメロン・マケイブ
15. カリブ諸島の手がかり　T・S・ストリブリング